Maigret et les braves gens

Maigret et les braves gens

GEORGES SIMENON

Student Edition

Edited by René Daudon

Harcourt, Brace & World, Inc.

New York / Chicago / San Francisco / Atlanta

Maigret et les braves gens
© 1962 by Georges Simenon

Introduction, notes, exercises, and vocabulary
© 1969 by Harcourt, Brace & World, Inc.

ISBN: 0-15-551287-0

Library of Congress Catalog Card Number: 73-79489

Printed in the United States of America

Preface

In Georges Simenon's *Maigret et les braves gens* the student will discover a new concept of the detective novel and a new type of sleuth.

Simenon, it will be seen, is not interested in professional criminals. "Leur psychologie ne pose aucun problème. Ce sont des gens qui font leur métier, un point, c'est tout." His interest is in people "qui sont faits comme vous et moi et qui finissent, un beau jour, par tuer sans y être préparés... Des gens qui ont une maison confortable, une vie familiale, une profession honorable," and in crimes "qui sont soudain commis dans les milieux ou l'on s'y attendrait le moins et qui sont comme l'aboutissement d'une longue et sourde fermentation." [1]

Simenon is less concerned with the *who* than with the *why* of a murder. (In some Maigret stories the criminal even escapes arrest and punishment.) The reader's interest is directed less to the crime itself than to the characters—their psychology, their motivations, their behavior and reactions, their way of life, and the effects of the crime upon the family and the associates of the victim or of the suspect.

Thus Simenon's *commissaire* Maigret does not indulge in subtle deductions, based on flimsy clues, while sitting in an armchair smoking a pipe; he strives to obtain an insight into the characters involved in the case. He is wary of pure intuition, but he is sensitive to the impressions he receives from the people he interrogates. Though he does not scorn the aids modern sci-

---

[1] *Les Mémoires de Maigret* (1950). This work is in part autobiographical. In it the fictional Maigret recalls his acquaintance and his relations with "Sim," one of the pseudonyms used by Simenon in his early *romans populaires*.

ence affords, he relies chiefly on persistence in following through several lines of investigation. And, because he leaves nothing to chance, chance sometimes serves him well.

The solution of the crime is reached through a logical process. There is no long list of suspects who are eliminated one by one, and, at the end, the criminal is not produced like a rabbit out of a hat.

The Maigret novels are only a part of Simenon's staggering literary output. In the course of forty-five years, Simenon has published nearly five hundred books, which can be roughly divided into three groups:

1. The early *romans populaires* (about two hundred and fifty in all), which he wrote, under various pseudonyms, in order to achieve financial independence and to master his craft as a writer.

2. The Maigret stories (and a few others), which Simenon calls "romans semi-littéraires." These marked the beginning of his international fame.

3. The books that Simenon calls "romans sérieux," those that he considers to be the most important part of his work. It is this group that has placed him in the first rank of contemporary novelists and won him the acclaim of critics the world over.

The last two groups overlap a great deal, chronologically as well as in literary merit. After 1933, Simenon wrote fewer Maigrets than before. In 1950, he even sent his *commissaire* into retirement to his property on the Loire, seemingly with the intention of bringing the Maigret series to an end. Since then he has brought him back in a number of stories probably written as a relaxation from more exacting tasks.

Maigret et les braves gens, written in 1961, is one of these later stories, and, although Simenon tends to minimize the merits of his detective novels, we find in it most of the qualities that distinguish his best work.

Simenon's novels, including the Maigrets, have been translated into twenty-eight languages. Many have been made into movies, plays, and television programs. Maigret has been interpreted on the screen by such well-known actors as Pierre Renoir, Harry Baur, Jean Gabin, and Charles Laughton.

Simenon's remarkable economy of words, his direct and un-pretentious style (which conforms to modern French syntax), his short but vivid descriptions, make *Maigret et les braves gens* particularly well suited for both classroom use and outside reading. The numerous dialogues in the text lend themselves to dramatization in class reading, and the frequent reoccurrence of useful expressions, coupled with the end-of-lesson exercises based on them, will help to develop students' facility in reading and speaking the French language.

Footnotes and various "Remarques" are given in French whenever this can be done in words that are readily understandable. A few are given in English, for it is futile to explain a term in words that the student will have to look up in the end vocabulary. Some of the remarks are intended merely as reminders on points of grammar or usage. Students should not interrupt their reading in order to consult them.

I wish to express my thanks to my wife, Margaret Dent Daudon, whose help and suggestions in the preparing of this book have been invaluable. Special thanks, of course, go to Georges Simenon for his kind cooperation in making this Student Edition of *Maigret et les braves gens* possible.

R. D.

Avertissement à l'étudiant

Tout d'abord, méfiez-vous des mots français qui ressemblent à des mots anglais. Bien que beaucoup aient le même sens, il y en a dont le sens diffère ou qui peuvent avoir plus d'un sens. Ainsi, **la lecture** n'est pas *lecture*, mais *reading* ; **prétendre** veut dire *to claim* ; **assister** à signifie *to attend, be present at*, mais **assister** suivi d'un objet direct signifie *to assist* ; et **un avertissement** n'est pas *an advertisement*. Dans le texte les mots qui pourraient prêter à confusion sont marqués d'un astérisque. Cela veut dire qu'il est prudent de consulter le vocabulaire.

Le texte est pourvu de (*provided with*) notes explicatives au bas de la page. A la fin de la leçon vous trouverez des remarques (syntaxe et usage, coutumes, renseignements divers) et une liste des gallicismes employés dans cette leçon. Un gallicisme est une expression ou un terme particulier à la langue française. Avant de lire le texte, il serait utile de parcourir (*glance over*) cette liste, ne serait-ce que pour rafraîchir votre mémoire.

Un des gallicismes les plus fréquents est l'emploi de la forme réfléchie du verbe. Il y a d'abord les verbes dits essentiellement réfléchis parce qu'ils ne s'emploient jamais autrement, tels que

se méfier	to beware, distrust
se souvenir	to remember

Puis il y a les verbes dont le sens change plus ou moins quand ils s'emploient avec le pronom réfléchi, comme

agir	to act
s'agir de	to be a question of
servir	to serve
se servir de	to use

rendre compte	to report
se rendre compte	to realize

Enfin — et ceux-ci sont les plus nombreux — il y a les verbes qui s'emploient avec le pronom réfléchi pour indiquer que l'action reste dans le sujet. Comparez :

Un bruit m'a réveillé au milieu de la nuit.	A noise woke me up in the middle of the night.

et

Je me suis réveillé au milieu de la nuit.	I woke up in the middle of the night.

Ces verbes peuvent s'exprimer en anglais par la forme directe, comme dans l'exemple qui précède, ou par la forme *to become* (*get*) . . . :

s'inquiéter	to become worried

Ou bien, ils peuvent s'exprimer par la forme passive :

Les verbes réfléchis se conjuguent avec l'auxiliaire être.	Reflexive verbs are conjugated with the auxiliary *être*.

Bien entendu, il y a les verbes réfléchis qui s'emploient de la même manière dans les deux langues :

se blâmer	to blame oneself
Je me suis fait mal.	I hurt myself.

Une autre forme fréquente des gallicismes sont les prépositions qui s'emploient dans différents sens, comme **à, de, par, sous.** Ces prépositions ne sont pas incluses dans le vocabulaire à la fin du texte, car ordinairement le contexte en indique clairement le sens. Notez cependant que **à** et **de** s'emploient souvent au sens de *with* :

Je prendrai une fine à l'eau.	I'll have a brandy with water.
Il voyait Paris piqueté de lumières.	He could see Paris dotted with lights.

Un dernier conseil : revoyez votre table des verbes irréguliers, particulièrement ceux à radical changeant.

Abréviations employées dans ce livre

adj.	adjectif	m.	masculin
adv.	adverbe	n.	nom
c.-à-d.	c'est-à-dire	pl.	pluriel
cf.	*compare*	prés.	présent
coll.	*colloquial*	*pres. part.*	*present*
conj.	conjonction		*participle*
ess. refl.	*essentially*	qqun.	quelqu'un
	reflexive	quch.	quelque chose
f.	féminin	Rem.	Remarque(s)
fam.	familier	*s.o.*	*someone*
fig.	figurativement	*sth.*	*something*
impers.	impersonnel	subj.	subjonctif
inf.	infinitif	V.	voir
lit.	littéralement	v.	verbe

Note sur la police française

Nous ne considérerons ici, et d'une manière fort schématique, que l'organisation de la police à Paris, qui a un régime spécial. Les différentes fonctions de la police y sont exercées sous l'autorité du Préfet de Police nommé (*appointed*) par le Ministre de l'Intérieur. Parmi ses attributions — celles dont il s'agira dans le texte — sont la Police Municipale et la Police Judiciaire.

La Police Judiciaire, familièrement la P. J. (pé-ji), recherche les crimes, les délits (*misdemeanors*), en rassemble les preuves et en livre les auteurs aux tribunaux (*courts*) chargés de les punir. A Paris, la Police Judiciaire se compose

a. d'un directeur, d'un chef de l'Identité Judiciaire,[1] de commissaires, de brigadiers et d'inspecteurs. Ces fonctionnaires (*civil servants*) sont chargés des enquêtes (*investigations*) qui ont pour but la découverte et l'arrestation des criminels et autres individus coupables d'infractions à la loi.

b. du Procureur de la République (*public prosecutor*), de ses substituts (*deputies*) et des juges d'instruction.[2] Ces magistrats, nommés par le Ministre de la Justice, constituent le ministère public (*prosecution*), plus généralement appelé le Parquet.

Les bureaux de la P. J. sont situés dans le Palais de Justice

---

[1] L'Identité Judiciaire recueille tous les indices (*clues*) matériels sur les lieux du crime, effectue diverses analyses si besoin est et maintient un système de fiches (*index cards*) qui contiennent la description et les empreintes digitales (*fingerprints*) des personnes ayant eu des démêlés (*difficulties*) avec la justice.

[2] Le juge d'instruction (*examining magistrate*) rassemble les preuves et tous les faits relatifs au crime, interroge les accusés, décide à quel tribunal les renvoyer (*refer*), ou peut déclarer un non-lieu (*no cause for prosecution*).

avec leur entrée donnant sur le Quai des Orfèvres, de sorte qu'on dit « le Quai des Orfèvres » ou simplement « le Quai », comme on dit *Scotland Yard* ou *the Yard.*

Les commissaires de police d'arrondissements (*wards*) et de quartiers (*districts*) font partie de la Police Municipale et sont chargés d'assurer préventivement l'observance de la loi, le maintien du bon ordre et la sécurité des personnes et des biens (*property*). Chaque arrondissement a un commissariat (*police station*) principal et quatre commissariats de quartier. C'est ordinairement le commissaire de police qu'on appelle le premier en cas de crime ou de difficulté.

Le médecin légiste est à peu près l'équivalent d'un *police doctor.*

Table des matières

LEÇON
UNE†

Chapitre 1

Au lieu de grogner en cherchant l'appareil[1] à tâtons dans l'obscurité comme il en avait l'habitude quand le téléphone sonnait au milieu de la nuit, Maigret poussa un soupir de soulagement.[2]

Déjà il ne se souvenait plus nettement du rêve auquel il était arraché, mais il savait que c'était un rêve désagréable : il tentait d'expliquer à quelqu'un d'important,[3] dont il ne voyait pas le visage[4] et qui était très mécontent de lui, que ce n'était pas sa faute, qu'il fallait montrer de la patience à son égard, quelques jours de patience seulement, parce qu'il avait perdu l'habitude et qu'il se sentait mou, mal dans sa peau.[5] Qu'on lui fasse con-

---

† Avant d'entreprendre votre lecture, ne manquez pas de lire l'« Avertissement à l'étudiant » qui précède.

[1] **l'appareil**   c'est-à-dire l'appareil téléphonique   *telephone*

[2] **poussa... soulagement**   *heaved a sigh of relief*

[3] **quelqu'un d'important**   *someone important* (Voir Remarques, Numéro 1)

[4] **dont... le visage**   *whose face he did not see* (V. Rem. 2)

[5] **mal... peau**   *not quite himself* (littéralement *uneasy in his skin*)

fiance[6] et ce ne serait pas long. Surtout, qu'on ne le regarde pas d'un air réprobateur ou ironique...

— Allô...

Tandis qu'il approchait le combiné[7] de son oreille, Mme Maigret, soulevée sur un coude, allumait la lampe de chevet.

— Maigret ? questionnait-on.

— Oui.

Il ne reconnaissait pas la voix, encore qu'elle lui parût familière.

— Ici, Saint-Hubert...

Un commissaire de police de son âge à peu près, qu'il connaissait depuis ses débuts.[8] Ils s'appelaient par leur nom de famille, mais ne se tutoyaient pas. Saint-Hubert était long et maigre, roux, un peu lent et solennel, anxieux de mettre les points sur les i.[9]

— Je vous ai éveillé ?

— Oui.

— Je m'en excuse. De toute façon, je pense que le Quai des Orfèvres va vous appeler d'un instant à l'autre pour vous mettre au courant, car j'ai alerté le Parquet et la P. J.

Maigret, assis dans son lit, saisissait sur la table de nuit une pipe qu'il avait laissé éteindre en se couchant. Il cherchait des allumettes des yeux. Mme Maigret se levait[10] pour aller lui en prendre sur la cheminée. La fenêtre était ouverte sur un Paris encore tiède, piqueté de lumières, et on entendait[11] des taxis passer au loin.

Depuis cinq jours qu'ils[12] étaient rentrés de vacances,[13] c'était la première fois qu'ils étaient réveillés de la sorte et, pour

---

[6] **Qu'on... confiance** *Let them trust him* (V. Rem. 3)
[7] **le combiné** *receiver*
[8] **ses débuts** (sous-entendu à **la police**) *his start in the police force*
[9] comparez à l'anglais *dots his i's and crosses his t's*
[10] **saisissait, se levait** (V. Rem. 4)
[11] **on entendait** *one could hear* (V. Rem. 5)
[12] **Depuis... que** *In the five days since*
[13] **les vacances** toujours au pluriel au sens de *vacation*. **La vacance** veut dire *vacancy*.

Maigret, c'était un peu une reprise de contact avec la réalité, avec la routine.

— Je vous écoute, murmurait-il en tirant sur sa pipe cependant que sa femme tenait l'allumette enflammée au-dessus du fourneau.[14]

— Je suis dans l'appartement de M. René Josselin, 37 *bis*, rue Notre-Dame-des-Champs, tout à côté du couvent des Petites Sœurs des Pauvres... Un crime vient d'être découvert, dont je ne sais pas grand-chose, car je ne suis arrivé qu'il y a une vingtaine de minutes... Vous m'entendez ?...

— Oui...

Mme Maigret se dirigeait vers la cuisine pour préparer du café et Maigret lui adressait un clin d'œil complice.[15]

— L'affaire paraît troublante ; elle est probablement délicate... C'est pourquoi je me suis permis de vous appeler... Je craignais qu'on ne se contente d'envoyer un des inspecteurs de garde... [16]

Il choisissait ses mots et on devinait[17] qu'il n'était pas seul dans la pièce.*

— Je savais que vous étiez récemment en vacances.

— J'en suis revenu la semaine dernière.

On était mercredi. Plus exactement jeudi, puisque le réveil, sur la table de nuit de Mme Maigret, marquait deux heures dix. Ils étaient allés au cinéma tous les deux, moins pour voir le film, assez quelconque,[18] que pour reprendre leurs habitudes.

— Vous comptez venir ?

— Le temps de m'habiller.

— Je vous en serai personnellement reconnaissant. Je connais un peu les Josselin. Ce sont des gens chez qui on ne s'attend pas qu'un drame se produise...

Même l'odeur du tabac était une odeur professionnelle : celle

---

[4] **le fourneau**   *bowl (of a pipe); range, stove*
[5] **lui... complice**   *gave her a knowing wink*
[6] **de garde**   *on (night) duty*
[7] **on devinait**   *one could guess* (V. Rem. 5)
[8] **assez quelconque**   *rather commonplace*

d'une pipe, éteinte la veille, qu'on rallume au milieu de la nuit quand on est éveillé par une urgence. L'odeur du café aussi était différente de celle du café du matin. Et l'odeur d'essence qui pénétrait par la fenêtre ouverte...

Depuis huit jours, Maigret avait l'impression de patauger.[19] Pour une fois, ils étaient restés trois semaines entières à Meung[20]-sur-Loire, sans le moindre contact avec la P. J., sans que, comme cela arrivait les autres années, on le rappelle à Paris pour une affaire urgente.

Ils avaient continué d'aménager la maison, le jardin. Maigret avait pêché à la ligne,[21] joué à la belote[22] avec des gens du pays[23] et, depuis son retour, il ne parvenait pas à reprendre pied [24] dans la vie quotidienne.

Paris non plus, aurait-on dit. On ne retrouvait ni la pluie, ni la fraîcheur des lendemains de vacances. Les gros cars de touristes continuaient à promener dans les rues des étrangers à chemises bariolées[25] et, si beaucoup de Parisiens étaient rentrés, d'autres s'en allaient encore par trains entiers.[26]

La P. J., le bureau, paraissaient un peu irréels à Maigret qui se demandait parfois ce qu'il y faisait, comme si la vie véritable était là-bas, au bord de la Loire.

C'est de ce malaise, sans doute,[27] que sortait son rêve,[28] dont il essayait en vain de se rappeler les détails.[29] Mme Maigret revenait de la cuisine avec une tasse de café brûlant et comprenait tout de suite que son mari, loin d'être furieux de ce réveil brutal, en était réconforté.

---

[19] **patauger**   *flounder*
[20] **Meung**   prononcé **mun** (mœ̃) (V. Rem. 6)
[21] **pêcher à la ligne**   *fish with a rod and line*
[22] **la belote**   jeu de cartes populaire
[23] **les gens du pays**   *local people*
[24] **reprendre pied**   *regain a foothold*
[25] **bariolées**   avec des dessins de toutes les couleurs
[26] **par trains entiers**   *by train loads*
[27] **sans doute**   probablement
[28] **que sortait son rêve**   (V. Rem. 7)
[29] **dont... les détails**   (V. Rem. 2)

— Où est-ce ?

— A Montparnasse[30]... Rue Notre-Dame-des-Champs...

Il avait passé sa chemise, son pantalon ; il laçait ses chaus-ures quand le téléphone sonna à nouveau. Cette fois, c'était la *. J.

— Ici, Torrence, patron[31]... On vient de nous avertir que...

— Qu'un homme a été tué rue Notre-Dame-des-Champs...

— Vous êtes au courant ? Vous comptez y aller ?

— Qui est au bureau ?

— Il y a Dupeu, en train de questionner un suspect dans affaire du vol de bijoux, puis Vacher... Attendez... Lapointe entre à l'instant...

— Dis-lui d'aller m'attendre là-bas...

Janvier était en vacances. Lucas, rentré la veille,[32] n'avait pas ncore repris sa place au Quai.[33]

— Je t'appelle un taxi ? demandait un peu plus tard Mme Maigret.

Il retrouvait, en bas, un chauffeur qui le connaissait et, pour ne fois, cela lui fit plaisir.

— Où est-ce que je vous conduis, chef ?

Il donna l'adresse, bourra une nouvelle pipe.[34] Rue Notre-Dame-des-Champs, il aperçut une petite auto noire de la P. J. t Lapointe, debout sur le trottoir, fumant une cigarette en avardant avec un gardien de la paix.[35]

— Troisième étage à gauche, annonça celui-ci.

Maigret et Lapointe franchirent la porte d'un immeuble[36] ourgeois, bien entretenu, virent de la lumière dans la loge ; à ravers le tulle du rideau, le commissaire crut reconnaître[37] un

Montparnasse   *district of Paris* (V. Rem. 8)
patron   *chief; boss; owner*
rentré la veille   pour **qui était rentré la veille**   *who had returned the day before* (V. Rem. 9)
au Quai   c.-à-d. au Quai des Orfèvres
bourra... pipe   *refilled his pipe*
un gardien de la paix   *policeman*
un immeuble   *building, apartment house*
crut reconnaître   *thought he recognized* (V. Rem. 11)

inspecteur du VIe arrondissement qui questionnait la con
cierge.[38]

L'ascenseur à peine arrêté,[39] une porte s'ouvrit et Saint
Hubert s'avança pour les accueillir.

— Le Parquet ne sera pas ici avant une demi-heure... En
trez... Vous allez comprendre pourquoi j'ai tenu à vous télé
phoner...

Ils pénétraient dans un vaste vestibule, puis Saint-Huber
poussait une porte entrouverte et ils découvraient[40] un salo
paisible où il n'y avait personne, sinon le corps d'un homm
affalé[41] dans un fauteuil de cuir. Assez grand, assez gros, i
était tassé sur lui-même[42] et sa tête, aux yeux ouverts, pendai
sur le côté.

— J'ai demandé à la famille de se retirer dans une autr
pièce... Mme Josselin est entre les mains du médecin de famille
le Dr Larue, qui se trouve être un de mes amis...

— Elle a été blessée ?

— Non. Elle était absente lorsque le drame s'est produit. J
vais vous mettre au courant, en quelques mots, de ce que j'ai p
apprendre jusqu'à présent.

— Qui occupe l'appartement ? Combien de personnes ?

— Deux...

— Vous avez parlé de la famille...

— Vous allez comprendre... M. et Mme Josselin vivent seul
ici depuis que leur fille est mariée... Elle a épousé un jeun
médecin, un pédiatre, le Dr Fabre, qui est assistant du pro
fesseur Baron à l'Hôpital des Enfants Malades...

Lapointe prenait des notes.

— Ce soir, Mme Josselin et sa fille sont allées au théâtre de l
Madeleine...

— Et les maris ?

---

[38] **la loge, la concierge**   (V. Rem. 10)
[39] **à peine arrêté**   *had barely stopped* (V. Rem. 9)
[40] **pénétraient, poussait, découvraient**   (V. Rem. 4)
[41] **affalé**   *collapsed*
[42] **tassé sur lui-même**   *hunched*

— René Josselin est resté seul un certain temps.

— Il n'aimait pas le théâtre ?

— Je l'ignore.* Je pense plutôt qu'il ne sortait pas volontiers le soir.

— Qu'est-ce qu'il faisait ?

— Depuis deux ans, rien. Il possédait auparavant une cartonnerie, rue du Saint-Gothard. Il fabriquait des boîtes en carton, surtout des boîtes de luxe pour les marchands de parfums, par exemple... A cause de sa santé, il a cédé son affaire...

— Quel âge ?

— Soixante-cinq ou soixante-six... Hier soir, il est donc resté seul... Puis son gendre l'a rejoint, j'ignore à quelle heure, et les deux hommes ont joué aux échecs...

Sur une petite table, en effet, on voyait[43] un jeu d'échecs où les pièces restaient disposées comme si la partie* avait été interrompue.

Saint-Hubert parlait bas et, dans d'autres pièces dont les portes n'étaient pas tout à fait fermées, on entendait[43] des allées et venues.

— Lorsque les deux femmes sont rentrées du théâtre...

— A quelle heure ?

— Minuit et quart... Lorsqu'elles sont rentrées, dis-je, elles ont trouvé René Josselin dans la position où[44] vous le voyez...

— Combien de balles ?

— Deux... Les deux dans la région du cœur...

— Les locataires n'ont rien entendu ?

— Les voisins immédiats sont encore en vacances...

— Vous avez été prévenu tout de suite ?

— Non. Elles ont d'abord appelé le Dr Larue, qui habite à deux pas,[45] rue d'Assas et qui soignait Josselin. Cela a quand même pris un certain temps et ce n'est qu'à une heure dix que j'ai reçu un coup de téléphone de mon commissariat qui venait

---

[43] **on voyait, on entendait**   (V. Rem. 5)

[44] **où**   *in which* (V. Rem. 12)

[45] **à deux pas**   sous-entendu **d'ici**

d'être alerté. Le temps que je m'habille, que je me précipite...
Je n'ai posé que quelques questions car il était difficile de faire
autrement dans l'état où se trouve Mme Josselin...

— Le gendre ?

— Il est arrivé un peu avant vous.

— Qu'est-ce qu'il dit ?

— On a eu du mal à le rejoindre et on a fini par le trouver à
l'hôpital où il était allé voir un petit malade, une encéphalite,
si j'ai bien compris...

— Où est-il en ce moment ?

— Par là[46]...

Saint-Hubert désignait une des portes. On entendait des
chuchotements.

— D'après le peu que j'ai appris, il n'y a pas eu vol et nous
n'avons relevé aucune trace d'effraction... Les Josselin ne se connaissent pas[47] d'ennemi... Ce sont de braves gens, qui menaient
une existence sans histoire...

On frappait à la porte. C'était Ledent, un jeune médecin
légiste que Maigret connaissait et qui serra les mains autour de
lui avant de poser sa trousse sur une commode et de l'ouvrir.

— J'ai reçu un coup de téléphone du Parquet, dit-il. Le substitut me suit.

Remarques

(Syntaxe et usage, coutumes, renseignements divers)

1. Les indéfinis tels que **quelqu'un, quelque chose, rien, plusieurs**
   etc., demandent **de** devant l'adjectif qui les qualifie.

2. Dans une proposition (*clause*) relative introduite par **dont**
   (*whose*), l'objet du verbe français devient l'objet de *whose* en
   anglais.

---

[46] **Par là** *That way*
[47] **ne se connaissent pas** *are not aware of having*

3. Le subjonctif s'emploie dans une proposition indépendante pour exprimer l'impératif ou une exhortation.

Selon le cas, le pronom **on** se traduit par les indéfinis *one, someone, we, they,* etc. En anglais, il est souvent préférable de tourner la phrase au passif :

On lui a demandé de	He was asked to
On m'a appelé.	I was called.

4. This use of the imperfect in a narrative, instead of the more expected past definite, is a literary device which dates from the early nineteenth century. Its purpose is to present the action as descriptive, rather than to contribute to the progress of the story as the past definite does. It may also convey a feeling of slow motion or suspense.

5. **on entendait** c.-à-d. **on pouvait entendre,** mais dans une description **pouvoir** est omis avec les verbes de perception comme **voir, entendre, sentir,** etc.

6. **La Loire** est le plus long fleuve de France, près de mille kilomètres (*600 miles*) de long. Dans son cours inférieur, elle traverse la région fameuse des châteaux. Cette région est aussi réputée pour son climat agréable et ses belles campagnes (*countryside*).

7. **que sortait son rêve** Dans une proposition relative, l'inversion du nom-sujet et du verbe est très fréquente et s'impose quand le sujet est qualifié par une autre proposition.

Notez que **sans doute** veut généralement dire **probablement.** Pour exprimer qu'il n'y a pas de doute, on dit **sans aucun doute.**

8. **Montparnasse** c.-à-d. le quartier Montparnasse. Paris se divise en vingt arrondissements (*wards*) qui se subdivisent chacun en quatre quartiers (*districts*). Ceux-ci portent le nom soit (*either*) d'un ancien faubourg (*suburb*), soit (*or*) d'une des rues principales ou d'un monument.

9. Le participe passé s'emploie fréquemment d'une manière attributive directe quand le verbe **être** est sous-entendu.

10. The **loge** is the living quarters of the **concierge,** who has no real equivalent in an American apartment house. Because the salary would be insufficient to support a family, the job is generally held by a woman. Besides her duties as a doorkeeper, she is

responsible for the cleanliness of the house; she shows vacant apartments to prospective tenants, collects the rent for the landlord, and receives the mail for the tenants and sorts it. The **loge** is located in the entryway next to the street door. This door is open during the day but is closed at night and can then be opened only from the inside of the **loge** by pressing an electric button or, in older houses, by pulling a cord. From 9 or 10 P.M. to 6 or 7 A.M., anyone wishing to enter or leave the house must ring a bell and identify himself when passing by the **loge**. During the day, the **concierge**, through the glass door of the **loge**, can see all comings and goings and consequently knows a great deal about the habits of the tenants.

11. Les verbes déclaratifs, y compris **croire, penser, nier,** etc., peuvent être suivis de l'infinitif s'il n'y a pas de changement de sujet :

> **Il croit (pense, nie) savoir...**   He believes (thinks, denies) that he knows . . .

12. L'adverbe **où** (*where*) s'emploie comme relatif à la place de **dans lequel (laquelle,** etc.), **sur lequel, auquel.** Notez aussi l'inversion : **dans l'état où se trouve Mme Josselin.**

Gallicismes

page   1 **chercher à tâtons**   *to grope for*
    avoir l'habitude de + inf.   *to be in the habit of* + *gerund;* **comme il en avait l'habitude**   *as was his habit*
    à l'égard de quelqu'un   *toward* (*with*) *someone*
    faire confiance à qqun.   *to trust s.o.*

    2 **à peu près**   *about, nearly*
    s'excuser de   *to apologize for*
    de toute façon   *anyway*
    d'un instant à l'autre   *any moment*
    mettre au courant   *to inform*
    chercher des yeux   *to look around for*

    3 **tout à côté de**   *right next* (*door*) *to*
    grand-chose   (s'emploie surtout au négatif) *much*

page 3 **–aine** *suffix meaning "about"*

se contenter de + inf. *merely + verb; to be content with*

compter *to intend, expect (with hope or anticipation)*

s'attendre à (**quelque chose**) *to expect (an event over which the speaker has no control)*

4 **arriver** (le plus souvent avec **cela, ce qui** ou **il** impersonnel comme sujet) *to happen*

se demander *to wonder*

5 **être au courant** *to be informed, know about*

être en train de + inf. (*used to convey or stress that an action is in progress*) *to be (busy) + present participle*

faire plaisir à *to please, be pleased*

celui-ci *the latter;* **celui-là** *the former*

6 **tenir à** *to be anxious to, insist upon*

se trouver *to happen, turn out*

7 **tout à fait** *quite, entirely*

quand même *just the same, even though*

le coup de téléphone *telephone call*

8 **se trouver** employé pour **être**

avoir du mal à *to have difficulty in*

finir par + inf. (*lit. to end by*) *finally + v.*

Exercices

Complétez les phrases par l'expression appropriée.

A. se demander   chercher des yeux   compter
chercher à tâtons   d'un instant à l'autre

1. Maigret ———— ses chaussures ———— sous son lit.
2. Son bureau l'appellera sans doute ————.
3. Il ———— aller lui-même rue Notre-Dame-des-Champs.
4. Il ———— un bout (*scrap*) de papier ———— pour y noter l'adresse.
5. Mme Maigret ———— si son mari trouvera un taxi à cette heure de la nuit.

B.   s'attendre à   se contenter   être au courant
          grand-chose   se trouver

1. Dans les cas ordinaires Maigret ——————— sans doute d'envoyer un de ses inspecteurs.
2. Torrence semble surpris que le patron ——————— du crime. (subjonctif présent)
3. Il ——————— que Saint-Hubert connaît un peu les Josselin.
4. C'est pourquoi il ne ——————— un tel crime.   (imparfait)
5. Il ne savait pas encore ——————— quand il a appelé Maigret.

C.   tenir à   mettre au courant   quand même
          tout à fait   avoir l'habitude de

1. Quand Maigret est arrivé, Saint-Hubert l'a ——————— de ce qu'il avait déjà appris.
2. Maigret ——————— s'informer des moindres détails.   (imparfait)
3. Il ——————— sans doute à interroger les membres de la famille sans tarder (*without delay*).   (futur)
4. Le Dr Larue n'est pas ——————— sûr que Mme Josselin soit en état de le recevoir.
5. Il est ——————— étrange que les voisins n'aient rien entendu.

D.   de toute façon   le coup de téléphone   faire plaisir
          celui-ci ou celui-là   avoir du mal à

1. Il semble que Maigret ——————— reprendre le train-train journalier (*daily grind*).   (subj. prés.)
2. On devine que ——————— au milieu de la nuit lui a plutôt ———————.
3. En descendant du taxi, Maigret a trouvé Lapointe qui l'attendait. ——————— était venu dans une voiture de la P. J.
4. M. Josselin n'aimait sans doute pas le théâtre. Mais ——————— il ne sortait pas volontiers le soir.

QUESTIONNAIRE

Répondez aux questions par des phrases complètes. Ne répondez pas simplement **oui** ou **non,** mais amplifiez votre réponse.

Exemple   L'inspecteur Janvier était-il au bureau ?
          Non. Il était encore en vacances.

1. Pouvez-vous dire à quelle époque de l'année débute cette
   histoire ? Au printemps ? A la fin de l'été ? En automne ?
2. Qui est Maigret ?
3. Depuis combien de temps est-il rentré de vacances ?
4. Qu'arrivait-il les autres années pendant ses vacances ?
5. Qui était à l'appareil ? Maigret le connaissait-il depuis longtemps ?
6. Qu'est-ce qu'il a annoncé à Maigret ?
7. D'où téléphonait-il ?
8. Avait-il téléphoné à quelqu'un d'autre ?
9. Que faisait Mme Maigret pendant cette conversation téléphonique ?
10. D'où venait le second coup de téléphone ?
11. Qui attendait Maigret devant l'immeuble où habitaient les
    Josselin ?
12. Qui les a accueillis à la porte de l'appartement ?
13. Qu'est-ce qu'ils ont découvert dans le salon ?
14. De qui se compose la famille ?
15. Où étaient Mme Josselin et sa fille quand le crime s'est produit ?
16. Qu'est-ce que M. Josselin et son gendre ont fait au début de la
    soirée ?
17. Qu'est-ce qui a interrompu la partie ?
18. Qui les deux femmes ont-elles appelé au lieu d'avertir la police ?
19. Le crime semble-t-il avoir eu le vol pour mobile (*motive*) ?
20. Où a-t-on fini par trouver le Dr Fabre ?

LEÇON
DEUX

— J'aimerais poser quelques questions à la jeune femme, murmura Maigret dont les yeux avaient fait plusieurs fois le tour de la pièce.*

Il comprenait le sentiment* de Saint-Hubert. Le cadre était non seulement élégant et confortable, mais il respirait la paix, la vie familiale. Ce n'était pas un salon d'apparat ;[1] c'était une pièce où il faisait bon[2] vivre et où on avait l'impression que chaque meuble avait son utilité et son histoire.

Le vaste fauteuil de cuir fauve, par exemple, était évidemment le fauteuil dans lequel René Josselin avait l'habitude de s'installer chaque soir et, en face, de l'autre côté de la pièce, l'appareil de télévision se trouvait juste dans le champ de son regard.

Le piano à queue[3] avait servi pendant des années à une

[1] **un salon d'apparat**   *formal drawing room*
[2] **il faisait bon**   *it was good*
[3] **Le piano à queue**   *Grand piano*

14

petite fille dont on voyait le portrait[4] au mur et, près d'un autre fauteuil, moins profond que celui du chef de famille, il y avait une jolie table à ouvrage[5] Louis XV.

— Vous voulez que je l'appelle ?

— Je préférerais la rencontrer dans une autre pièce...

Saint-Hubert frappait à une porte, disparaissait un moment, revenait[6] chercher Maigret qui entrevoyait une chambre à coucher, un homme penché sur une femme étendue.

Une autre femme, plus jeune, s'avançait vers le commissaire et murmurait :

— Si vous voulez me suivre dans mon ancienne[7] chambre...

Une chambre qui était restée une chambre de jeune fille, avec encore des souvenirs, des bibelots, des photographies, comme si on avait voulu que, mariée, elle retrouve, chez ses parents, le cadre de sa jeunesse.

— Vous êtes le commissaire Maigret, n'est-ce pas ?

Il fit oui de la tête.[8]

— Vous pouvez fumer votre pipe[9]... Mon mari fume la cigarette du matin au soir, sauf au chevet de ses petits malades, bien entendu...

Elle portait une robe assez habillée et, avant de se rendre au théâtre, elle était passée chez le coiffeur. Ses mains tiraillaient un mouchoir.[10]

— Vous préférez rester debout ?

— Oui... Vous aussi, n'est-ce pas ?...

Elle ne tenait pas en place, allait et venait sans savoir où poser son regard. *

— Je ne sais pas si vous imaginez l'effet que cela produit...

---

[4] **dont... le portrait**   (V. Rem. 2, page 8)
[5] **une table à ouvrage**   *sewing table*
[6] **frappait, disparaissait, revenait**   (V. Rem. 4, page 9)
[7] **ancien** (f. **ancienne**)   devant le nom, généralement, *former ;* après le nom, *ancient, old*
[8] **Il fit... tête**   *He nodded yes*
[9] **Vous... pipe**   Mme Fabre a sans doute entendu parler de Maigret et de sa fameuse pipe.
[10] **tiraillaient un mouchoir**   *tugged nervously at a handkerchief*

On entend parler tous les jours de crimes par les journaux, par la radio, mais on ne se figure* pas que cela peut vous arriver... Pauvre papa !...

— Vous étiez très liée avec votre père ?

— C'était un homme d'une bonté exceptionnelle... J'étais tout pour lui... Je suis son seul enfant... Il faut,[11] monsieur Maigret, que vous parveniez à comprendre ce qui s'est passé, que vous nous le disiez... On ne m'ôtera pas de la tête que c'est une terrible erreur...

— Vous pensez que l'assassin a pu se tromper d'étage ?[12]

Elle le regarda comme quelqu'un qui se jette sur une planche de salut,[13] mais tout de suite elle secoua la tête.

— Ce n'est pas possible... La serrure n'a pas été forcée... C'est mon père qui a dû ouvrir la porte...

Maigret appela :

— Lapointe !... Tu peux entrer...

Il le présenta et Lapointe rougit de se trouver dans une chambre de jeune fille.

— Permettez-moi de vous poser quelques questions. Qui, de votre mère ou de vous, a eu l'idée d'aller ce soir au théâtre ?

— C'est difficile à dire. Je crois que c'est maman. C'est toujours elle qui insiste pour que je sorte. J'ai deux enfants, l'aîné de trois ans, l'autre de dix mois. Quand mon mari n'est pas dans son cabinet,[14] où je ne le vois pas, il est dehors, à l'hôpital ou chez ses malades. C'est un homme que se donne tout entier à sa profession. Alors, de temps en temps, deux ou trois fois par mois, maman téléphone pour me proposer de sortir avec elle.

» On donnait ce soir une pièce que j'avais envie de voir... »

— Votre mari n'était pas libre ?

— Pas avant neuf heures et demie. C'était trop tard. En outre, il n'aime pas le théâtre...

— A quelle heure êtes-vous venue ici ?

[11] **Il faut**   (V. Rem. 1)
[12] **a pu... d'étage**   *may have stopped at the wrong floor by mistake*
[13] **qui se jette... salut**   *who jumps at a last hope* (**une planche de salut** *a floating board one grapples in order to save oneself*)
[14] **le cabinet**   le bureau d'un médecin ou d'un avocat (*lawyer*)

— Vers huit heures et demie.

— Où habitez-vous ?

— Boulevard Brune, près de la Cité Universitaire[15]...

— Vous avez pris un taxi ?

— Non. Mon mari m'a amenée dans sa voiture. Il y avait un battement[16] entre deux de ses rendez-vous.

— Il est monté ?

— Il m'a laissée sur le trottoir.

— Il devait revenir ensuite ?

— Cela se passait presque toujours de cette façon quand nous sortions ma mère et moi. Paul — c'est le prénom de mon mari — rejoignait mon père dès qu'il avait fini ses visites et tous les deux jouaient aux échecs ou regardaient la télévision en nous attendant.

— C'est ce qui s'est passé hier soir ?

— D'après ce qu'il vient de me dire, oui. Il est arrivé un peu après neuf heures et demie. Ils ont commencé une partie. Mon mari a reçu ensuite un appel téléphonique...

— A quelle heure ?

— Il n'a pas eu le temps de me le préciser.[17] Il est parti et quand, plus tard, nous sommes montées, maman et moi, nous avons trouvé le spectacle que vous savez...

— Où se trouvait alors votre mari ?

— J'ai téléphoné tout de suite à la maison et Germaine, notre bonne, m'a dit qu'il n'était pas rentré.

— L'idée ne vous est pas venue[18] d'avertir la police ?

— Je ne sais pas... Nous étions comme perdues, maman et moi... Nous ne comprenions pas... Nous avions besoin de quelqu'un pour nous conseiller et c'est moi qui ai pensé à appeler le Dr Larue... C'est un ami en même temps que le médecin de papa...

— L'absence de votre mari ne vous a pas étonnée ?

— Je me suis d'abord dit qu'il était retenu par une urgence...
Puis, quand le Dr Larue a été ici, j'ai téléphoné à l'hôpital...
C'est là que j'ai pu le toucher...

— Quelle a été sa réaction ?

— Il m'a annoncé qu'il venait tout de suite... Le Dr Larue
avait déjà appelé la police... Je ne suis pas sûre que je vous dise
tout cela dans l'ordre exact... Je m'occupais en même temps de
maman, qui avait l'air de ne plus savoir où elle était...

— Quel âge a-t-elle ?

— Cinquante et un ans. Elle est beaucoup plus jeune que
papa, qui s'est marié tard, à trente-cinq ans...

— Voulez-vous m'envoyer votre mari ?

La porte ouverte, Maigret entendit des voix dans le salon,
celle du substitut Mercier et d'Étienne Gossard, un jeune juge
d'instruction qui, comme les autres, avait été tiré de son lit. Les
hommes de l'Identité Judiciaire n'allaient pas tarder à envahir
le salon.

— C'est moi que vous demandez ?

L'homme était jeune, maigre, nerveux.[19] Sa femme était
rentrée avec lui et questionnait timidement :

— Je peux rester ?

Maigret lui fit signe que oui.[20]

— On me dit, docteur, que vous êtes arrivé ici vers neuf
heures et demie.

— Un peu plus tard ; pas beaucoup...

— Vous aviez fini la journée ?

— Je le pensais, mais, dans ma profession, on n'en est jamais
sûr.

— Je suppose que, quand vous quittez votre domicile, vous
laissez à votre domestique une adresse où on puisse vous
toucher ?

— Germaine savait que j'étais ici.

---

[19] **nerveux** *sinewy* (Le mot anglais *nervous* au sens de *apprehensive* se
traduit **agité** ou **ému**.)

[20] **fit... oui** *made a sign that she could* (V. Rem. 3)

— C'est votre bonne ?

— Oui. Elle garde aussi les enfants[21] quand ma femme n'est pas là.

— Comment avez-vous trouvé votre beau-père ?

— Comme d'habitude. Il regardait la télévision. Le programme n'était pas intéressant et il m'a proposé une partie d'échecs. Nous nous sommes mis à jouer. Vers dix heures et quart, le téléphone a sonné...

— C'était pour vous ?

— Oui. Germaine m'annonçait qu'on me demandait d'urgence au 28, rue Julie... C'est dans mon quartier... Germaine avait mal entendu le nom,[22] Lesage ou Lechat, ou peut-être Lachat... La personne qui avait téléphoné, paraît-il, était très émue...

— Vous êtes parti tout de suite ?

— Oui. J'ai annoncé à mon beau-père que je reviendrais si mon malade ne me prenait pas trop de temps et qu'autrement je rentrerais directement chez moi... C'était mon intention... Je me lève de très bonne heure, à cause de l'hôpital...

— Combien de temps êtes-vous resté chez votre malade ?

— Il n'y avait pas de malade... Je me suis adressé à une concierge qui m'a regardé avec surprise, m'affirmant qu'il n'y avait dans l'immeuble personne dont le nom ressemble à Lesage ou à Lachat et qu'elle ne connaissait pas d'enfant souffrant...

— Qu'avez-vous fait ?

— J'ai demandé la permission de téléphoner chez moi et j'ai à nouveau questionné Germaine... Elle a répété qu'il s'agissait bien[23] du 28... A tout hasard,[24] j'ai sonné, sans plus de succès, au 18 et au 38... Comme j'étais dehors, j'en ai profité* pour passer par l'hôpital et voir un petit patient qui m'inquiétait...

— Quelle heure était-il ?

— Je l'ignore... Je suis resté près d'une demi-heure au chevet

---

[21] **garde les enfants**   en anglais familier, *baby-sits*
[22] **Germaine... le nom**   *Germaine had not caught the name*
[23] **il s'agissait bien**   ici, *it was indeed*
[24] **A tout hasard**   *On an off chance*

de l'enfant... Puis, avec une des infirmières, j'ai fait le tour des salles[25]... Enfin, on est venu m'annoncer que ma femme était au bout du fil [26]...

— Vous êtes la dernière personne à avoir vu votre beau-père vivant... Il ne paraissait pas inquiet...

— Pas le moins du monde... En me reconduisant à la porte,[27] il m'a annoncé qu'il allait finir seul la partie... J'ai entendu qu'il mettait la chaîne...

— Vous en êtes certain ?

— J'ai entendu le bruit caractéristique de la chaîne... J'en jurerais...

— De sorte qu'il a dû se lever pour ouvrir la porte à son assassin... Dites-moi, madame, lorsque vous êtes arrivée avec votre mère, je suppose que la chaîne n'était pas mise ?

— Comment serions-nous entrées ?

Le docteur fumait à petites bouffées rapides, allumait une cigarette avant que l'autre soit finie, fixait tantôt le tapis, tantôt le commissaire avec inquiétude. Il donnait l'impression d'un homme qui s'efforce en vain de résoudre un problème et sa femme n'était pas moins agitée que lui.

— Il faudra, demain, que je reprenne ces questions en détail, je m'en excuse...

— Je comprends...

— Il est temps, maintenant, que je rejoigne ces messieurs du Parquet.

— On va emmener le corps ?

— C'est nécessaire...

On ne prononçait pas le mot autopsie, mais on devinait[28] que la jeune femme y pensait.

— Retournez auprès de Mme Josselin. Je la verrai un moment tout à l'heure et je la retiendrai le moins longtemps possible...

---

[25] **les salles** dans un hôpital, *wards*
[26] **au bout du fil** c.-à-d. au téléphone
[27] **En... porte** *As he was showing me to the door*
[28] **on devinait** *one could guess* (V. Rem. 5, page 9)

Dans le salon, Maigret serrait machinalement des mains, saluait ses collaborateurs de l'Identité Judiciaire qui installaient leurs appareils.

Le juge d'instruction, soucieux, questionnait :

— Qu'est-ce que vous en pensez, Maigret ?

— Rien.

— Vous ne trouvez pas curieux qu'on ait justement[29] appelé le gendre, ce soir, chez un malade qui n'existe pas ? Comment s'entendait-il avec son beau-père ?

— Je l'ignore.

Il avait horreur de ces questions alors qu'ils venaient à peine, les uns et les autres, de pénétrer dans l'intimité d'une famille. L'inspecteur que Maigret avait entrevu dans la loge entrait dans la pièce, un calepin à la main, s'approchait de Maigret et de Saint-Hubert.

Remarques

1. Avec le verbe impersonnel **falloir,** le sujet du verbe de la proposition subordonnée devient le sujet de *must* ou *have to* suivi de l'infinitif :

il faut (a fallu, fallait, faudra) que je + subj.	I must (had to, had to, will have to) + inf.

Falloir peut aussi s'employer suivi d'un infinitif quand on s'adresse à la personne et qu'il n'y a pas d'ambiguïté :

Il ne faut pas vous fâcher.	You must not get angry.

Employé avec un objet indirect **falloir** a le sens d'**avoir besoin :**

Il lui faudra beaucoup de patience.	He will need a lot of patience.

La différence entre les verbes **falloir** et **devoir** est que celui-ci exprime une obligation moins impérative, une obligation morale :

Je dois écrire à mes parents.	I must write to my parents.
J'ai dû le punir.	I had to punish him.

[9] **justement**   précisément

Devoir peut aussi exprimer une probabilité ou une supposition ; ou une action prévue (*scheduled*), en anglais : *am (was) to*

Vous avez dû le rencontrer.	You must have (probably) met him.
Ce livre doit être intéressant.	This book must be interesting.
Je devais partir hier.	I was to leave yesterday.

Les conditionnels **devrait, faudrait** et **aurait dû, aurait fallu** se traduisent *should, ought to* et *should have, ought to have*

2. **la Cité Universitaire** Les universités françaises ne sont pas situées dans un *campus* comme la plupart en Amérique et ne pourvoient (*provide*) pas au logement des étudiants. Ceux-ci vivent soit dans des chambres meublées, soit dans des pensions (*boarding houses*), ou dans une famille.

La Cité a pour origine un groupe de bâtiments construits entre 1921 et 1925, grâce aux dix millions de francs offerts par un philanthropiste français. L'objet de cette fondation était de remédier à la crise (*shortage*) du logement dont souffraient particulièrement les étudiants.

Depuis, la Cité s'est agrandie considérablement. Une vingtaine de pays, y compris les États-Unis, y ont construit des pavillons pour y loger leurs nationaux. En 1950, environ 2500 chambres étaient disponibles. La Maison Internationale fondée en 1936 grâce à la générosité de John D. Rockefeller, Jr., comprend un théâtre, un cinéma, des salles de réunion, et des divers services

La Cité couvre environ 25 hectares (un hectare = *2.44 acres*) qui comprennent, outre les différents bâtiments, un parc et des terrains (*grounds*) de jeux.

3. **Il lui fit signe que oui** c.-à-d. qu'elle pouvait rester. **Que** s'emploie parce que **oui** (ou **non**) remplace un verbe ou une proposition exprimée précédemment. Dans la phrase **Il paraît que oui** (page 28) **oui** remplace la phrase tout entière : **L'enfant est resté éveillé pendant deux heures.**

Gallicismes

page		
14	**faire le tour**	*to go around*
	servir à	*to be used by or for*

page 15 **(re)venir chercher** *to come (back) to get;* **aller chercher** *to go get*

s'avancer *to come forth;* **s'avancer vers** *to come toward*

bien entendu *of course*

se rendre employé pour **aller** (cf. l'archaïsme anglais *to betake oneself*)

passer *to pass, stop at, go to*

aller et venir *to pace back and forth, come and go*

16 **entendre parler de** *to hear about;* **entendre dire que** *to hear that*

se passer *to happen, be going on*

se tromper *to be mistaken;* **se tromper de** *to do the wrong thing (by mistake)*

avoir envie de *to feel like, wish to, long for*

17 **d'après** *according to;* **d'après ce que** *from what, according to what*

avoir besoin de *to need*

18 **s'occuper de** *to take care of, attend to, be concerned with;* **être occupé** *to be busy*

l'air (*for* ayant l'air, *qualifying the subject*) *looking;* **avoir l'air de** + v. *to look as though;* + n. *to look like;* **avoir l'air** + adj. *to look*

ne pas tarder à *not to be long in. Not to be long before* est souvent préférable : **Nous n'avons pas tardé à recevoir de leurs nouvelles** *It was not long before we heard from them.*

19 **comme d'habitude** *as usual;* **d'habitude** *usually*

se mettre à *to start, begin, set about*

de bonne heure *early*

s'adresser à *to speak to, inquire of*

s'agir de *to be a question (a matter) of, to concern*

20 **de sorte que** *so that*

tantôt... tantôt *now . . . then*

tout à l'heure selon le temps du verbe : *in a little while; a little while ago*

21 **s'entendre** *to get along*

les uns et les autres *all of them (you, us)*

page 23 **s'approcher de** *to come to, walk to; to go* (*come*) *near to*

Exercices

A.   **faire le tour de   se tromper de   se mettre à**
               s'adresser à   se passer

1. Bien entendu, il vous mettra au courant de ce qui —————————.
2. Il n'y a personne de malade ici. Vous avez dû ————————— adresse.
3. Le Dr Fabre ————————— trois autres concierges sans plus de résultat.
4. Un inspecteur est arrivé et ————————— interroger la concierge de l'immeuble où habitent les Josselin.
5. Saint-Hubert a déjà ————————— l'appartement sans découvrir aucun indice (*clue*).

B.   **servir à   à tout hasard   tarder à**
               s'occuper de   s'agir de

1. Le substitut et le juge d'instruction n'ont pas ————————— arriver.
2. D'après ce que nous avons déjà appris on n'a pas retrouvé l'arme qui ————————— l'assassin.
3. Lapointe, il faudra ————————— interroger le gardien de la paix de service dans le quartier cette nuit.
4. Oui, il ————————— savoir s'il n'a aperçu personne de suspect dans le voisinage (*neighborhood*).
5. Où est le Dr Larue ? Il ————————— Mme Josselin dont l'état l'inquiète.

C.   **avoir l'air   de bonne heure   s'entendre**
               venir chercher   avoir envie de

1. On ————————— le Dr Fabre le matin ————————— pour une urgence, de sorte qu'il était sans doute fatigué. (plus-que-parfait)

2. De toute façon, il ⎯⎯⎯⎯⎯⎯ agité en répondant aux questions de Maigret. (imparfait)
3. M. Josselin n'⎯⎯⎯⎯⎯⎯ regarder la télévision et nous avons joué aux échecs. (imparfait)
4. Docteur, est-ce que vous ⎯⎯⎯⎯⎯⎯ bien avec votre beau-père ?

D.

passer	profiter de	tout à l'heure
se rendre	entendre parler de	

1. Je questionnerai Mme Josselin ⎯⎯⎯⎯⎯⎯ si le Dr Larue le permet.
2. Mme Fabre ⎯⎯⎯⎯⎯⎯ la pièce qu'on donnait ce soir-là.
3. Lapointe, demain matin vous ⎯⎯⎯⎯⎯⎯ chez moi avant de ⎯⎯⎯⎯⎯⎯ au bureau.
4. Le dimanche précédent, Maigret ⎯⎯⎯⎯⎯⎯ beau temps pour aller à la pêche (*fishing*).

QUESTIONNAIRE

1. Qui Maigret veut-il interroger d'abord ?
2. Dans quelle pièce Mme Fabre reçoit-elle Maigret ?
3. Paraissait-elle agitée ?
4. Pourquoi n'était-ce pas possible que l'assassin se soit trompé d'étage ?
5. Pour quelles raisons le Dr Fabre n'a-t-il pas accompagné sa femme au théâtre ?
6. Que faisait-il quand sa femme sortait le soir avec sa mère ?
7. Pour quelle raison Mme Fabre a-t-elle téléphoné au Dr Larue au lieu d'avertir la police ?
8. Où a-t-elle fini par toucher son mari ?
9. Qui a averti la police ?
10. Qui Maigret a-t-il interrogé ensuite ?
11. Que faisait M. Josselin quand son gendre est arrivé ?
12. Pourquoi celui-là a-t-il proposé une partie d'échecs ?
13. Qu'est-ce que Germaine a annoncé au Dr Fabre ?
14. Était-elle sûre du nom de la personne qui demandait le **docteur** ? Pourquoi ?
15. Que lui a dit la concierge à l'adresse indiquée ?

16. Où s'est-il adressé ensuite ?
17. Est-il retourné chez son beau-père ? Où est-il allé ?
18. Quand il avait quitté M. Josselin, celui-ci avait-il l'air inquiet ?
19. Pourquoi le docteur était-il sûr que la chaîne avait été mise ?
20. Qu'est-ce que le juge d'instruction trouvait curieux ?

LEÇON
TROIS

— La concierge est formelle,[1] dit-il. Voilà près d'une heure que je la questionne.[2] C'est une femme jeune, intelligente, dont le mari est gardien de la paix. Il est de service[3] cette nuit.

— Qu'est-ce qu'elle dit ?

— Elle a ouvert la porte[4] au Dr Fabre à neuf heures trente-cinq. Elle est sûre de l'heure, car elle allait se mettre au lit et elle remontait le réveil. Elle a l'habitude de se coucher de bonne heure parce que son bébé, qui n'a que trois mois, la réveille très tôt le matin pour son premier biberon...

» Elle était endormie, à dix heures et quart, quand la sonnerie a retenti. Elle a fort[5] bien reconnu la voix du Dr Fabre qui a dit son nom en passant... »

[1] **formelle**   c.-à-d. sûre d'elle-même, catégorique
[2] **Voilà... questionne**   *I have been interrogating her for nearly one hour* (V. Rem. 1)
[3] **de service**   *on duty*
[4] **Elle a ouvert la porte**   c.-à-d. Elle a poussé le bouton qui ouvre la porte d'entrée
[5] **fort**   très

— Combien de personnes sont entrées et sorties ensuite ?

— Attendez. Elle a essayé de se rendormir. Elle commençait à s'assoupir quand on a sonné, de la rue cette fois. La personne qui est entrée a lancé son nom :[6] Aresco. C'est une famille sud-américaine qui habite le premier étage. Presque tout de suite après, le bébé s'est réveillé. Elle a essayé en vain de le rendormir[7] et elle a fini par lui faire chauffer[8] de l'eau sucrée. Personne n'est entré et personne n'est sorti jusqu'au retour de Mme Josselin et de sa fille.

Les magistrats, qui avaient écouté, se regardaient gravement.

— Autrement dit,[9] prononça le juge, le Dr Fabre est la dernière personne à avoir quitté la maison ?

— Mme Bonnet est formelle. C'est le nom de la concierge. Si elle avait dormi, elle ne se montrerait pas aussi catégorique. Il se fait qu'à cause du bébé elle a été debout tout le temps...

— Elle était encore debout quand les deux dames sont rentrées ? L'enfant est resté éveillé pendant deux heures ?

— Il paraît que oui.[10] Elle en était même inquiète et elle a regretté de ne pas voir revenir le Dr Fabre à qui elle aurait voulu demander conseil.

On lançait à Maigret des regards interrogateurs et Maigret prenait un air boudeur.[11]

— On a retrouvé les douilles ? questionnait-il, tourné vers un des spécialistes de l'Identité Judiciaire.

— Deux douilles... 6,35[12]... On peut enlever le corps ?...

Les hommes en blouse blanche attendaient avec leur civière. Au moment où[13] René Josselin franchissait, sous un drap, la porte de son domicile, sa fille pénétrait sans bruit dans la pièce. Son regard croisa celui du commissaire, qui s'approcha d'elle.

---

[6] **a lancé son nom** *flung his name, called out his name hurriedly*
[7] **le rendormir** *make it go back to sleep*
[8] **faire chauffer** *heat up*
[9] **Autrement dit** En d'autres termes
[10] **Il paraît que oui** *It seems so* (V. Rem. 3, page 22)
[11] **prenait un air boudeur** *put on a sulky look*
[12] **6,35** c.-à-d. calibre 6,35 (V. Rem. 2)
[13] **où** *when* (V. Rem. 3)

— Pourquoi êtes-vous venue ?

Elle ne lui répondit pas tout de suite. Elle suivait des yeux les porteurs, la civière. Quand la porte fut refermée, seulement, elle murmura, un peu comme on parle en rêve :

— Une idée qui m'est passée par la tête... Attendez...

Elle se dirigea vers une commode ancienne qui se trouvait entre les deux fenêtres, en ouvrit le tiroir du haut.

— Qu'est-ce que vous cherchez ?

Ses lèvres tremblaient, son regard, posé sur Maigret, était fixe.[14]

— Le revolver...

— Il y avait un revolver dans ce tiroir ?

— Depuis des années... C'est pourquoi, quand j'étais petite, le tiroir restait toujours fermé à clef...

— Quel genre de revolver ?

— Un automatique très plat, bleuâtre, qui portait une marque belge...

— Un browning 6,35 ?

— Je crois... Je n'en suis pas sûre... Il y avait le mot Herstal [15] gravé, ainsi que des chiffres...

Les hommes se regardaient à nouveau, car la description correspondait à un automatique 6,35.

— Quand l'avez-vous vu pour la dernière fois ?

— Il y a un certain temps... Des semaines... Peut-être des mois... Sans doute un soir que nous avons joué aux cartes, car les cartes se trouvaient dans le même tiroir... Elles y sont encore... Ici, les choses gardent longtemps leur place...

— Mais l'automatique n'y est plus ?

— Non.

— De sorte que celui qui s'en est servi savait où le trouver ?

— C'est peut-être mon père, pour se défendre, qui...

On sentait de la peur dans ses yeux.

— Vos parents n'ont pas de domestique ?

---

[14] **son... fixe**   *she was staring at Maigret*

[15] **Herstal**   ville de Belgique où se fabriquent, entre autres choses, des armes à feu

— Ils avaient une bonne, qui s'est mariée il y a environ six mois. Depuis, ils en ont essayé deux autres. Comme maman n'en était pas satisfaite, elle a préféré engager une femme de ménage,[16] Mme Manu... Elle vient le matin à sept heures et repart[17] à huit heures du soir...

Tout cela était normal, tout était naturel, sauf que cet homme paisible, qui avait pris sa retraite[18] depuis peu, ait été assassiné dans son fauteuil.

Il y avait, dans le drame, quelque chose de gênant, d'incongru.

— Comment va votre mère ?

— Le Dr Larue l'a forcée à se coucher. Elle ne desserre pas les dents et regarde fixement devant elle comme si elle avait perdu conscience. Elle n'a pas pleuré. On a l'impression d'un vide... Le docteur vous demande la permission de lui donner un sédatif... Il préférerait qu'elle dorme... Il peut ?...

Pourquoi pas ? Ce n'était pas en posant quelques questions à Mme Josselin que Maigret découvrirait la vérité.

— Il peut, répondit-il.

Les gens de l'Identité Judiciaire travaillaient toujours, avec leur minutie et leur calme habituels. Le substitut prenait congé.

— Vous venez, Gossard ? Vous avez votre voiture ?

— Non. J'ai pris un taxi.

— Si vous voulez, je vous reconduis.[19]

Saint-Hubert s'en allait aussi, non sans avoir murmuré à Maigret :

— Ai-je eu raison de vous appeler ?

Le commissaire fit signe que oui et alla s'asseoir dans un fauteuil.

— Ouvre donc la fenêtre, dit-il à Lapointe.

Il faisait chaud dans la pièce et cela le surprenait soudain que, malgré la température encore estivale, Josselin eût passé la soirée toutes fenêtres fermées.

---

[16] **une femme de ménage**   *cleaning woman*
[17] **Elle vient... et repart**   (V. Rem. 4)
[18] **qui... retraite**   c.-à-d. qui s'était retiré des affaires
[19] **je vous reconduis**   *I'll drive you home*

— Appelle le gendre...

— Tout de suite, patron...

Celui-ci ne tarda pas à apparaître, l'air exténué. *

— Dites-moi, docteur, quand vous avez quitté votre beau-père, les fenêtres étaient-elles ouvertes ou fermées ?

Il réfléchit, regarda les deux fenêtres dont les rideaux étaient tirés.

— Attendez... Je ne sais pas... J'essaie de me souvenir... J'étais assis ici... Il me semble que je voyais des lumières... Oui... Je jurerais presque que la fenêtre de gauche était ouverte... J'entendais distinctement les bruits de la ville...

— Vous ne l'avez pas fermée avant de sortir ?

— Pourquoi l'aurais-je fait ?

— Je ne sais pas.

— Non... L'idée ne m'en est pas venue... Vous oubliez que je ne suis pas chez moi...

— Vous veniez souvent ?

— Environ une fois par semaine... Véronique rendait plus fréquemment visite à son père et à sa mère... Dites-moi... Ma femme va rester ici cette nuit mais, pour ma part, j'aimerais rentrer me coucher... Nous ne laissons jamais les enfants seuls avec la bonne toute la nuit... En outre, demain, dès sept heures, je dois être à l'hôpital...

— Qu'est-ce qui vous empêche de partir ?

Il était surpris par cette réponse, comme s'il se considérait lui-même suspect.

— Je vous remercie...

On l'entendait parler à sa femme, dans la pièce voisine, puis il traversait le salon, nu-tête, sa trousse à la main, saluant d'un air gêné.[20]

Chapitre 2

Quand les trois hommes quittèrent l'immeuble, il n'y avait plus que Mme Josselin et sa fille dans l'appartement. Le bébé

[20] **saluant d'un air gêné** *bowing with an embarrassed look*

de la concierge, après une nuit agitée, avait dû s'endormir, car la loge était obscure, et le doigt de Maigret avait hésité un instant sur le bouton de sonnerie.

— Que diriez-vous, docteur, d'aller prendre un verre ? [21]

Lapointe, sur le point d'ouvrir la portière[22] de la voiture noire, laissa son geste en suspens.[23] Le Dr Larue regarda sa montre, comme si celle-ci allait décider de sa réponse.

— Je prendrais volontiers une tasse de café, prononça-t-il de la même voix grave, un peu onctueuse, qu'il employait pour parler à ses malades. Il doit y avoir un bar encore ouvert au carrefour Montparnasse.[24]

Le jour ne pointait pas encore.[25] Les rues étaient presque vides. Maigret leva la tête vers le troisième étage et vit la lumière s'éteindre dans le salon où une des fenêtres restait ouverte.

Est-ce que Véronique Fabre allait enfin se dévêtir et s'étendre dans son ancienne chambre ? Ou resterait-elle assise au chevet de sa mère que la piqûre du docteur avait assommée ? Quelles étaient ses pensées, dans les pièces soudain désertes, où tant d'étrangers venaient de s'agiter ?

— Amène l'auto... disait le commissaire à Lapointe.

Il n'y avait que la rue Vavin à parcourir. Larue et Maigret marchaient le long du trottoir. Le médecin était un homme assez petit, large d'épaules, dodu, qui ne devait[26] jamais perdre son calme, sa dignité et sa douceur. On le sentait habitué à une clientèle confortable et douillette,[27] bien élevée, dont il avait pris le ton et les manières, non sans les exagérer quelque peu.

Malgré la cinquantaine, il restait beaucoup de naïveté dans ses yeux bleus, une certaine crainte aussi de faire de la peine,

---

[21] **prendre un verre**   fam.   *have a drink*

[22] **la portière**   (*car*) *door*

[23] **en suspens**   inachevé

[24] **le carrefour Montparnasse**   intersection très animée de deux boulevards et de quatre rues (V. Rem. 5)

[25] **Le jour... encore**   *It was not yet daybreak*

[26] **qui... devait**   *who probably*

[27] **confortable et douillette**   c.-à-d. menant une existence confortable et douillette (*cozy*)

et Maigret devait apprendre par la suite qu'il exposait chaque année au Salon[28] des Peintres-Médecins.

— Il y a longtemps que vous connaissez les Josselin ?

— Depuis que je me suis installé dans le quartier, c'est-à-dire une vingtaine d'années. Véronique était encore une petite fille et, si je ne me trompe, c'est pour elle, à l'occasion d'une rougeole,[29] qui j'ai été appelé chez eux pour la première fois.

C'était l'heure fraîche, un peu humide. Un léger halo entourait les becs de gaz.[30] Plusieurs voitures stationnaient[31] devant un cabaret encore ouvert au coin du boulevard Raspail ; le portier en uniforme, debout à l'entrée, prit les deux hommes pour des clients éventuels* et, poussant la porte, fit jaillir des bouffées de musique.[32]

Lapointe, dans la petite auto, suivait au pas,[33] se rangeait au bord du trottoir.[34]

La nuit de Montparnasse n'était pas tout à fait finie. Un couple discutait à mi-voix contre un mur, près d'un hôtel. Dans le bar encore éclairé, comme le docteur l'avait prévu, on apercevait quelques silhouettes et une vieille marchande de fleurs, au comptoir, buvait un café arrosé[35] qui répandait une forte odeur de rhum.

— Pour moi, ce sera une fine[36] à l'eau, dit Maigret.

Le médecin hésita.

— Ma foi,[37] je crois que je vais prendre la même chose.

— Et toi, Lapointe ?

— Moi aussi, patron.

— Trois fines à l'eau...

---

[28] **le Salon**   exposition annuelle organisée par plusieurs sociétés d'artistes contemporains. Celui-ci est probablement fictif.

[29] **une rougeole**   c.-à-d. un cas de rougeole (*measles*)

[30] **le bec de gaz**   *gas street light* (V. Rem. 6)

[31] **stationner**   *park*

[32] **fit... musique**   *let out strains of music*

[33] **au pas**   c.-à-d. lentement (lit. *in step*)

[34] **se rangeait... trottoir**   *pulled up at the curb*

[35] **arrosé (de)**   fam.   *laced (with)*

[36] **une fine**   *brandy* (V. Rem. 7)

[37] **Ma foi**   interjection qui peut vouloir dire *Well, Indeed, My word*

Ils s'assirent autour d'un guéridon, près de la vitre, et se mirent à parler à mi-voix tandis que les menus trafics[38] de la nuit se poursuivaient autour d'eux. Larue affirmait avec conviction :

— Ce sont de braves gens. Ils n'ont pas tardé à devenir nos amis et il nous arrivait assez souvent, à ma femme et à moi, de dîner[39] chez eux.

— Ils ont de la fortune ? *

— Cela dépend de ce qu'on entend par là. Ils sont certainement très à l'aise.[40] Le père de René Josselin possédait déjà une petite affaire de cartonnage rue du Saint-Gothard, un simple atelier vitré au fond d'une cour, qui occupait une dizaine d'ouvrières. Lorsqu'il en a hérité, son fils a acheté un outillage moderne. C'était un homme de goût, qui ne manquait pas d'idées, et il a assez vite acquis la clientèle des grands parfumeurs et d'autres maisons de luxe.

— Il paraît qu'il s'est marié tard, vers l'âge de trente-cinq ans ?

— C'est exact. Il continuait à habiter la rue du Saint-Gothard, au-dessus des ateliers, avec sa mère qui a toujours été mal portante. Il ne m'a pas caché que c'est à cause d'elle qu'il ne s'est pas marié plus tôt. D'une part, il ne voulait pas la laisser seule. D'autre part, il ne se sentait pas le droit[41] d'imposer la présence d'une malade à une jeune femme. Il travaillait beaucoup, ne vivait que pour son affaire.

— A votre santé.

— A la vôtre.

Lapointe, les yeux un peu rouges de fatigue, ne perdait pas[42] un mot de la conversation.

— Il s'est marié un an après la mort de sa mère et s'est installé rue Notre-Dame-des-Champs.

— Qui était sa femme ?

— Francine de Lancieux, la fille d'un ancien colonel. Je crois

[38] **les menus trafics** *small deals and activities*
[39] **il nous arrivait... de dîner** *we happened . . . to dine*
[40] **à l'aise** *comfortably off*
[41] **il ne... le droit** *he did not feel that he had the right*
[42] **ne perdait pas** ne manquait pas *did not miss*

qu'ils habitaient quelques maisons plus loin, rue du Saint-Gothard ou rue Dareau, et que c'est ainsi que Josselin l'a connue. Elle devait avoir vingt-deux ans à l'époque.

— Ils s'entendaient bien ?

— C'était un des couples les plus unis que j'aie connus. Ils ont eu presque tout de suite une fille, Véronique, que vous avez rencontrée ce soir. Plus tard, ils ont espéré un fils, mais une opération assez pénible a mis fin à leur espoir.

Des braves gens, avaient dit le commissaire de police, puis le médecin. Des gens presque sans histoire, dans un cadre cossu et reposant.[43]

Remarques

1. Dans une proposition temporelle avec **il y a** ou **voilà... que** (*for*), ou **depuis** (*for, since*), le présent français s'exprime en anglais par la forme progressive *have been doing*. **Voilà... que** est emphatique.

> **Y a-t-il longtemps que vous habitez à Paris ?** ou **Habitez-vous à Paris depuis longtemps ?**
>
> Have you been living in Paris for a long time?

Mais **depuis** (*since*) doit s'employer pour indiquer le moment du début de l'action.

> **J'habite à Paris depuis 1965.**
>
> I have been living in Paris since 1965.

> **Je travaille depuis deux heures.**
>
> I have been working since two o'clock.

(Notez que **il y a deux heures que je travaille** voudrait dire *I have been working for two hours*.) Naturellement vous savez que **il y a** veut aussi dire *ago*.

2. **6,35** (six virgule trente-cinq) En français on place une virgule devant les décimales, et on emploie un point pour séparer les groupes de chiffres : **2.180,45.**

---

[43] **un cadre... reposant** *a well-to-do and restful set-up*

3. **Où** s'emploie pour **quand** après des termes de temps tels que **le jour où, le moment où, l'année où,** etc.

4. **elle vient... et repart** Quand deux verbes de sens opposé sont employés successivement, le second prend le préfixe **re–** (normalement indiquant la répétition) : **Il a ouvert la fenêtre et l'a refermée presque aussitôt.** Le premier verbe peut être sous-entendu.

5. **Le carrefour Montparnasse** et le boulevard du même nom sont un centre très parisien et « touristique » animé jour et nuit. Il s'y trouve de nombreux cafés, cabarets, boîtes de nuit (*night clubs*), restaurants, etc.

6. Peu de rues à Paris sont encore éclairées au gaz, mais le terme **bec de gaz** continue à s'employer familièrement pour désigner n'importe quel type d'éclairage des rues.

7. **une fine** Pour une fine Champagne, une eau de vie (*brandy*) de qualité supérieure produite dans le meilleur district, appelé Champagne, de la région de Cognac. En pratique, **une fine** s'applique à n'importe quel cognac.

Gallicismes

page 28 **(il) se faire** *to happen, turn out* (surtout employé dans l'expression **comment se fait-il que ?**)

29 **fermer à clef** *to lock*
se servir de *to use*

30 **reconduire qqun** *to escort, walk with, drive s.o. back to a place; to show s.o. to the door*
avoir raison (tort) *to be right (wrong)*
faire chaud (frais, etc.) en parlant de la température, *to be hot (cool, etc.)*

31 **rendre visite à qqun** *to go (come) see s.o., pay a visit*
Rentrer sans autre indication veut en général dire **rentrer chez soi, à la maison** *to go (come) home, be back (home)*. **Rentrer,** comme les autres verbes de mouvement, est suivi de l'infinitif direct.

32 **faire de la peine à** *to hurt the feelings, grieve*

page 34 **à l'aise** confortable financièrement : *comfortably off*
manquer de + n. *to lack;* **manquer de** + inf. *to almost*
+ *v.;* **manquer** + n. *to miss*
bien (mal) portant *in good (poor) health*
d'une part... d'autre part *on one hand . . . on the other hand*

Exercices

Ces exercices comprendront des gallicismes cités dans les leçons précédentes et employés dans celle-ci.

A.   **se servir de   fermer à clef   se faire   que**
avoir tort   reconduire

1. Il se trouve que le tiroir où était le revolver n'était pas
_____.

2. Il n'y a aucun doute que l'assassin _____ un automatique 6,35.

3. Comment _____ la concierge soit restée éveillée tout ce temps ?

4. Les deux femmes _____ de ne pas avertir la police immédiatement.

5. J'ai ma voiture et si vous voulez je peux vous _____ chez vous.

B.   **faire de la peine à   autrement dit   avoir raison**
manquer de   d'une part... d'autre part

1. D'après le Dr Larue, Josselin ne _____ ambition quand il était jeune.

2. Sa mort _____ ses anciens employés.   (futur)

3. _____ la concierge est formelle, mais _____ il n'est pas impossible qu'elle se soit rendormie.

4. _____, vous croyez que quelqu'un aurait pu sortir à son insu (*without her noticing it*) ?

5. Vous _____. Il est possible que M. Aresco n'ait pas bien refermé la porte.

C.　　　　　de sorte que　　　s'entendre　　　se tromper
　　　　　　　　　finir par　　　se mettre à

1. Ils ——————— inspecter la pièce avec leur soin habituel.
2. Sans aucun doute ils ——————— trouver quelque indice.
3. Je ——————— peut-être, mais je suppose que Josselin ——————— bien avec ses employés.
4. ——————— il est peu probable que ceux-ci puissent être suspects.

D.　　　　　faire frais　　　tarder à　　　bien portant
　　　　　　　　　rentrer　　　rendre visite à

1. Il lui arrivait souvent d'avertir sa femme qu'il ne ——————— dîner. (conditionnel prés.)
2. Il est rare qu'il ait le temps de ——————— ses beaux-parents pendant la journée.
3. Demandez-lui si Josselin était ——————— ces jours-ci.
4. J'espère que nous ne ——————— apprendre quelque chose d'intéressant.
5. Il ——————— quand les trois hommes sont sortis dans la rue.

QUESTIONNAIRE

1. A combien de personnes la concierge a-t-elle ouvert la porte entre neuf heures et le retour des deux femmes ?
2. Combien de personnes sont sorties de l'immeuble ?
3. Comment se fait-il que la concierge soit si formelle ?
4. Qu'est-ce que les hommes de l'Identité Judiciaire ont retrouvé ?
5. Qui est revenu dans le salon alors qu'on enlevait le corps ?
6. Qu'est-ce qu'elle cherchait dans un tiroir de la commode ?
7. Quand avait-elle vu l'automatique pour la dernière fois ?
8. Qui suggère-t-elle aurait pu s'en servir ?
9. Dans quel état est Mme Josselin ?
10. Que voudrait faire le Dr Larue ?
11. Pourquoi Maigret ne s'y oppose-t-il pas ?
12. Qu'est-ce qu'il a fait après le départ de Saint-Hubert ?
13. Qu'est-ce qui l'a surpris ?
14. Pourquoi a-t-il rappelé le Dr Fabre ?

15. Pourquoi celui-ci était-il à peu près sûr qu'une des fenêtres était ouverte ?
16. Qu'est-ce que Maigret a proposé en sortant de chez les Josselin ?
17. Depuis quand le Dr Larue les connaît-il ?
18. Vers quel âge M. Josselin s'est-il marié ?
19. Pourquoi ne s'était-il pas marié plus tôt ?
20. Quand a-t-il fini par le faire et qui a-t-il épousé ?

LEÇON
QUATRE

— Ils sont revenus de La Baule[1] la semaine dernière... Ils y ont acheté une villa alors que Véronique était encore toute petite et ils continuaient à y aller chaque année. Depuis que Véronique est maman à son tour, ils y emmenaient ses enfants.

— Et le mari ?

— Le Dr Fabre ? J'ignore s'il a pris des vacances, sans doute pas plus d'une semaine. Peut-être est-il[2] allé les rejoindre deux ou trois fois du samedi au dimanche soir. C'est un homme qui se consacre* entièrement à la médecine et à ses malades, une sorte de saint laïc. Lorsqu'il a rencontré Véronique, il était interne aux Enfants Malades[3] et, s'il ne s'était pas marié, il se serait vraisemblablement contenté d'une carrière hospitalière, sans se soucier d'une clientèle privée.

— Vous croyez que sa femme a insisté pour qu'il ait un cabinet ?

---

[1] **La Baule**   *a very fashionable summer resort on the Atlantic coast*
[2] **Peut-être est-il**   (V. Rem. 1)
[3] **Enfants Malades**   c.-à-d. l'hôpital des Enfants Malades

— Je ne trahis pas le secret professionnel en répondant à cette question. Fabre ne s'en cache pas. En se consacrant exclusivement à l'hôpital, il aurait eu du mal à faire vivre[4] une famille. Son beau-père a voulu qu'il rachète un cabinet[5] et lui a avancé les fonds. Vous l'avez vu. Il ne se soucie ni de son aspect, ni du confort. Il porte le plus souvent des vêtements fripés et, livré à lui-même, je me demande s'il n'oublierait pas de changer de linge...

— Il s'entendait bien avec Josselin ?

— Les deux hommes s'estimaient.[6] Josselin était assez fier de son gendre et, en outre, ils avaient une passion commune pour les échecs.

— Il était vraiment malade ?

— C'est moi qui lui ai demandé de mettre un frein à son activité. Il a toujours été gros et je l'ai connu pesant près de cent dix kilos. Cela ne l'empêchait pas de travailler douze ou treize heures par jour. Le cœur ne suivait pas. Il a eu, voilà[7] deux ans, une crise[8] assez bénigne qui n'en constituait pas moins un signal d'alarme.

» Je lui ai conseillé de prendre un collaborateur, de se contenter d'une sorte de supervision, juste de quoi s'occuper l'esprit.

» A ma grande surprise, il a préféré tout lâcher, m'expliquant qu'il était incapable de faire les choses à moitié. »

— Il a vendu son affaire ?

— A deux de ses employés. Comme ceux-ci n'avaient pas assez d'argent, il y reste intéressé[9] pendant un certain nombre d'années, je ne sais pas au juste combien.

— A quoi, depuis deux ans, employait-il son temps ?

— Le matin, il se promenait dans le jardin du Luxembourg ;[10]

[4] **faire vivre**   *support*
[5] **rachète un cabinet**   *acquire the practice of another doctor*
[6] **s'estimaient**   L'un l'autre (*each other*) est omis lorsque le sens indique clairement que l'action est réciproque.
[7] **voilà**   il y a
[8] **une crise**   sous-entendu, **cardiaque**   *heart attack*
[9] **il y reste intéressé**   il y retient des intérêts financiers
[10] **le jardin du Luxembourg**   (V. Rem. 2)

je l'y ai aperçu souvent. Il marchait lentement, précautionneuse-
ment, comme beaucoup de cardiaques, car il finissait par s'exagérer son état. Il lisait. Vous avez vu sa bibliothèque.[11] Lui qui
n'avait jamais eu le temps de lire découvrait sur le tard [12] la littérature et en parlait avec enthousiasme.

— Sa femme ?

— Malgré la bonne, puis la femme de ménage, quand ils ont
décidé de ne plus prendre de servante à demeure,[13] elle s'occupait beaucoup de la maison et de la cuisine. En plus, elle allait
presque chaque jour boulevard Brune voir ses petits-enfants,
emmenait l'aîné dans sa voiture au parc Montsouris...

— Vous devez avoir été surpris lorsque vous avez appris ce
qui s'est passé ?

— J'ai encore de la peine à y croire.[14] J'ai vu quelques drames
parmi ma clientèle, pas beaucoup, mais quelques-uns quand
même. Chaque fois, on aurait pu s'y attendre. Vous comprenez
ce que je veux dire ? Dans chaque cas, malgré les apparences, il
existait comme une fêlure,[15] un élément de trouble. Cette fois,
je me perds en conjectures...

Maigret faisait signe au garçon de remplir les verres...

— La réaction de Mme Josselin m'inquiète, poursuivait le
médecin, toujours avec la même onction. Je dirais plutôt son
absence de réaction, sa complète asthénie.[16] Je n'ai pas pu lui
arracher une phrase de la nuit.[17] Elle nous regardait, sa fille, son
gendre et moi, comme si elle ne nous voyait pas. Elle n'a pas
versé une larme. De sa chambre, nous entendions les bruits du
salon. Il n'était pas difficile, avec un peu d'imagination, de deviner au fur et à mesure[18] ce qui s'y passait, les flashes des

---

[11] **la bibliothèque**   *library* (V. Rem. 3)
[12] **sur le tard**   *in his late years*
[13] **une servante à demeure**   *a maid living in*
[14] **J'ai... croire**   ici, *I still can hardly believe it*
[15] **comme une fêlure**   *something like a crack*
[16] **l'asthénie**   *asthenia (prostration)*
[17] **de la nuit**   pendant toute la nuit
[18] **au fur et à mesure**   successivement

photographes, par exemple, puis quand on a emporté le corps...

» J'ai cru qu'à ce moment tout au moins elle allait réagir, tenter de se précipiter. Elle était consciente et pourtant elle n'a pas bougé, pas tressailli...

» Elle a passé la plus grande partie de sa vie avec un homme et voilà qu'au retour du théâtre elle se retrouve tout à coup seule...

» Je me demande comment elle va s'organiser[19]... »

— Vous croyez que sa fille la prendra chez elle ?

— Ce n'est guère possible. Les Fabre habitent un de ces nouveaux immeubles où les appartements sont assez exigus. Certes, elle aime sa fille et elle est folle de ses petits-enfants, mais je la vois mal vivant[20] tout le temps avec eux... Maintenant, il est temps que je rentre... Demain matin, mes malades m'attendent... Mais non ! Laissez ça...

Il avait tiré son portefeuille de sa poche. Le commissaire avait été plus prompt que lui.

Des gens sortaient du cabaret d'à côté, tout un groupe, des musiciens, des danseuses, qui s'attendaient les uns les autres ou qui se disaient bonsoir et on entendait sur le trottoir le martèlement de très hauts talons.

Lapointe prenait place au volant à côté d'un Maigret au visage sans expression.

— Chez vous ?

— Oui.

Ils se turent un bon moment tandis que la voiture roulait[21] dans les rues désertes.

— Demain matin, de bonne heure, je voudrais que quelqu'un se rende rue Notre-Dame-des-Champs et interroge les locataires de l'immeuble à mesure qu'ils se lèveront. Il est possible que quelqu'un ait entendu le coup de feu[22] et ne s'en soit pas

---

[19] **s'organiser** c.-à-d. organiser sa vie
[20] **je la... vivant** *I hardly can see her living*
[21] **rouler** en parlant d'une voiture, *move*
[22] **le coup de feu** *shot*

inquiété en pensant à un éclatement de pneu... J'aimerais connaître aussi les allées et venues des locataires à partir de neuf heures et demie...

— Je m'en occuperai moi-même, patron.

— Non. Tu iras te coucher après avoir donné les instructions. Si Torrence est libre, envoie-le rue Julie, aux trois numéros auxquels le Dr Fabre affirme avoir sonné.

— Compris.[23]

— Il vaut mieux, aussi, par acquit de conscience,[24] vérifier l'heure de son arrivée à l'hôpital...

— C'est tout ?

— Oui... Oui et non... J'ai la sensation que j'oublie quelque chose mais, depuis un quart d'heure au moins, je me demande quoi... C'est une impression que j'ai eue plusieurs fois au cours de la soirée... A un moment donné, une idée m'est venue, pas même une idée, et quelqu'un m'a adressé la parole, Saint-Hubert si je ne me trompe... Le temps de lui répondre et j'étais incapable de me rappeler à quoi j'avais commencé à penser...

Ils arrivaient boulevard Richard-Lenoir. La fenêtre était toujours ouverte sur l'obscurité de la chambre, comme la fenêtre du salon des Josselin était restée ouverte après le départ du Parquet.

— Bonne nuit, mon petit.[25]

— Bonne nuit, patron.

— Je ne serai sans doute pas au bureau avant dix heures...

Il gravit[26] l'escalier lourdement, remuant des pensées imprécises, et il trouva la porte ouverte par Mme Maigret en chemise de nuit.

— Pas trop fatigué ?

— Je ne crois pas... Non...

Ce n'était pas de la fatigue. Il était préoccupé, mal à l'aise, un peu triste, comme si le drame de la rue Notre-Dame-des-

[23] **Compris** ou **entendu**   équivalent de *OK*
[24] **par... conscience**   pour ne rien omettre
[25] **mon petit**   expression familière d'affection   *my boy*
[26] **Il gravit**   Il monta

Champs l'affectait personnellement. Le docteur au visage pou-pin[27] l'avait bien dit : les Josselin n'étaient pas des gens chez qui on admette que le drame puisse entrer naturellement.

Il se souvenait des réactions des uns et des autres, de Véro-nique, de son mari, de Mme Josselin qu'il n'avait pas vue encore et qu'il n'avait même pas demandé à voir.

Tout cela avait quelque chose de gênant. Il était gêné, par exemple, de faire vérifier les dires du Dr Fabre, comme si celui-ci eût été un suspect.

Pourtant, à s'en tenir aux faits,[28] c'était à lui qu'on était obligé de penser. Le substitut, le juge d'instruction Gossard y avaient certainement pensé aussi et, s'ils n'en avaient rien dit, c'est parce que cette affaire leur donnait le même malaise qu'à Mai-gret.

Qui savait que les deux femmes, la mère et la fille, étaient au théâtre ce soir-là ? Peu de gens sans doute et, jusqu'ici, on n'a-vait cité personne.

Fabre était arrivé rue Notre-Dame-des-Champs vers neuf heures et demie. Il avait commencé une partie d'échecs avec son beau-père.

On l'avait appelé, de chez lui, pour l'avertir qu'il avait un malade à voir rue Julie. Cela n'avait rien d'extraordinaire. Il était probable que, comme tous les médecins, il était souvent dérangé de la sorte.

N'était-ce pas néanmoins une coïncidence troublante que, ce soir-là, justement, la domestique ait mal entendu le nom ? Et qu'elle ait envoyé le médecin à une adresse où personne n'avait besoin de lui ?

Au lieu de revenir rue Notre-Dame-des-Champs pour finir la partie et attendre sa femme, Fabre s'était rendu à l'hôpital. Cela aussi devait lui arriver fréquemment, étant donné son caractère.

Un seul locataire, pendant ce temps, rentrait dans l'immeuble et disait son nom en passant devant la loge. La concierge se

---

[27] **au visage poupin**   *with the pink-cheeked face*
[28] **à s'en... faits**   *sticking to the facts*

levait un peu plus tard et affirmait que personne, depuis, n'était plus entré ni sorti.

— Tu ne dors pas ?

— Pas encore...

— Tu es sûr que tu veux te lever à neuf heures ?

— Oui...

Il fut long à trouver le sommeil. Il revoyait la silhouette maigre du pédiatre aux vêtements fripés, ses yeux trop brillants d'homme qui ne dort pas assez.

Est-ce qu'il se savait[29] suspect ? Et sa femme, sa belle-mère, y avaient-elles pensé ?

Au lieu de téléphoner à la police en découvrant le corps, elles avaient d'abord appelé l'appartement du boulevard Brune. Or, elles n'étaient pas au courant de l'histoire de la rue Julie. Elles ignoraient pourquoi Fabre avait quitté la rue Notre-Dame-des-Champs.

Elles n'avaient pas pensé tout de suite qu'il pouvait se trouver à l'hôpital et elles s'étaient tournées vers le médecin de famille, le Dr Larue.

Que s'étaient-elles dit pendant qu'elles restaient seules avec le cadavre dans l'appartement ? Est-ce que Mme Josselin était déjà dans le même état d'hébétude ? Était-ce Véronique, seule, qui avait pris les décisions, tandis que sa mère demeurait silencieuse, le regard absent ?

Larue était arrivé et s'était rendu compte tout de suite de l'erreur, sinon de l'imprudence, qu'elles avait commise en n'appelant pas la police. C'était lui qui avait alerté le commissariat.

Tout cela, Maigret aurait voulu le voir, le vivre par lui-même. Il fallait reconstituer morceau par morceau chaque moment de la nuit.

Qui avait pensé à l'hôpital, et qui avait décroché le téléphone ? Larue ? Véronique ?

Qui s'était assuré que rien n'avait disparu dans l'appartement et qu'il ne s'agissait donc pas d'un crime crapuleux ? [30]

---

[29] **Est-ce... savait**   *Was he aware of being*
[30] **un crime crapuleux**   un crime n'ayant que le vol pour mobile

On emmenait Mme Josselin dans sa chambre. Larue restait près d'elle et finissait, avec l'autorisation de Maigret, par lui faire une piqûre[31] sédative.

Fabre accourait, trouvait la police chez son beau-père, celui-ci mort dans son fauteuil.

« Et pourtant, pensait Maigret en s'assoupissant, c'est sa femme qui m'a parlé de l'automatique... »

Si Véronique n'avait pas ouvert le tiroir, de propos délibéré,[32] en sachant ce qu'elle cherchait, personne, sans doute, n'aurait soupçonné l'existence de l'arme.

Or, cela n'éliminait-il pas la possibilité d'un crime commis par un étranger ?

Fabre prétendait avoir entendu son beau-père mettre la chaîne à la porte après l'avoir reconduit, à dix heures et quart.

Josselin avait donc ouvert en personne à son meurtrier. Il ne s'en était pas méfié, puisqu'il était allé reprendre sa place[33] dans son fauteuil.

Si la fenêtre était ouverte à ce moment-là, comme cela semblait probable, quelqu'un l'avait refermée, Josselin ou son visiteur.

Et si le browning était bien l'arme du crime, l'assassin en connaissait l'existence à cet endroit précis et avait pu s'en saisir sans éveiller la suspicion.

En supposant un homme venu du dehors, comment était-il sorti de l'immeuble ?

Maigret finit par s'endormir d'un mauvais sommeil pendant lequel il ne cessa de se tourner et de se retourner lourdement et ce fut un soulagement de sentir l'odeur du café, d'entendre la voix de Mme Maigret, de voir devant lui la fenêtre ouverte sur des toits ensoleillés.

— Il est neuf heures...

En un instant, il retrouvait l'affaire dans ses moindres détails, comme s'il n'y avait pas eu de coupure.

[31] **faire une piqûre** *give a shot*
[32] **de propos délibéré** *of her own accord*
[33] **reprendre sa place** se rasseoir

— Passe-moi l'annuaire[34] des téléphones...

Il chercha le numéro des Josselin, le composa,[35] entendit assez longtemps la sonnerie, puis enfin une voix qu'il ne connaissait pas.

— Je suis bien chez M. René Josselin ?

— Il est mort.

— Qui est à l'appareil ?

— Mme Manu, la femme de ménage.

— Est-ce que Mme Fabre est encore là ?

— Qui est-ce qui parle ?

— Le commissaire Maigret, de la Police Judiciaire. J'étais là-bas cette nuit...

— La jeune madame vient de partir pour aller se changer.

— Et Mme Josselin ?

— Elle dort toujours. On lui a donné une drogue et il paraît qu'elle ne s'éveillera pas avant que sa fille revienne.

— Il n'est venu personne ? [36]

— Personne. Je suis occupée à mettre de l'ordre. Je ne me doutais pas, en arrivant ce matin...

— Je vous remercie...

Mme Maigret ne lui posait pas de questions et il se contenta de lui dire :

— Un brave homme qui s'est fait tuer[37] Dieu sait pourquoi...

Remarques

1. Après **peut-être, sans doute** et quelques autres termes placés au début de la phrase, le sujet et le verbe sont invertis : **Peut-être est-il arrivé** mais **Il est peut-être arrivé** ou, en insérant **que**, **Peut-être qu'il est arrivé.** Si le sujet est un nom, on dit **Peut-être le docteur est-il arrivé** ou les alternatives données ci-dessus.

2. **le jardin du Luxembourg** Un des plus vastes et plus beaux

---

[34] **l'annuaire** *directory*
[35] **composer un numéro** *dial a number*
[36] **Il n'est venu personne** Personne n'est venu (V. Rem. 4)
[37] **s'est fait tuer** *got himself killed*

jardins ou parcs de Paris. Un autre parc attrayant est le parc Montsouris (voyez plus loin dans le texte).

3. **la bibliothèque** *library;* **le bibliothécaire** *librarian;* **la librairie** *bookstore;* **le libraire** *bookseller*

4. **Il n'est venu personne** La forme impersonnelle s'emploie souvent avec les verbes tels que **venir, arriver, sortir,** etc. : **Il est arrivé une lettre** *A letter arrived.*

Gallicismes

page 40 **se contenter de** + n. (ou v.) *to be satisfied (content) with*

se soucier de (*essentially reflexive*) *to care about, bother with*

41 **de quoi** *enough (means, cause, reason, something) to*

42 **avoir de la peine à** (**avoir du mal à**) *to have difficulty (trouble) in*

au fur et à mesure *successively;* (**au fur et**) **à mesure que** *as, one by one as*

43 **tout à coup** *all of a sudden, suddenly*

d'à côté *next door, nearby;* **à côté de** *beside, next to*

se taire (*ess. refl.*) *to keep silent, stop talking*

44 **à partir de** *beginning at, from . . . on*

adresser la parole *to speak to*

46 **se rendre compte** (**de**) *to realize*

s'assurer *to make sure*

47 **se méfier** (**de**) (*ess. refl.*) *to distrust, beware (of)*

48 **se douter** (**de**) *to suspect;* **douter** (**de**) *to doubt*

Exercices

A.
se soucier de   tout à coup   de quoi
    se douter   avoir de la peine à

1. Il n'y a pas _____ vous alarmer.

2. Vous _____ le convaincre qu'il s'est trompé.

3. Quelqu'un lui avait _____ adressé la parole.
4. Maigret ne _____ pas de prolonger la conversation avec Mme Manu.
5. Les autres locataires ne _____ pas qu'un crime a été commis dans l'immeuble.

B.   **à partir de**   **se contenter de**   **d'à côté**
         s'assurer   **se rendre compte**

1. Même les voisins _____ n'ont rien entendu.
2. Mme Fabre doit _____ que son mari pourrait être suspect.
3. Pourtant, c'était elle qui avait voulu _____ que le revolver était toujours dans le tiroir.
4. Vous trouverez le Dr Fabre à l'hôpital _____ sept heures du matin.
5. Pour déjeuner, il _____ un sandwich et d'un verre de bière.

C.   **se méfier de**   **au courant de**   **s'attendre à**
         s'occuper de   **se rendre**

1. Maigret a l'intention de _____ rue Notre-Dame-des-Champs afin d'interroger Mme Josselin.
2. Cependant il ne _____ apprendre grand-chose d'important.
3. Le Dr Larue avait dit que Mme Josselin _____ sa maison, de ses petits-enfants, et n'était sans doute pas _____ affaires de son mari. (imparfait)
4. Maigret prétend toujours qu'on doit _____ ce qui paraît trop évident.

D.   **se demander**   **se passer**   **vouloir dire**
         s'agir de   **consacrer**

1. Maigret essayait de reconstituer ce qui avait pu _____.
2. Il _____ si véritablement rien n'avait été volé. (imparfait)
3. Il _____ découvrir qui aurait pu avoir intérêt à tuer Josselin. (imparfait)

4. Cela —————— qu'il lui faudra —————— beaucoup de son temps à cette affaire.

QUESTIONNAIRE

1. Quelle sorte d'homme est le Dr Fabre ?
2. Se serait-il soucié d'avoir un cabinet s'il ne s'était pas marié ?
3. Qui a insisté pour qu'il en ait un ?
4. Qu'est-ce que le Dr Larue a conseillé à Josselin lorsque celui-ci a eu une crise cardiaque ?
5. Pourquoi n'a-t-il pas suivi ce conseil ?
6. Comment passait-il son temps ?
7. De quoi et de qui s'occupait Mme Josselin ?
8. Pourquoi l'état de Mme Josselin inquiète-t-il le Dr Larue ?
9. A quel moment a-t-il cru qu'elle allait réagir ?
10. Semble-t-il possible qu'elle aille vivre chez sa fille ? Pourquoi ?
11. Qui Maigret ordonne-t-il qu'on interroge dès le matin ?
12. Quelles autres instructions donne-t-il ?
13. Qui semble le suspect le plus évident ?
14. D'autre part, était-il prouvé que Mme Josselin et sa fille étaient allées au théâtre ?
15. Les agissements du Dr Fabre pendant la soirée paraissent-ils naturels ? Citez-en deux.
16. Cependant, qu'est-ce qui est troublant ?
17. Qu'est-ce qui prouve que le crime n'a pas été commis par un étranger ? Citez deux raisons.
18. Chez qui Maigret téléphone-t-il le matin ?
19. Qui a répondu au téléphone ?
20. Qu'est-ce que Maigret s'est contenté de dire à sa femme qui sans doute n'avait pas l'habitude de poser des questions ?

LEÇON
CINQ

Il revoyait Josselin dans son fauteuil. Il s'efforçait de le voir non pas mort, mais vivant. Était-il vraiment resté seul devant l'échiquier et, pendant un certain temps, avait-il continué la partie, poussant tantôt les pions noirs et tantôt les blancs ?

S'il attendait quelqu'un... Sachant que son gendre viendrait passer la soirée avec lui, il n'avait pas dû donner un rendez-vous secret. Ou alors...

Il aurait fallu croire que le coup de téléphone appelant le Dr Fabre rue Julie...

— Ce sont les braves gens qui nous donnent le plus de mal, grommela-t-il en finissant son petit déjeuner et en se dirigeant vers la salle de bains.

Il ne passa pas au Quai tout de suite, se contentant de téléphoner pour s'assurer qu'on n'avait pas besoin de lui.

— Rue du Saint-Gothard... lança-t-il [1] au chauffeur du taxi.

C'était du côté de René Josselin qu'il cherchait d'abord.

----

[1] **lança-t-il**   dit-il rapidement

Josselin était la victime, certes. Mais on ne tue pas un homme sans raison.

Paris continuait à sentir les vacances. Ce n'était plus le Paris vide du mois d'août[2] mais il restait comme une paresse dans l'air, une hésitation à reprendre la vie de tous les jours. S'il avait plu, s'il avait fait froid, cela aurait été plus facile. Cette année, l'été ne se décidait pas à mourir.

Le chauffeur se retournait en quittant la rue Dareau, près du talus du chemin de fer.[3]

— Quel numéro ?

— Je ne sais pas. C'est une entreprise de cartonnerie...

Un nouveau virage[4] et ils apercevaient un grand immeuble en béton[5] aux fenêtres sans rideaux. Sur toute la longueur de la façade, on lisait :

> *Anciens établissements Josselin*
> *Jouane et Goulet, successeurs.*

— Je vous attends ?

— Oui.

Il y avait deux portes, celle des ateliers et, plus loin, la porte des bureaux par laquelle Maigret pénétra dans des locaux[6] très modernes.

— Vous désirez ?

Une jeune fille passait la tête par un guichet[7] et le regardait assez curieusement. Il est vrai que Maigret avait sa mine renfrognée[8] des débuts d'enquête et qu'il regardait lentement autour de lui avec l'air de se livrer à un inventaire des lieux.[9]

— Qui est-ce qui dirige la maison ?

[2] **le mois d'août**   (V. Rem. 1)
[3] **le talus du chemin de fer**   *railroad embankment*
[4] **Un nouveau virage**   *Another turn*
[5] **en béton**   *concrete*
[6] **les locaux**   *premises*
[7] **un guichet**   petite fenêtre comme celle où on vend les billets dans une gare (*railroad station*) ou au théâtre
[8] **sa mine renfrognée**   *his scowling expression*
[9] **avec l'air... des lieux**   *looking as though he were making an inventory of the premises*

— MM. Jouane et Goulet... répondait-elle comme si c'était
une évidence.

— Je sais. Mais lequel des deux est le principal ? [10]

— Cela dépend. M. Jouane s'occupe surtout de la partie
artistique, M. Goulet de la fabrication et de la partie com-
merciale.

— Ils sont tous les deux ici ?

— M. Goulet est encore en vacances. Qu'est-ce que vous
désirez ?

— Voir M. Jouane.

— De la part de qui ? [11]

— Du commissaire Maigret.

— Vous avez rendez-vous ?

— Non.

— Un moment...

Elle alla parler, au fond de son cagibi[12] vitré, à une jeune fille
en blouse blanche qui, après un coup d'œil curieux au visiteur,
sortit de la pièce.

— On va le chercher. Il est dans les ateliers.

Maigret entendait des bruits de machines et, quand une
porte latérale s'ouvrit, il entrevit un hall [13] assez vaste où
d'autres jeunes filles, d'autres femmes en blanc travaillaient
par rangées, comme si le travail s'effectuait à la chaîne.

— Vous me demandez ?

L'homme devait avoir quarante-cinq ans. Il était grand, le
visage ouvert, et il portait, lui aussi, une blouse blanche qui,
déboutonnée, laissait voir un complet bien coupé.

— Si vous voulez me suivre...

Ils gravissaient un escalier de chêne clair, découvraient,
derrière une vitre, une demi-douzaine de dessinateurs penchés
sur leur travail.

---

[10] **le principal**   *the senior* (*partner*)
[11] **De la part de qui**   c.-à-d. Qui dois-je annoncer
[12] **le cagibi**   fam.   (dérivé de *cage*) une très petite pièce
[13] **le hall**   (emprunté de l'anglais et prononcé **le ol**) *shop in a plant*

Une porte encore et c'était un bureau ensoleillé, une secrétaire, dans un coin, qui tapait à la machine.[14]

— Laissez-nous, mademoiselle Blanche.

Il désignait un siège à Maigret, s'asseyait derrière son bureau,
surpris, un peu anxieux.

— Je me demande... commençait-il.

— Vous êtes au courant de la mort de M. Josselin ?

— Que dites-vous ? M. Josselin est mort ? Quand cela s'est-il
produit ? [15] Il est rentré de vacances ?

— Vous ne l'avez pas revu depuis son retour de La Baule ?

— Non. Il n'est pas encore venu nous voir. Il a eu une
attaque ? [16]

— Il a été assassiné.

— Lui ?

On sentait que Jouane avait de la peine à y croire.

— Ce n'est pas possible. Qui aurait...

— Il a été abattu[17] chez lui, hier au soir, de deux balles de
revolver...

— Par qui ?

— C'est ce que j'essaie de découvrir, monsieur Jouane.

— Sa femme n'était pas avec lui ?

— Elle était au théâtre en compagnie de sa fille.

Jouane baissait la tête, visiblement choqué.

— Pauvre homme... C'est tellement invraisemblable...

Et la révolte pointait.[18]

— Mais qui a pu avoir intérêt... Écoutez, monsieur le commissaire[19]... Vous ne le connaissiez pas... C'était le meilleur
homme du monde... Il a été un père pour moi, mieux qu'un
père... Quand je suis entré ici, j'avais seize ans et je ne savais

[14] **qui tapait à la machine** (à écrire)   *who was typing;* **taper**   *strike*
[15] **s'est-il produit**   est-il arrivé
[16] **une attaque**   sous-entendu, **d'apoplexie**   *stroke*
[17] **abattu**   tué
[18] **pointer**   se laisser voir
[19] **monsieur le commissaire** (le docteur, le ministre, etc.)   *formal or re-
spectful form of address*

rien... Mon père venait de mourir... Ma mère faisait des ménages[20]... J'ai débuté comme garçon de courses,[21] avec un triporteur[22]... C'est M. Josselin qui m'a tout appris... C'est lui, plus tard, qui m'a nommé chef de service[23]... Et, quand il a décidé de se retirer des affaires, il nous a fait venir dans son bureau, Goulet et moi... Goulet, lui, avait commencé par travailler aux machines...

» Il nous a annoncé que son médecin lui conseillait de travailler moins et il nous a déclaré qu'il en était incapable... Venir ici deux ou trois heures par jour, en amateur, n'était pas possible pour un homme comme lui, qui avait l'habitude de s'occuper de tout et qui, presque chaque soir, restait à travailler longtemps après la fermeture de l'atelier... »

— Vous avez eu peur de voir un étranger devenir votre patron ?

— Je l'avoue. Pour Goulet et pour moi, c'était une véritable catastrophe et nous nous regardions, atterrés,[24] pendant que M. Josselin souriait d'un sourire malicieux[25]... Vous savez ce qu'il a fait ?

— On m'en a parlé cette nuit.

— Qui ?

— Son médecin.

— Certes, nous avions tous les deux quelques économies,* mais pas de quoi racheter une maison comme celle-ci... M. Josselin a fait venir son notaire[26] et ils ont trouvé un moyen de nous céder l'affaire en échelonnant les payements sur une longue période... Une période qui, bien entendu, est loin d'être finie... A vrai dire, pendant près de vingt ans encore...

— Il venait quand même ici de temps en temps ?

— Il nous rendait visite discrètement, comme s'il craignait

---

[20] **faisait des ménages**   travaillait comme femme de ménage
[21] **garçon de courses**   *errand boy*
[22] **un triporteur**   *delivery tricycle* (V. Rem. 2)
[23] **chef de service**   *head of a department*
[24] **atterrés**   consternés
[25] **un sourire malicieux**   *smile of mischievous amusement*
[26] **le notaire**   *notary* (V. Rem. 3)

de nous gêner. Il s'assurait que tout allait bien, que nous étions contents et, quand il nous arrivait de[27] lui demander un conseil, il le donnait comme quelqu'un qui n'y a aucun droit...

— Vous ne lui connaissez pas d'ennemi ?

— Aucun ! Ce n'était pas l'homme à se faire des ennemis. Tout le monde l'aimait. Entrez dans les bureaux, à l'atelier, demandez à n'importe qui ce qu'il pensait de lui...

— Vous êtes marié, monsieur Jouane ?

— Je suis marié, j'ai trois enfants et nous habitons, près de Versailles, un pavillon[28] que j'ai fait construire...

Lui aussi était un brave homme ! Est-ce que Maigret, dans cette affaire, n'allait rencontrer que des braves gens ? Il en était presque irrité car, après tout, il y avait un mort d'un côté et, de l'autre, un homme qui, par deux fois, avait tiré sur René Josselin.

— Vous alliez souvent rue Notre-Dame-des-Champs ?

— J'y suis allé quatre ou cinq fois en tout... Non ! J'oublie qu'il y a cinq ans, quand M. Josselin a eu une forte grippe,[29] j'allais chaque matin lui porter le courrier et prendre ses instructions...

— Il vous est arrivé d'y dîner, d'y déjeuner ?

— Nous y avons dîné avec Goulet et nos femmes le soir de la signature de l'acte,[30] lorsque M. Josselin nous a remis l'affaire...

— Quel homme est Goulet ?

— Un technicien, un bûcheur.[31]

— Quel âge ?

— A peu près le même âge que moi. Nous sommes entrés dans la maison à un an d'intervalle.

— Où est-il en ce moment ?

— A l'île de Ré,[32] avec sa femme et ses enfants.

— Il en a combien ?

[27] **quand... de** *when we happened to*
[28] **un pavillon** une maison de campagne
[29] **une forte grippe** une mauvaise grippe *bad case of flu*
[30] **l'acte** *deed*
[31] **un bûcheur** un grand travailleur *plodder*
[32] **l'île de Ré** *island off the Atlantic coast having small resorts*

— Trois, comme moi.

— Que pensez-vous de Mme Josselin ?

— Je la connais peu. Elle m'a l'air d'une excellente femme. Pas du même genre que son mari.

— Que voulez-vous dire ?

— Qu'elle est un peu plus fière...

— Et leur fille ?

— Elle passait parfois voir son père au bureau, mais nous avions peu de contacts avec elle.

— Je suppose que la mort de René Josselin ne change rien à vos arrangements financiers ?

— Je n'y ai pas encore pensé... Attendez... Non... Il n'y a aucune raison... Au lieu de lui verser directement les sommes qui lui revenaient, nous les verserons à ses héritiers... A Mme Josselin, je suppose...

— Ces sommes sont importantes ?

— Cela dépend des années, car l'arrangement comporte une participation aux bénéfices... En tout cas, il y a de quoi vivre très largement[33]...

— Considérez-vous que les Josselin vivaient largement ?

— Ils vivaient bien. Ils avaient un bel appartement, une voiture, une villa à La Baule...

— Mais ils auraient pu mener plus grand train ? [34]

Jouane réfléchissait.

— Oui... Sans doute...

— Josselin était avare ?

— Il n'aurait pas pensé à l'arrangement qu'il nous a proposé, à Goulet et à moi, s'il avait été avare... Non... Voyez-vous, je pense qu'il vivait comme il avait envie de vivre... Il n'avait pas des goûts dispendieux... Il préférait sa tranquillité à toute autre chose...

— Et Mme Josselin ?

— Elle aime s'occuper de sa maison, de sa fille, maintenant de ses petits-enfants...

---

[33] **vivre très largement**   *live in great comfort*
[34] **mener... train**   *live on a larger scale*

— Comment les Josselin ont-ils accueilli le mariage de leur fille ?

— Il m'est difficile de vous en parler... Ces choses-là ne se passaient pas ici, mais rue Notre-Dame-des-Champs... Il est certain que M. Josselin adorait Mlle Véronique et que cela a été dur pour lui de se séparer d'elle... J'ai une fille aussi... Elle a douze ans... Je vous avoue que j'appréhende le moment où un inconnu me la prendra et où elle ne portera même plus mon nom... Je suppose qu'il en est ainsi pour tous les pères ?...

— Le fait que son gendre était sans fortune...

— A lui, cela aura plutôt fait plaisir...

— Et à Mme Josselin ?

— Je n'en suis pas si sûr... L'idée que sa fille épouse le fils d'un facteur...

— Le père de Fabre est facteur...

— A Melun ou dans un village des environs... Je vous dis ce que j'en sais... Il paraît qu'il a fait toutes ses études à coups de bourses[35]... On prétend aussi que, s'il le voulait, il serait bientôt un des plus jeunes professeurs de la Faculté[36] de Médecine...

— Encore une question, monsieur Jouane. Je crains qu'elle vous choque, après ce que vous venez de me dire. Est-ce que M. Josselin avait une ou des maîtresses ? Est-ce qu'il s'intéressait aux femmes ?

Au moment où il ouvrait la bouche, Maigret l'interrompit.

— Je suppose que, depuis que vous êtes marié, il vous est arrivé de[37] coucher avec une autre femme que la vôtre ?[38]

— Cela m'est arrivé, oui. En évitant cependant toute liaison.[39] Vous comprenez ce que je veux dire ? Je ne voudrais pas risquer le bonheur de notre ménage...

— Vous avez beaucoup de jeunes femmes qui travaillent autour de vous...

[35] **il a fait... bourses** *he got his whole education by means of scholarships*
[36] **la Faculté** *faculty* (V. Rem. 4)
[37] **il vous est arrivé de** ici, *you have occasionally* (V. Rem. 5)
[38] **que la vôtre** étant donné les deux sens de **femme** : *than your wife*
[39] **toute liaison** *any lasting affair*

— Pas celles-là. Jamais. C'est une question de principe. En outre, ce serait dangereux...

— Je vous remercie de votre franchise. Vous vous considérez comme un homme normal. René Josselin était un homme normal aussi. Il s'est marié tard, vers l'âge de trente-cinq ans...

— Je comprends ce que vous voulez dire... J'essaie d'imaginer M. Josselin dans cette situation-là... Je n'y parviens pas... Je ne sais pas pourquoi... Je sais que c'était un homme comme un autre... Et pourtant...

— Vous ne lui avez connu aucune aventure ?

— Aucune... Je ne l'ai jamais vu non plus regarder une de nos ouvrières d'une certaine façon, bien qu'il y en ait de très jolies... Plusieurs ont même dû essayer, comme elles ont essayé avec moi... Non ! monsieur le commissaire, je ne pense pas que vous trouviez quelque chose de ce côté-là...

Il questionna soudain :

— Comment cela se fait-il qu'on n'en parle pas dans le journal ?

— La presse en parlera cet après-midi...

Maigret se levait en soupirant.

— Je vous remercie, monsieur Jouane. S'il vous revenait un détail qui puisse me servir, téléphonez-moi...

— Pour moi, c'est un crime inexplicable...

Maigret faillit grommeler :

— Pour moi aussi.

Seulement, il savait, lui, qu'il n'existe pas de crimes inexplicables. On ne tue pas sans une raison majeure.

Il n'aurait pas fallu le pousser beaucoup pour qu'il ajoute :

— On ne tue pas n'importe qui.

Car son expérience lui avait appris qu'il existe une sorte de vocation de victime.[40]

— Vous savez quand aura lieu l'enterrement ?

— Le corps ne sera rendu à la famille qu'après l'autopsie.

— Elle n'a pas encore eu lieu ?

---

[40] **une vocation de victime**   *pattern in the choice of victims*

Elle doit être en train[41] en ce moment.

— Il faut que je téléphone tout de suite à Goulet... Il ne devait rentrer que la semaine prochaine...

Maigret fit un petit salut, en passant, à la jeune fille dans sa cage vitrée et il se demanda pourquoi elle le regardait en se retenant de pouffer.[42]

Remarques

1. **Le mois d'août** est celui où la plupart des Parisiens prennent leurs vacances ; c'est pourquoi Paris semble vide.

2. **le triporteur** A tricycle with a crate between the two front wheels, pedaled from the rear. It is used for the delivery of small parcels and was a familiar sight some years ago. A few may still be seen in Paris, but most of them are now motorized.

3. **le notaire** The functions of a French **notaire** are much more extensive than those exercised by an American notary public. He may draw deeds and be instrumental in the sale or transfer of real estate; he may advise his clients in matters of wills and be the executor or trustee thereof; he may retain funds for his clients and advise them as to their disposal. Some of his functions correspond to those of a lawyer or an English solicitor, except that he may not appear in court.

4. **La Faculté** peut signifier soit le corps des professeurs enseignant dans une des Écoles de l'Université soit cette école elle-même. L'Université de Paris, connue sous ce nom depuis 1150, comprend les quatre Facultés, ou Écoles, des lettres, des sciences, de médecine et de droit (*law*). Sur les dix-sept universités qui composent l'Université de France, il n'y en a que dix qui comprennent toutes les quatre Écoles.

5. Notez les exemples de l'emploi du verbe **arriver,** *to happen.*

[41] **Elle... train** *It must be under way*
[42] **pouffer** sous-entendu, **de rire** *burst out laughing* (Si vous vous demandez pourquoi voyez page 53.)

Quelque chose est arrivé ou **Il est arrivé quelque chose.**	Something happened.
Qu'est-ce qui est arrivé ? ou **Qu'est-il arrivé ?**	What happened?
Il arrive que + subj.	It happens that

Employé avec l'objet indirect de la personne en cause :

Il arrive à Maigret de + inf.	(It happens to Maigret to) Maigret happens to
Il lui est arrivé de + inf.	(It happened to him to) He happened to
Il lui arrivait de + inf.	He (would) occasionally

Dans ces derniers exemples le choix de l'expression anglaise dépend évidemment du contexte ou du meilleur usage.

Se trouver et **se faire** s'emploient quand l'événement est dû au hasard.

Gallicismes

page   52 **du côté de**   *in the direction of*

53 **se décider à**   *to make up one's mind, decide*

54 **tous les deux**   *both;* **tous les trois** (**quatre,** etc.)   *the three (four, etc.) of*

un coup d'œil   *glance, look*

laisser voir   *to show*

56 **faire venir**   *to send, call, for*

avoir peur   *to be afraid*

57 **n'importe qui**   *anyone (at all)*

59 **faire ses études**   *to get one's education*

s'intéresser à   *to be, become, interested in*

60 **avoir lieu**   *to take place*

Exercices

A.   **au courant**   **s'intéresser à**   **avoir lieu**
                     faire venir   **de ce côté**

1. Maigret —————— la vie privée des victimes.
2. C'est quelquefois —————— qu'il dirige son enquête.

3. Maigret a mis Jouane _____ des événements de la veille.
4. Celui-ci _____ ses employés pour leur annoncer la triste nouvelle.
5. Il les préviendra du jour où _____ l'enterrement.

B.   **avoir envie de**   **rendre visite**   **laisser voir**
         se décider à   **se mettre à**

1. Les deux jeunes filles _____ leur curiosité et on voit
 • qu'elles _____ pouffer.
2. Maigret _____ questionner Jouane.
3. Quand est-ce que Josselin _____ céder son affaire ? (passé indéfini)
4. Est-ce que Jouane et Goulet _____ aux Josselin fréquemment ? (imparfait)

C.   **servir à**   **avoir de la peine à**   **faire plaisir**
         faire ses études   **avoir l'air de**

1. Où le Dr Fabre a-t-il _____ ?
2. Jouane _____ un homme sérieux et intelligent.
3. Mais Maigret se demande si ce qu'il a appris lui _____ grand-chose. (futur)
4. Vous _____ vous retenir (*refrain*) de rire en voyant la mine de Maigret. (conditionnel prés.)
5. Il est certain que cela ne lui _____. (conditionnel prés.)

D.   **avoir peur**   **se rendre**   **passer**
         s'occuper de   **tenir à**

1. En quittant Jouane, Maigret avait l'intention de _____ pour un instant à son bureau avant de _____ chez Mme Josselin.
2. Mais il _____ que celle-ci ne soit pas encore prête à le recevoir.
3. Mais il _____ quand même à s'en assurer.
4. Ensuite, peut-être aura-t-il le temps de _____ une affaire personnelle.

QUESTIONNAIRE

1. Pourquoi ne semble-t-il pas probable que Josselin ait donné un rendez-vous secret ?
2. Au lieu d'aller au Quai qu'est-ce que Maigret a fait ?
3. Comment va-t-il commencer son enquête ?
4. Pourquoi la jeune fille qui a reçu Maigret le regardait-elle curieusement ?
5. Qui celui-ci demande-t-il à voir ?
6. Qu'est-ce qu'il a entrevu dans le hall ?
7. De quoi Jouane a-t-il supposé que Josselin était mort ?
8. A quel âge Jouane était-il entré dans la maison ?
9. Comment avait-il débuté ?
10. Et Goulet ?
11. De quoi les deux employés avaient-ils eu peur ?
12. Avaient-ils de quoi racheter l'affaire ?
13. Quels arrangements ont été conclus ?
14. La mort de Josselin change-t-elle quelque chose aux engagements financiers pris par les deux associés (*partners*) ?
15. Ces engagements prévoyaient-ils une somme fixe chaque année ?
16. Josselin s'était-il complètement désintéressé de la maison ?
17. Quels étaient les goûts de Josselin et qu'est-ce qu'il préférait avant tout ?
18. Qu'est-ce qui prouve qu'il n'était pas avare ?
19. Que faisait le père du Dr Fabre ?
20. Maigret croit-il qu'il existe des crimes inexplicables ?

LEÇON
SIX

Chapitre 3

La rue était calme, provinciale, avec du soleil d'un côté, de l'ombre de l'autre, deux chiens qui se reniflaient[1] au milieu de la chaussée et, derrière les fenêtres ouvertes, des femmes qui vaquaient à leur ménage.[2] Trois Petites Sœurs des Pauvres, avec leur large jupe et les ailes de leur cornette[3] qui frémissaient comme des oiseaux, se dirigeaient vers le jardin du Luxembourg et Maigret les regardait de loin sans penser à rien. Puis il fronçait les sourcils[4] en apercevant, devant la maison des Josselin, un gardien de la paix en uniforme aux prises[5] avec une demi-douzaine de reporters et de photographes.

Il y était habitué.[6] Il devait s'y attendre. Il venait d'annoncer

---

[1] **se reniflaient**   *were sniffing each other*
[2] **des femmes... ménage**   *women attending to their housework*
[3] **la cornette**   *cornet (white, winged headdress worn by sisters of certain religious orders)*
[4] **fronçait les sourcils**   *frowned (knitted his brow)*
[5] **aux prises**   *struggling*
[6] **Il y était habitué**   *He was used to it* (V. Rem. 1)

à Jouane que les journaux de l'après-midi parleraient sûrement de l'affaire. René Josselin avait été assassiné et les gens assassinés appartiennent automatiquement au domaine public. Dans quelques heures, la vie intime d'une famille serait exposée avec tous ses détails, vrais ou faux, et chacun aurait le droit d'émettre des hypothèses.

Pourquoi cela le choquait-il tout à coup ? Cela l'irritait d'en être choqué. Il avait l'impression de se laisser prendre par l'atmosphère bourgeoise, presque édifiante qui entourait ces gens-là, des « braves gens » , comme chacun le lui répétait.

Les photographes opérèrent tandis qu'il descendait de taxi. Les reporters l'entourèrent alors qu'il payait le chauffeur.

— Quelle est votre opinion, commissaire ?

Il les écartait du geste en murmurant :

— Quand j'aurai quelque chose à vous dire, je vous convoquerai. Il y a là-haut des femmes qui souffrent et il serait plus décent de les laisser en paix.

Or, lui-même n'allait pas les laisser en paix. Il saluait l'homme en uniforme, entrait dans l'immeuble qu'il voyait pour la première fois en plein jour[7] et qui était très gai, très clair.

Il allait passer devant la loge, où un rideau de tulle blanc était tendu derrière la porte vitrée, quand il se ravisa, frappa à la vitre, tourna le bouton.

Comme dans les maisons des beaux quartiers,[8] la loge était une sorte de petit salon aux meubles astiqués.[9] Une voix questionnait :

— Qui est-ce ?

— Commissaire Maigret.

— Entrez, monsieur le commissaire.

La voix venait d'une cuisine aux murs peints en blanc où la concierge, les bras nus jusqu'aux coudes, un tablier blanc sur sa robe noire, était occupée à stériliser des biberons.

Elle était jeune, avenante, et sa silhouette gardait le moel-

[7] **en plein jour**   *in broad daylight*
[8] **les beaux quartiers**   *the better districts*
[9] **astiqué**   *polished*

leux[10] de sa récente maternité. Désignant une porte, elle prononçait à mi-voix :

— Ne parlez pas trop fort.[11] Mon mari dort...

Maigret se souvenait que le mari était gardien de la paix et
qu'il était de service la nuit précédente.

— Depuis ce matin, je suis assaillie par les journalistes et
plusieurs sont montés là-haut en profitant de ce que j'avais le
dos tourné. Mon mari a fini par avertir le commissariat, qui a
envoyé un de ses collègues...

Le bébé dormait dans un berceau d'osier[12] garni de volants
jaunes.

— Vous avez du nouveau ? questionnait-elle.

Il faisait un signe négatif de la tête.

— Je suppose que vous êtes sûre de vous, n'est-ce pas ?
demandait-il à son tour d'une voix feutrée.[13] Personne n'est
sorti, hier au soir, après le départ du Dr Fabre ?

— Personne, monsieur le commissaire. Je l'ai répété tout à
l'heure à un de vos hommes, un gros, au visage sanguin,*
l'inspecteur Torrence, je crois. Il a passé plus d'une heure dans
l'immeuble, à questionner les locataires. Il n'y en a pas beaucoup en ce moment. Certains sont encore en vacances. Les
Tupler ne sont pas revenus des États-Unis. La maison est à
moitié vide...

— Il y a longtemps que vous travaillez ici ?

— Six ans. J'ai pris la place d'une de mes tantes qui a passé
quarante ans dans l'immeuble.

— Les Josselin recevaient beaucoup ?

— Pour ainsi dire pas. Ce sont des gens tranquilles, aimables
avec tout le monde, qui mènent une vie très régulière. Le
Dr Larue et sa femme venaient dîner de temps en temps. Les
Josselin allaient dîner chez eux aussi...

---

[10] **sa silhouette... moelleux**   *her figure still had the softness*
[11] **trop fort**   *too loud*
[12] **un berceau d'osier**   *bassinet*
[13] **d'une voix feutrée**   *in a soft voice (as if muffled by felt,* **feutre***)*

Comme les Maigret et les Pardon. Maigret se demandait s'ils avaient également un jour fixe.

— Le matin, vers neuf heures, pendant que Mme Manu faisait le ménage, M. Josselin descendait pour sa promenade. C'était si régulier que j'aurais pu régler l'horloge en le voyant passer. Il entrait dans la loge, me disait quelques mots sur le temps, prenait son courrier qu'il glissait dans sa poche après avoir jeté un coup d'œil sur les enveloppes et se dirigeait lentement vers le jardin du Luxembourg. Il marchait toujours d'un même pas...

— Il recevait beaucoup de courrier ?

— Assez peu. Plus tard, vers dix heures, alors qu'il était encore dehors, sa femme descendait à son tour, tirée à quatre épingles,¹⁴ même pour faire son marché. Je ne l'ai jamais vue sortir sans chapeau.

— A quelle heure son mari rentrait-il ?

— Cela dépendait du temps. S'il faisait beau, il ne revenait guère avant onze heures et demie ou midi. Quand il pleuvait, il restait moins longtemps mais il faisait sa promenade quand même.

— Et l'après-midi ?

Elle avait fini de reboucher les biberons qu'elle rangeait dans le réfrigérateur.

— Il leur arrivait de sortir tous les deux, pas plus d'une fois ou deux par semaine. Mme Fabre venait aussi les voir. Avant la naissance de son second enfant, il lui arrivait d'amener l'aîné avec elle.

— Elle s'entendait bien avec sa mère?

— Je crois, oui. Elles allaient au théâtre ensemble, comme c'est arrivé hier.

— Vous n'avez pas remarqué, ces derniers temps,¹⁵ dans le courrier, des lettres d'une écriture différente des lettres habituelles ?

---

¹⁴ **tirée à quatre épingles**   dicton (*saying*) voulant dire « habillée avec grand soin »
¹⁵ **ces derniers temps**   récemment

— Non.

— Personne n'est venu demander M. Josselin, quand il était seul dans l'appartement, par exemple ?

— Non plus. J'ai pensé à tout cela, cette nuit, me doutant que vous me poseriez ces questions. Voyez-vous, monsieur le commissaire, ce sont des gens sur lesquels il n'y a rien à dire...

— Ils ne fréquentaient pas d'autres locataires ?

— Pas à ma connaissance. A Paris, c'est rare que les locataires d'un immeuble se connaissent, sauf dans les quartiers popu-leux.[16] Chacun mène sa vie sans savoir qui est son voisin de palier.

— Mme Fabre est revenue ?

— Il y a quelques minutes...

— Je vous remercie.

L'ascenseur s'arrêta au troisième, où il y avait deux portes avec, devant chacune, un large paillasson[17] bordé de rouge. Il sonna à celle de gauche, entendit des pas feutrés et, après une sorte d'hésitation, le battant[18] bougea, une fente claire se dessina,[19] étroite, car on n'avait pas retiré la chaîne.

— Qu'est-ce que c'est ? questionnait une voix peu amène.[20]

— Commissaire Maigret.

Un visage aux traits accusés,[21] celui d'une femme d'une cinquantaine d'années, se pencha pour examiner le visiteur avec méfiance.

— Bon ! Je vous crois ! Il y a eu tant de journalistes ce matin...

La chaîne fut retirée et Maigret découvrit l'appartement tel qu'il était d'habitude, avec chaque objet à sa place, du soleil qui entrait par les deux fenêtres.

— Si c'est Mme Josselin que vous désirez voir...

On l'avait introduit au salon, où il n'y avait plus trace des

---

[16] **les quartiers populeux**   lit. *populous* ; ici, *poorer districts*
[17] **un paillasson**   *straw doormat*
[18] **le battant**   la porte (*technically, the leaf of the door*)
[19] **une fente claire se dessina**   *a streak of light showed*
[20] **peu amène**   pas très aimable
[21] **aux traits accusés**   *with rugged features*

événements et du désordre de la nuit. Une porte s'ouvrait tout de suite et Véronique, vêtue d'un tailleur bleu marine,[22] fit deux pas dans la pièce.

Elle était visiblement fatiguée et Maigret retrouvait dans son regard une espèce de flottement,[23] de quête.[24] Son regard, quand il se fixait sur les objets ou sur le visage de son visiteur, avait l'air de chercher un appui, ou la réponse à une question.

— Vous n'avez rien trouvé ? murmurait-elle sans espoir.

— Comment va votre mère ?

— Je viens seulement de rentrer. Je suis allée voir mes enfants et me changer. Je crois vous l'avoir dit[25] au téléphone. Je ne sais plus. Je ne sais plus où j'en suis.[26] Maman a dormi. Quand elle s'est éveillée, elle n'a pas parlé. Elle a bu une tasse de café, mais a refusé de manger. Je voulais qu'elle reste couchée. Je ne suis pas parvenue à la convaincre et elle est en train de s'habiller.

Elle regardait à nouveau autour d'elle, évitant le fauteuil où son père était mort. Les échecs n'étaient plus sur le guéridon. Un cigare à moitié fumé, que Maigret avait remarqué, la nuit, dans un cendrier, avait disparu.

— Votre mère n'a absolument rien dit ?

— Elle me répond par oui ou par non. Elle a toute sa lucidité. Il semble qu'elle ne pense qu'à une chose. C'est elle que vous êtes venu voir ?

— Si c'est possible...

— Elle sera prête dans quelques minutes. Ne la tourmentez pas trop, je vous le demande en grâce.[27] Tout le monde la prend pour une femme calme, parce qu'elle a l'habitude de se dominer. Je sais, moi, qu'elle est d'une nervosité maladive.[28] Seulement, elle ne s'extériorise pas...

[22] **un tailleur bleu marine** *navy blue suit*
[23] **flottement** indécision
[24] **quête** prière
[25] **Je crois... dit** *I believe that I told you* (V. Rem. 11, page 10)
[26] **où j'en suis** *where I stand*
[27] **en grâce** *for mercy's sake*
[28] **maladive** morbide

— Vous l'avez souvent vue sous le coup[29] d'une forte émotion ?

— Cela dépend de ce que vous appelez forte. Quand j'étais enfant, par exemple, il m'arrivait, comme à tous les enfants, de l'exaspérer. Au lieu de me donner une gifle, ou de se mettre en colère, elle devenait pâle et on aurait dit qu'elle était incapable de parler. Dans ces cas-là, presque toujours, elle allait s'enfermer dans sa chambre et cela me faisait très peur...

— Et votre père ?

— Mon père ne se mettait jamais en colère. Sa riposte, à lui,[30] était de sourire avec l'air de se moquer de moi...

— Votre mari est à l'hôpital ?

— Depuis sept heures, ce matin. J'ai laissé mes enfants avec la bonne, n'osant pas les amener avec moi. J'ignore comment nous allons nous y prendre.[31] Je n'aime pas laisser maman seule dans l'appartement. Chez nous, il n'y a pas de place, et d'ailleurs, elle refuserait d'y venir...

— La femme de ménage, Mme Manu, ne peut pas passer la nuit ici ?

— Non ! Elle a un grand [32] fils de vingt-quatre ans qui se montre plus exigeant qu'un mari et se met en colère quand elle a le malheur de ne pas rentrer à l'heure... Il faut que nous trouvions quelqu'un, peut-être une infirmière... Maman protestera... Bien entendu, je passerai ici tout le temps que je pourrai...

Les traits réguliers[33] sous des cheveux d'un blond roux, elle n'était pas particulièrement jolie, car elle manquait d'éclat.[34]

— Je crois que j'entends maman...

La porte s'ouvrait en effet et Maigret était surpris de voir devant lui une femme encore très jeune d'aspect. Il savait

---

[29] **le coup**   l'influence
[30] **Sa riposte, à lui**   *His retort.* **A lui** sert à opposer la réaction de M. Josselin à celle de sa femme.
[31] **s'y prendre**   ici, *manage*
[32] **grand**   *grown-up*
[33] **Les traits réguliers**   **Les** = *With*
[34] **éclat**   *glamour*

qu'elle avait quinze ans de moins que son mari mais, dans son esprit, il s'attendait néanmoins à trouver une grand-mère.

Or, sa silhouette, dans une robe* noire très simple, était plus jeune que celle de sa fille. Elle avait les cheveux bruns, les yeux presque noirs et brillants. Malgré le drame, malgré son état, elle était maquillée[35] avec soin et pas un détail ne clochait[36] dans sa toilette.

— Commissaire Maigret... se présenta-t-il.

Elle battit des paupières,[37] regarda autour d'elle, finit par regarder sa fille qui murmura tout de suite :

— Vous préférez peut-être que je vous laisse ?

Maigret ne dit ni oui, ni non. La mère ne la retint pas. Véronique sortit sans bruit. Toutes les allées et venues, dans l'appartement, étaient feutrées par l'épaisse moquette[38] que recouvraient, par-ci par-là, des tapis anciens.

— Asseyez-vous... disait la veuve de René Josselin en restant debout près du fauteuil de son mari.

Maigret hésita, finit par le faire et son interlocutrice[39] alla s'asseoir dans son fauteuil à elle,[40] près de la table à ouvrage. Elle se tenait très droite, sans s'appuyer au dossier, comme les femmes qui ont été élevées au couvent.[41] Sa bouche était mince, sans doute à cause de l'âge, ses mains maigres mais encore belles.

— Je m'excuse d'être ici, madame Josselin, et j'avoue que je ne sais quelles questions vous poser. Je me rends compte de votre désarroi,* de votre chagrin.

Elle le regardait de ses prunelles fixes, sans broncher,[42] au

---

[35] **maquillée** *made up*
[36] **ne clochait** *was amiss*
[37] **Elle battit des paupières** *Her eyes fluttered*
[38] **la moquette** *wall-to-wall carpet*
[39] **l'interlocuteur (–trice)** la personne avec qui on parle ; ici, Mme Josselin
[40] **son fauteuil à elle** c.-à-d. pas celui où s'asseyait son mari (V. note 30, page 71)
[41] **le couvent** *boarding school run by nuns*
[42] **de ses prunelles... broncher** *with staring eyes, without flinching*

point qu'il se demandait si elle entendait ses paroles ou si elle suivait son monologue intérieur.

— Votre mari a été victime d'un crime qui paraît inexplicable et je suis obligé de ne rien négliger de ce qui pourrait me mettre sur une piste.

La tête bougea légèrement, de haut en bas, comme si elle approuvait.

— Vous étiez au théâtre de la Madeleine, hier, avec votre fille. Il est vraisemblable que la personne qui a tué votre mari savait le trouver seul. Quand cette sortie a-t-elle été décidée ?

Elle répondit du bout des lèvres :[43]

— Il y a trois ou quatre jours. Je pense que c'était samedi ou dimanche.

— Qui en a eu l'idée ?

— C'est moi. J'étais curieuse de cette pièce dont les journaux ont beaucoup parlé.

Il était surpris, sachant dans quel état elle était encore à quatre heures du matin, de la voir répondre avec tant de calme et de précision.

— Nous avons discuté de cette soirée avec ma fille et elle a téléphoné à son mari pour lui demander s'il nous accompagnerait.

— Il vous arrivait de sortir tous les trois ?

— Rarement. Mon gendre ne s'intéresse qu'à la médecine et à ses malades.

— Et votre mari ?

— Nous allions parfois, lui et moi, au cinéma ou au music-hall.[44] Il aimait beaucoup le music-hall.

La voix était sans timbre,[45] sans chaleur. Elle récitait, le regard toujours fixé sur le visage de Maigret comme sur celui d'un examinateur.

— Vous avez retenu vos places par téléphone ?

---

[43] **du bout des lèvres** *stiffly*
[44] **le music-hall** sens anglais. Aux États-Unis, *variety show*.
[45] **timbre** intonation

— Oui. Les fauteuils[46] 97 et 99. Je m'en souviens, car j'insiste toujours pour être en bordure de l'allée centrale.

— Qui savait que vous vous absenteriez[47] ce soir-là ?

— Mon mari, mon gendre et la femme de ménage.

— Personne d'autre ?

— Mon coiffeur, car je suis passée chez lui dans l'après-midi.

— Votre mari fumait ?

Maigret sautait d'une idée à l'autre et il venait de se souvenir du cigare dans le cendrier.

— Peu. Un cigare après chaque repas. Parfois il en fumait un en faisant sa promenade du matin.

— Excusez cette question ridicule : vous ne lui connaissez pas d'ennemis ?

Elle ne se répandait pas en protestations,[48] laissait simplement tomber :

— Non.

— Il ne vous a jamais donné l'impression de cacher quelque chose, une partie plus ou moins secrète de sa vie ?

— Non.

— Qu'avez-vous pensé, hier au soir, en le trouvant mort à votre retour ?

Elle eut l'air d'avaler sa salive et prononça :

— Qu'il était mort.

Remarque

1. Notez la distinction entre **avoir l'habitude de** et **être habitué** (**accoutumé**) **à.** (S'applique à la plupart des cas mais n'est pas absolue.)

    La première de ces expressions a un sens actif et signifie une action effectuée par le sujet d'une façon régulière.

---

[46] **le fauteuil** au théâtre, *orchestra or balcony seat* (ici, *orchestra*)
[47] **que vous vous absenteriez** c.-à-d. que vous ne seriez pas à la maison
[48] **Elle ne se... en protestations** *She made no lengthy protests*

Il **a l'habitude** de se lever de bonne heure.
d'aller au cinéma le jeudi.
de grogner quand on le réveille.

La seconde expression indique une condition ou une action subie (*undergone*) par le sujet et à laquelle il est endurci (*inured*).

Il **est habitué** (**accoutumé**) au froid.
à vos mauvaises manières.
à être réveillé au milieu de la nuit.

— J'ai l'habitude de prendre une douche (*shower*) froide chaque matin.
— Brrr, quel courage !
— Mais non (*not at all*), j'y suis habitué.

Gallicismes

page   66   **se raviser**   *to change one's mind*
68   **jeter un coup d'œil**   *to glance, cast a glance*
il fait beau   *the weather is good*
69   **introduire** (ou **faire entrer**)   *to show into* ("*to introduce*"
s.o. is **présenter**)
71   **faire peur à**   *to scare*
se mettre en colère   *to get angry*
se moquer de   *to make fun of*
s'y prendre   *to go about* (*doing something*); *to manage*
à l'heure   *on time;* **à temps** (**pour**)   *in time* (*to*)
72   **avoir... ans de plus** (**de moins**)   *to be . . . years older*
(*younger*)
74   **s'absenter**   *to be away* (*from home, office, etc.*)
laisser tomber   *to drop*

Exercices

A.   profiter de   laisser tomber   faire peur
se rendre compte   s'absenter

1. Est-ce que vous ne _____ qu'il est indécent de vouloir

interviewer‡ les deux femmes en ce moment ? dit Maigret aux reporters.

2. L'un d'eux _____ ce que la concierge avait dû _____ un moment pour entrer dans la loge et se servir du téléphone. (plus-que-parfait)

3. Et même, il _____ l'appareil et le bruit _____ au bébé. (plus-que-parfait)

‡ Le *w* se prononce *v*.

B.   **ces derniers temps   faire venir   tout à l'heure**
                    s'assurer   jeter un coup d'œil

1. Elle avait fini par demander à son mari de _____ un de ses collègues pour l'aider à tenir les journalistes à distance.

2. Maigret demande à Mme Bonnet si _____ M. Josselin avait son air habituel.

3. Quand la femme de ménage a ouvert la porte à Maigret elle lui _____ méfiant.

4. Elle voulait _____ qu'il n'était pas un journaliste.

5. Il en est venu un _____, dit-elle, qui insistait à voir Mme Josselin malgré son état.

C.   **laisser voir   présenter   introduire**
                se décider à   se mettre en colère

1. J'étais sur le point de _____ quand il _____ partir.

2. Puis elle _____ Maigret au salon et est allée prévenir Mme Fabre que le commissaire était là.

3. Au bout d'un moment (*after a while*) Mme Fabre est entrée suivie de sa mère à qui elle _____ le commissaire.

4. Mme Josselin s'est inclinée (*bowed*) sans _____ aucune émotion.

D.   **s'y prendre   à temps   se moquer de**
                    à l'heure   se raviser

1. Une des jeunes filles avait eu l'air de _____ lui.

2. Comment pourrait-il _____ pour se débarrasser (*get rid*) des reporters ?

3. N'ayant pu trouver de taxi, elles ne sont pas arrivées au théâtre _____ pour le premier acte.

4. Il allait passer à son bureau ; puis il —————— et s'est contenté de téléphoner ses instructions à Lapointe.

5. Les Maigret ont du monde à dîner ce soir et il a promis à sa femme de rentrer ——————.

QUESTIONNAIRE

La réponse aux questions entre parenthèses est facultative (*optional*) car elle ne se trouve pas dans le texte d'une manière explicite.

1. Qu'est-ce que Maigret a trouvé en arrivant devant l'immeuble des Josselin ?
2. Qu'allait-il arriver dans quelques heures ?
3. Qu'est-ce que Maigret dit au reporters qui serait plus décent ?
4. Qu'a-t-on dû faire pour les empêcher de monter chez Mme Josselin ?
5. Qui est déjà venu interroger la concierge ?
6. A quoi a-t-il passé plus d'une heure dans l'immeuble ?
7. Comment Mme Bonnet décrit-elle les Josselin ?
8. Pourquoi la femme de ménage se méfie-t-elle du visiteur ?
9. Qui rejoint Maigret au salon ?
10. Pourquoi prie-t-elle Maigret de ménager (*spare*) sa mère ?
11. Qu'est-ce qui faisait peur à Mme Fabre quand elle était enfant ?
12. Que faisait son père au lieu de se mettre en colère ?
13. Qu'est-ce qui a surpris Maigret quand Mme Josselin est entrée ?
14. Comment Maigret explique-t-il la nécessité de sa visite ?
15. Qui avait pensé à aller au théâtre ce soir-là et pourquoi ?
16. Pourquoi le gendre ne sortait que rarement avec les deux femmes ?
17. Qu'est-ce que Josselin préférait au théâtre ?
18. Quelles places Mme Josselin avait-elle retenues ?
19. Citez les personnes qui savaient que Josselin serait seul ce soir-là.
20. De quoi Maigret se souvient-il quand il demande si Josselin fumait ? (Pouvez-vous imaginer une raison pour laquelle il pose cette question?)

LEÇON
SEPT

Son visage était devenu plus dur, plus figé encore et Maigret crut un instant que les yeux allaient s'embuer.[1]

— Vous ne vous êtes pas demandé qui l'avait tué ?

Il crut sentir une hésitation à peine perceptible.

— Non.

— Pourquoi n'avez-vous pas téléphoné tout de suite à la police ?

Elle ne répondait pas immédiatement et son regard se détournait un instant du commissaire.

— Je ne sais pas.

— Vous avez d'abord appelé votre gendre ?

— Je n'ai appelé personne. C'est Véronique qui a téléphoné chez elle, inquiète de ne pas voir son mari ici.

— Elle n'a pas été surprise de ne pas le trouver chez lui non plus ?

— Je ne sais pas.

— Qui a pensé au Dr Larue ?

— Je crois que c'est moi. Nous avions besoin de quelqu'un pour s'occuper de ce qu'il y avait à faire.

[1] **allaient s'embuer**   étaient sur le point de se remplir de larmes

— Vous n'avez aucun soupçon, madame Josselin ?

— Aucun.

— Pourquoi vous êtes-vous levée, ce matin ?

— Parce que je n'avais aucune raison de rester au lit.

— Vous êtes sûre que rien n'a disparu dans la maison ?

— Ma fille s'en est assurée. Elle connaît la place des choses aussi bien que moi. A part le revolver...

— Quand l'avez-vous vu pour la dernière fois ?

— Il y a quelques jours, je ne sais pas au juste.[2]

— Vous saviez qu'il était chargé ?

— Oui. Mon mari a toujours eu un revolver chargé dans la maison. Au début de notre mariage, il le gardait dans le tiroir de sa table de nuit. Puis, par crainte que Véronique n'y touche, et comme aucun meuble ne ferme à clef dans la chambre,[3] il l'a rangé dans le salon. Pendant longtemps, ce tiroir-là est resté fermé. Maintenant que Véronique est une grande personne et qu'elle est mariée...

— Votre mari avait l'air de craindre quelque chose ?

— Non.

— Il gardait beaucoup d'argent chez lui ?

— Très peu. Nous payons presque tout par chèque.

— Il ne vous est jamais arrivé, en rentrant, de trouver ici, avec votre mari, quelqu'un que vous ne connaissiez pas ?

— Non.

— Vous n'avez jamais rencontré non plus votre mari avec une personne étrangère ?

— Non, monsieur le commissaire.

— Je vous remercie...

Il avait chaud. Il venait de mener un des interrogatoires les plus pénibles de sa carrière. C'était un peu comme de lancer une balle qui ne rebondit pas. Il avait l'impression que ses questions ne touchaient aucun point sensible,[4] qu'elles s'arrê-

---

[2] **au juste** exactement
[3] **la chambre** sous-entendu, à coucher
[4] **sensible** *sensitive* (*sensible* se traduit **sensé**)

taient à la surface, et les réponses qui lui revenaient en échange étaient neutres, sans vie.

Elle n'avait éludé aucune de ces questions, mais elle n'avait pas prononcé non plus une phrase personnelle.

Elle ne se levait pas pour lui donner congé.[5] Elle restait toujours aussi droite dans son fauteuil, et il était incapable de lire quoi que ce fût[6] dans ses yeux pourtant extrêmement vivants.

— Je vous demande pardon de cette intrusion.

Elle ne protestait pas, attendait qu'il soit debout[7] pour se lever à son tour, puis qu'il se dirige gauchement vers la porte pour le suivre.

— Si une idée vous venait, un souvenir, un soupçon quelconque...

Elle répondait une fois de plus d'un battement[8] de paupières.

— Un sergent de ville[9] monte la garde[10] à la porte et j'espère que vous ne serez pas importunée par les journalistes...

— Mme Manu m'a dit qu'ils étaient déjà venus...

— Il y a longtemps que vous la connaissez ?

— Environ six mois.

— Elle possède une clef de l'appartement ?

— Je lui en ai fait faire une, oui.

— En dehors d'elle, qui avait la clef ?

— Mon mari et moi. Notre fille aussi. Elle a toujours gardé la clef qu'elle avait quand elle était jeune fille.

— C'est tout ?

— Oui. Il existe une cinquième clef, que j'appelle la clef de secours[11] et que je garde dans ma coiffeuse.[12]

— Elle y est toujours ?

---

[5] **donner congé** *dismiss*
[6] **quoi que ce fût** (au présent, **quoi que ce soit**) *anything at all*
[7] **attendait qu'il soit debout** *waited for him to stand up*
[8] **un battement** *flutter*
[9] **sergent de ville, gardien de la paix, agent de police** ces termes sont plus ou moins synonymes *policeman*
[10] **monte la garde** *is on watch*
[11] **la clef de secours** *spare key*
[12] **la coiffeuse** *dressing table*

— Je viens encore de l'y voir.

— Puis-je poser une question à votre fille ?

Elle alla ouvrir une porte, disparut un instant, revint avec Véronique Fabre qui les regarda tour à tour.[13]

— Votre mère me dit que vous avez conservé une clef de l'appartement. Je voudrais m'assurer que vous l'avez encore...

Elle se dirigea vers une commode sur laquelle elle prit un sac à main en cuir bleu, l'ouvrit et en sortit une petite clef plate.

— Vous l'aviez avec vous hier au théâtre ?

— Non. J'avais emporté un sac du soir, beaucoup plus petit que celui-ci, et je n'y avais presque rien mis.

— De sorte que votre clef était restée dans votre appartement, boulevard Brune ?

C'était tout. Il ne voyait plus de questions qu'il pût décemment poser. Il avait hâte, d'ailleurs, de sortir de cet univers feutré où il se sentait mal à l'aise.

— Je vous remercie...

Il descendait l'escalier à pied [14] pour se dégourdir les jambes[15] et, dès le premier tournant, se détendit d'un profond soupir. Les journalistes n'étaient plus sur le trottoir, que l'agent arpentait à grands pas lents,[16] mais au comptoir d'un bougnat,[17] en face, et ils se précipitèrent.

— Vous avez interrogé les deux femmes ?

Il les regardait un peu à la façon de[18] la veuve, comme s'il ne voyait pas leurs visages mais comme s'il voyait à travers eux.

— C'est vrai que Mme Josselin est malade et refuse de répondre ?

— Je n'ai rien à vous dire, messieurs...

— Quand est-ce que vous espérez...

Il fit un geste vague et se dirigea vers le boulevard Raspail

[13] **tour à tour** l'une après l'autre
[14] **descendait l'escalier à pied** c.-à-d. au lieu de prendre l'ascenseur *walked down the stairs* (V. Rem. 1)
[15] **se dégourdir les jambes** *limber his legs* (V. Rem. 2)
[16] **arpentait... lents** *was pacing back and forth with long slow strides*
[17] **un bougnat** *small coal retailer. Some also sell wine by the bottle or at the counter.*
[18] **à la façon de** de la même manière que

à la recherche d'un taxi. Comme les journalistes ne l'avaient pas suivi mais avaient repris leur garde, il en profita pour entrer dans le même petit bar que la nuit précédente et il but un demi.[19]

Il était près de midi quand il entra dans son bureau du Quai des Orfèvres. Un moment plus tard, il entrouvrait la porte du bureau des inspecteurs, apercevait Lapointe en compagnie de Torrence.

— Venez chez moi,[20] tous les deux...

Il s'assit lourdement à son bureau, choisit la plus grosse de ses pipes qu'il bourra.

— Qu'est-ce que tu as fait, toi ? demanda-t-il d'abord au jeune Lapointe.

— Je suis allé rue Julie pour les vérifications. J'ai questionné les trois concierges. Toutes les trois confirment que quelqu'un est venu, hier soir, demander s'il y avait un enfant malade dans la maison. L'une d'elles s'est méfiée, trouvant que l'homme n'avait pas l'air d'un vrai médecin et qu'il marquait plutôt mal.[21] Elle a failli alerter la police.

— Quelle heure était-il ?

— Entre dix heures et demie et onze heures...

— Et à l'hôpital ?

— Cela a été plus difficile. Je suis arrivé en pleine bousculade.[22] C'est l'heure où le professeur et les médecins font la tournée des salles. Tout le monde est sur les dents.[23] J'ai aperçu le Dr Fabre, de loin, et je suis sûr qu'il m'a reconnu.

— Il n'a pas réagi ?

— Non. Ils étaient plusieurs, en blouse blanche, le calot[24] sur la tête, à suivre le grand patron.[25]

---

[19] **un demi**   un verre à bière qui contient un demi-litre (le litre = *1.0567 U.S. quart*)

[20] **chez moi**   c.-à-d. dans mon bureau

[21] **marquait plutôt mal**   *looked rather shady*

[22] **en pleine bousculade**   *right in the middle of the big rush*

[23] **sur les dents**   *exhausted*

[24] **le calot**   *skullcap (worn by doctors)*

[25] **le grand patron**   c.-à-d. le Médecin-en-Chef   *chief surgeon*

— Cela lui arrive souvent de passer, le soir, aux Enfants Malades ?

— Il paraît que cela leur arrive à tous, soit quand ils ont une urgence, soit quand ils suivent un cas important. C'est le Dr Fabre qu'on voit le plus souvent. J'ai pu attraper deux ou trois infirmières au vol.[26] Elles parlent toutes de lui de la même manière. On le considère, là-bas, comme une sorte de saint...

— Il est resté tout le temps au chevet de son petit malade ?

— Non. Il est entré dans plusieurs salles et a bavardé assez longtemps avec un interne...

— Ils sont déjà au courant, à l'hôpital ?

— Je ne crois pas. On me regardait de travers.[27] Surtout une jeune femme qui doit être plus qu'infirmière, une assistante, je suppose, et qui m'a dit avec colère :

— Si vous avez des questions indiscrètes à poser, posez-les au Dr Fabre lui-même...

— Le médecin légiste n'a pas téléphoné ?

C'était l'habitude, après une autopsie, de donner un coup de fil [28] Quai des Orfèvres en attendant d'envoyer le rapport officiel, qui prenait toujours un certain temps à établir.

— Il a recueilli les deux balles. L'une était logée dans l'aorte et aurait suffi à provoquer la mort.

— A quelle heure pense-t-il que celle-ci a eu lieu ?

— Autant qu'il en peut juger, entre neuf heures et onze heures environ. Le Dr Ledent voudrait savoir, pour être plus précis, à quelle heure Josselin a pris son dernier repas.

— Tu téléphoneras à la femme de ménage pour lui demander ce renseignement et tu transmettras la réponse.

Pendant ce temps, le gros Torrence, campé[29] devant la fenêtre, regardait les bateaux passer sur la Seine.

— Qu'est-ce que je fais ? questionnait Lapointe.

— Occupe-toi d'abord de ce téléphone. A vous, Torrence...

[26] **au vol**   *as they rushed by*
[27] **de travers**   avec méfiance
[28] **(un coup) de fil**   de téléphone
[29] **campé**   *standing squarely*

Il ne le tutoyait pas, bien qu'il le connût depuis beaucoup
plus longtemps que Lapointe. Il est vrai que celui-ci avait
plutôt l'air d'un jeune étudiant que d'un inspecteur de police.

— Alors, ces locataires ?

— Je vous ai tracé un petit plan de l'immeuble. Ce sera plus
facile.

Il le déposait sur le bureau, passait derrière Maigret et tendait parfois le doigt pour désigner une des cases[30] qu'il avait
dessinées.

— D'abord, le rez-de-chaussée.[31] Vous savez sans doute que
le mari de la concierge est gardien de la paix et qu'il était de
service de nuit. Il est rentré à sept heures du matin et sa tournée
ne l'a pas fait passer devant l'immeuble[32] pendant la nuit.

— Ensuite...

— A gauche habite une vieille fille,[33] Mlle Nolan, qui, paraît-il, est très riche et très avare. Elle a regardé la télévision
jusqu'à onze heures, après quoi elle s'est couchée. Elle n'a rien
entendu et n'a reçu aucune visite.

— A droite ?

— Un certain Davey. Il vit seul, lui aussi, est veuf, sous-directeur[34] dans une compagnie d'assurances. Il a dîné en ville,
comme chaque soir, et est rentré à neuf heures et quart. A ce
que[35] j'ai appris, une jeune femme assez jolie vient de temps en
temps lui tenir compagnie mais cela n'a pas été le cas hier. Il a
lu les journaux et s'est endormi vers dix heures et demie sans
avoir rien entendu d'anormal. Ce n'est que quand les hommes
de l'Identité Judiciaire sont entrés dans la maison avec leurs appareils qu'il a été éveillé. Il s'est levé et est allé demander à
l'agent de garde à la porte ce qui se passait.

— Quelle a été sa réaction ?

---

[30] **des cases**   des compartiments
[31] **le rez-de-chaussée**   *ground floor* (V. Rem. 3)
[32] **sa tournée... l'immeuble**   *his beat did not take him past the building*
[33] **une vieille fille** (péjoratif)   *an old maid*
[34] **un sous-directeur**   correspond à peu près à un des nombreux *vice presidents* dans une compagnie américaine
[35] **A ce que**   D'après ce que

— Aucune. Il s'est recouché.

— Il connaissait les Josselin ?

— Seulement de vue. Au premier étage, à gauche, c'est l'appartement des Aresco. Ils sont six ou sept, tous bruns et gras, les femmes assez jolies, et tout le monde parle avec un fort accent. Il y a le père, la mère, une belle-sœur, une grande fille de vingt ans et deux ou trois enfants. Ils ne sont pas sortis hier.

— Tu es sûr ? La concierge dit...

— Je sais. Elle me l'a répété. Quelqu'un est rentré, peu après le départ du docteur, et, en passant devant la loge, a lancé le nom d'Aresco... M. Aresco en est indigné... Ils ont joué aux cartes en famille et jurent que personne n'a quitté l'appartement...

— Que répond la concierge ?

— Qu'elle est à peu près sûre que c'est ce nom-là qu'on a prononcé et qu'elle a même cru reconnaître l'accent.

— *A peu près sûre...* répéta Maigret. *Elle a cru reconnaître...* Que font les Aresco ?

— Ils ont de grosses affaires en Amérique du Sud où ils vivent une partie de l'année. Ils possèdent aussi un domicile[36] en Suisse. Ils y étaient encore il y a quinze jours...

— Ils connaissent les Josselin ?

— Ils prétendent* qu'ils ignoraient jusqu'à[37] leur nom.

— Continue.

— A droite, en face de chez eux, c'est un critique d'art, Joseph Mérillon, actuellement* en mission, pour le gouvernement, à Athènes...

— Au second ?

— Tout l'étage est occupé par les Tupler, en voyage aux États-Unis.

— Pas de domestiques ?

— L'appartement est fermé pour trois mois. Les tapis ont été envoyés au nettoyage.

— Troisième ?

[36] **un domicile**   une résidence
[37] **jusqu'à**   même

— Personne, cette nuit, à côté de chez les Josselin. Les De-lille, un couple d'un certain âge, dont les enfants sont mariés, restent sur la Côte d'Azur[38] jusqu'au début d'octobre. Tous ces gens-là prennent de longues vacances, patron...

— Quatrième ?

— Au-dessus des Josselin, les Meurat, un architecte, sa femme et leur fille de douze ans. Ils ne sont pas sortis. L'archi-tecte a travaillé jusque minuit et n'a rien entendu. Sa fenêtre était ouverte. De l'autre côté du palier, un industriel et sa femme, les Blanchon, partis le jour-même pour la chasse en Sologne.[39] Au cinquième, encore une dame seule, Mme Schwartz, qui reçoit assez souvent une amie le soir mais qui ne l'a pas reçue hier et qui s'est couchée de bonne heure. Enfin un jeune couple, marié le mois dernier, en séjour dans la Nièvre[40] chez[41] les parents de la dame. Au sixième, il n'y a que les cham-bres de domestiques...

Maigret regardait le plan d'un œil découragé. Certes, des cases restaient vides, des gens qui se trouvaient encore à la mer, à la campagne ou à l'étranger.

La moitié de l'immeuble n'en était pas moins occupée la nuit précédente. Des locataires jouaient aux cartes, regardaient la télévision, lisaient ou dormaient. L'un d'eux travaillait encore. La concierge ne s'était pas entièrement rendormie après le dé-part du Dr Fabre.

Pourtant, deux coups de feu avaient éclaté,[42] un homme avait été abattu dans une des cases sans que, dans les autres, le train-train[43] quotidien en soit perturbé.

— *Des braves gens...*

Tous ceux-là aussi, sans doute, étaient des braves gens, aux moyens d'existence connus, à la vie aisée et sans mystère.

[38] **la Côte d'Azur** *French Riviera*
[39] **la Sologne** une région de la vallée de la Loire
[40] **la Nièvre** une autre région de la vallée de la Loire
[41] **en séjour... chez** *staying with*
[42] **deux... avaient éclaté** *two shots had been fired*
[43] **le train-train** la routine

La concierge, après avoir tiré le cordon[44] pour le Dr Fabre, s'était-elle assoupie plus profondément qu'elle ne le croyait ? Elle était de bonne foi, sans aucun doute. C'était une femme intelligente, qui n'ignorait pas l'importance de ses paroles.

Elle affirmait que quelqu'un était rentré entre dix heures et demie et onze heures et qu'on avait lancé en passant devant la loge le nom d'Aresco.

Or, les Aresco juraient que personne n'était sorti ni rentré ce soir-là de leur appartement. Ils ne connaissaient pas les Josselin. C'était plausible. Personne, dans l'immeuble, comme cela arrive si souvent à Paris, surtout dans la grosse bourgeoisie,[45] ne se préoccupait de[46] ses voisins.

— Je me demande pourquoi un locataire, rentrant chez lui, aurait donné le nom d'un autre locataire...

— Et si ce n'était pas quelqu'un de l'immeuble ?

— D'après la concierge, il n'aurait pas pu en sortir ensuite sans être vu...

Maigret fronçait les sourcils.

— Cela paraît idiot, grommela-t-il. Cependant, en toute logique, c'est la seule explication possible...

— Qu'il soit resté dans la maison ?

— En tout cas, jusqu'à ce matin... De jour, il doit être facile d'aller et venir sans être remarqué...

— Vous voulez dire que l'assassin aurait été là, à deux pas des policiers, pendant la descente[47] du Parquet et pendant que les gens de l'Identité Judiciaire travaillaient dans l'appartement ?

— Il y a des logements vides... Vous allez prendre un serrurier avec vous et vous assurer qu'aucune serrure n'a été forcée...

— Je suppose que je n'entre pas ?

[44] **tiré le cordon** (V. Rem. 10, page 9) (**le cordon** ici sans doute une façon de parler)

[45] **la grosse bourgeoisie** *upper middle class*

[46] **ne se préoccupait de** ne faisait attention à

[47] **la descente** une descente de police est un *raid,* mais ici, en parlant du Parquet, la visite

— Seulement vérifier les serrures, de l'extérieur.

— C'est tout ?

— Pour le moment. Qu'est-ce que vous voudriez faire ?

Le gros Torrence prenait un air réfléchi[48] et concluait :

— C'est vrai...

Il y avait bien un crime, puisqu'un homme avait été tué. Seulement, ce n'était pas un crime comme les autres, parce que la victime n'était pas une victime comme les autres.

— Un brave homme ! répétait Maigret avec une sorte de colère.

Qui avait pu avoir une raison pour tuer ce brave homme-là ?

Pour un peu, il se serait mis à[49] détester les braves gens.

Remarques

1. **A pied** (*on foot*) suivant un verbe de mouvement indique le moyen de locomotion employé pour se rendre d'un endroit à un autre. *On foot,* qui peut s'employer de la même manière en anglais, est le plus souvent remplacé par *to walk.*

    aller à pied à   to walk to (go on foot to)
    revenir à pied de   to walk back from (come back on foot from)
    traverser à pied   to walk through, across (go through, across, on foot)

    Marcher, aussi *to walk,* exprime un mode de locomotion, comme **courir** (*to run*), **nager** (*to swim*), etc. : marcher dans la rue, sur la route ; marcher lentement, sur la pointe des pieds (*on tiptoe*), etc. Normalement, **marcher** ne peut pas être suivi d'une destination et on ne peut pas dire autrement que **je suis allé à la gare à pied** pour *I walked to the station.*

2. **se dégourdir les jambes**   Ordinairement, le verbe réfléchi s'emploie quand l'action est effectuée par le sujet, volontairement ou non, sur une partie de son corps qui est dans ce cas désignée par l'article défini.

    Il s'essuie les pieds sur le pail-   He wipes his feet on the doormat.
    lasson.

[48] **prenait un air réfléchi**   *pretended to ponder*
[49] **Pour... mis à**   *It would not take much to start him*

Il s'est lavé les mains.   He washed his hands.
Je me suis cassé le bras.   I broke my arm.

3. Notez la division française d'un immeuble en étages. Le **rez-de-chaussée** correspond au *first floor* dans la plupart des immeubles américains ; le **premier étage** est le *second floor* et ainsi de suite. Dans les *buildings* où le **rez-de-chaussée** est appelé *ground* ou *street floor* les autres étages correspondent à ceux d'un immeuble.

   (Sauf les plus modernes, la plupart des immeubles à Paris se composent de six ou sept étages, le dernier étant occupé par les chambres de domestiques.)

Gallicismes

page   79 **une grande personne** *a grown-up;* **un grand fils** *a grown-up son.* Mais, **une grande fille de douze ans** *a tall twelve-year-old girl, or daughter*

         80 **de secours** *spare (for an emergency);* spare part **la pièce de rechange**

         81 **avoir hâte de** *to be anxious to, long to, be in haste to*

         82 **hier soir** *yesterday evening, last night;* **la nuit dernière,** aussi *last night,* la partie de la nuit quand la plupart des gens sont au lit

         87 **faire attention à** *to pay attention to;* **faire attention de** *to be careful to*

Exercices

A.   **envoyer chercher**   **se trouver**   **mettre au courant**
                à pied   **faire beau**

1. Comme il _____, Maigret a décidé de retourner à la P. J. _____. (imparfait)

2. Arrivé à son bureau, il _____ Torrence et lui a demandé de le _____ de ce qu'il avait appris.

3. D'abord, il ——————— que plusieurs des locataires sont encore en vacances.

B.   avoir l'air   se méfier   faire attention
   hier soir   la nuit dernière

1. La concierge est formelle qu'aucun de ceux qui restent n'est sorti ——————— avant qu'elle ne se couche.
2. Au rez-de-chaussée, une vieille fille désagréable ——————— de ——————— de moi et a d'abord refusé de me répondre. (imparfait)
3. Elle ne savait rien de ce qui s'était passé ———————.
4. Le locataire à l'étage au-dessus des Josselin avait crut entendre une auto pétarder (*backfiring*) et n'y ———————. (plus-que-parfait)

C.   avoir lieu   se mettre à   se douter
   de bonne heure   avoir de la peine à

1. Un M. Davey s'est endormi ———————. Plus tard, ayant entendu des allées et venues, il est descendu s'informer.
2. Il était le seul à savoir qu'un drame ——————— dans l'immeuble. (plus-que-parfait)
3. Chez les Aresco, des Sud-Américains, j'——————— me faire comprendre.
4. Au cinquième, après avoir répondu à mes questions, une vieille dame ——————— m'expliquer qu'elle connaissait les Josselin et ne ———————... Je n'ai pas écouté la suite.

D.   d'un autre côté   grand-chose   avoir hâte
   d'à côté   de sorte que

1. Les voisins ——————— auraient sans doute entendu les coups de feu s'ils avaient été chez eux.
2. En somme, conclut Maigret, nous n'avons pas appris ——————— de nouveau, ——————— il faudra pousser l'enquête ———————.
3. Maigret se sent fatigué et ——————— de rentrer se reposer.

QUESTIONNAIRE

1. Mme Josselin est-elle tout à fait certaine que rien n'a disparu dans la maison ?
2. Où son mari gardait-il le revolver avant la naissance de Véronique ?
3. Pourquoi l'avait-il changé de place ?
4. Gardait-il beaucoup d'argent chez lui ? Parce que ?
5. Comment Mme Josselin répondait-elle aux questions de Maigret ?
6. Pourquoi Maigret avait-il chaud ?
7. Depuis combien de temps Mme Manu travaille-t-elle chez les Josselin ?
8. Mme Fabre avait-elle emporté la clef de l'appartement au théâtre ? (Qu'est-ce que cela pourrait suggérer ?)
9. Qu'est-ce que les trois concierges rue Julie ont confirmé ?
10. Pourquoi l'une d'elles s'est-elle méfiée ?
11. Comment considère-t-on le Dr Fabre à l'hôpital ?
12. A quelle heure le médecin légiste juge-t-il que la mort a eu lieu ? (Cela exonère-t-il complètement le Dr Fabre ?)
13. Que faisait M. Bonnet la nuit du crime et où n'est-il pas passé ?
14. Qu'est-ce que Torrence avait tracé pour faciliter ses explications ?
15. Qu'est-ce que les Aresco ont fait toute la soirée ?
16. Qu'est-ce qu'ils juraient ?
17. Mme Bonnet est-elle maintenant aussi sûre qu'elle avait reconnu l'accent de M. Aresco ?
18. Si c'était l'assassin qui était entré, quand aurait-il pu ressortir sans être remarqué ?
19. Où aurait-il pu se cacher en attendant ?
20. De quoi Torrence doit-il aller s'assurer ? (Ce n'est guère vraisemblable, mais qui aurait quand même pu être la complice de l'assassin et n'a pas été interrogée ?)

LEÇON
HUIT

Chapitre 4

Maigret rentra déjeuner chez lui, devant la fenêtre ouverte, et il remarqua un geste que sa femme faisait pourtant tous les jours, celui d'enlever son tablier avant de se mettre à table. Souvent, tout de suite après, elle se tapotait les cheveux pour les faire bouffer.

Eux aussi pourraient avoir une bonne. C'était Mme Maigret qui n'en avait jamais voulu, prétendant que, si elle n'avait pas son ménage à faire, elle se sentirait inutile. Elle n'acceptait une femme de ménage, certains jours de la semaine, que pour les gros travaux, et encore lui arrivait-il souvent de refaire le travail derrière elle.

Était-ce le cas de Mme Josselin ? Pas tout à fait, sans doute. Elle était méticuleuse, l'état de l'appartement en faisait foi,[1] mais elle ne devait pas éprouver,[2] comme Mme Maigret, le besoin de tout faire de ses propres[3] mains.

[1] **en faisait foi**   le prouvait
[2] **éprouver**   se sentir
[3] **propre**   devant le nom, *own* ; après le nom, *clean*

Pourquoi se mettait-il, en mangeant, à comparer les deux femmes qui n'avaient pourtant aucun point commun ?

Rue Notre-Dame-des-Champs, Mme Josselin et sa fille mangeaient sans doute en tête à tête[4] et Maigret s'imaginait qu'elles devaient s'observer furtivement l'une l'autre. N'étaient-elles pas en train de discuter de détails pratiques ?

Car, boulevard Brune, le Dr Fabre, lui, s'il était rentré chez lui, ce qui était probable, était seul avec ses enfants. Il n'y avait qu'une petite bonne pour s'occuper de ceux-ci et du ménage. Son repas à peine terminé, il pénétrerait dans son cabinet où le défilé[5] de jeunes malades et de mamans alarmées ne cesserait pas de l'après-midi. Avait-il trouvé quelqu'un pour rester rue Notre-Dame-des-Champs avec sa belle-mère ? Celle-ci accepterait-elle une présence étrangère auprès d'elle ?

Maigret se surprenait à se préoccuper de ces détails comme s'il s'agissait de gens de sa famille. René Josselin était mort et il n'importait pas seulement de découvrir son assassin. Ceux qui restaient devaient, petit à petit, réorganiser leur existence.

Il aurait bien voulu aller boulevard Brune, toucher en quelque sorte le cadre dans lequel vivait Fabre avec sa femme et ses enfants. On lui avait dit qu'ils habitaient un des immeubles neufs près de la Cité Universitaire et il imaginait un de ces bâtiments anonymes qu'il avait vus en passant et qu'il aurait volontiers appelés des trappes à hommes. Une façade nue et blanche, déjà souillée. Des rangs de fenêtres uniformes avec, du haut en bas, les mêmes logements,[6] les salles de bains les unes au-dessus des autres, les cuisines aussi, des murs trop minces laissant passer tous les bruits.

Il aurait juré qu'il n'y régnait pas le même ordre[7] que rue Notre-Dame-des-Champs, que la vie était moins réglée, les heures de repas plus ou moins fantaisistes[8] et que cela tenait

---

[4] **en tête à tête** c.-à-d. toutes seules
[5] **le défilé** la procession
[6] **les logements** les appartements
[7] **il n'y... ordre** pour **le même ordre n'y régnait pas.** La construction impersonnelle est plus idiomatique.
[8] **fantaisistes** *haphazard*

autant au caractère de Fabre qu'à la négligence ou peut-être à la maladresse[9] de sa femme.

Elle avait été enfant gâtée. Sa mère venait encore la voir presque chaque jour, gardait les gosses,[10] emmenait l'aîné en promenade. N'essayait-elle pas aussi de mettre un peu d'ordre dans une existence qu'elle devait considérer comme trop bohème ?

Les deux femmes, à table, se rendaient-elles compte que, logiquement, le seul suspect, au point où en était l'enquête, était Paul Fabre ? Il était la dernière personne connue à s'être trouvée en tête à tête avec Josselin.

Certes, il n'avait pas pu donner lui-même le coup de téléphone l'appelant rue Julie, mais il y avait, aux Enfants Malades, entre autres, assez de personnes qui lui étaient dévouées pour le faire pour lui. Il savait où se trouvait l'arme.

Et, à la rigueur,[11] il avait un mobile. Certes, l'argent ne l'intéressait pas. Sans son beau-père, il ne se serait jamais encombré d'une clientèle privée et il aurait consacré tout son temps à l'hôpital où il devait se sentir plus chez lui que n'importe où.

Mais Véronique ? Ne commençait-elle pas à regretter d'avoir épousé un homme que tout le monde considérait comme un saint ? N'avait-elle pas envie de mener une vie différente ? Son humeur, chez elle, ne s'en ressentait-elle pas ?[12]

Après la mort de Josselin, les Fabre allaient sans doute recevoir leur part de l'héritage.*

Maigret essayait d'imaginer la scène : les deux hommes devant l'échiquier, silencieux et graves comme tous les joueurs d'échecs ; le docteur, à un certain moment, se levant et se dirigeant vers le meuble où l'automatique se trouvait dans un tiroir...

Maigret secouait la tête. Cela ne collait pas.[13] Il ne voyait pas Fabre revenant vers son beau-père, le doigt sur la détente...

[9] la maladresse   *lack of skill* (*"in keeping house" implied*)
[10] les gosses   fam.   les enfants   *kids*
[11] à la rigueur   *strictly speaking*
[12] ne s'en... pas   n'en était-elle pas affectée
[13] Cela ne collait pas   fam.   *It did not jibe* (lit. *stick*)

Une dispute, une discussion tournant à l'aigre et les mettant tous les deux hors de leurs gonds ?[14]

Il avait beau faire, il[15] ne parvenait pas à y croire. Cela ne correspondait pas au tempérament des deux hommes.

Et, d'ailleurs, n'y avait-il pas le mystérieux visiteur dont parlait la concierge et qui avait lancé le nom d'Aresco ?

— J'ai reçu un coup de téléphone de Francine Pardon... disait tout à coup Mme Maigret, peut-être exprès,* pour changer le cours de ses pensées.

Il était si loin qu'il la regarda tout d'abord comme s'il ne comprenait pas.

— Ils sont rentrés lundi d'Italie. Tu te souviens comme ils se réjouissaient de ces vacances à deux ?

C'étaient les premières que les Pardon prenaient, seuls, depuis plus de vingt ans. Ils étaient partis en voiture avec l'idée de visiter Florence, Rome et Naples, de revenir par Venise et Milan en s'arrêtant au petit bonheur.[16]

— Au fait,[17] ils demandent si nous pouvons aller dîner chez eux mercredi prochain.

— Pourquoi pas ?

N'était-ce pas devenu une tradition ? Ce dîner aurait dû avoir lieu le premier mercredi du mois mais, à cause des vacances, il avait été retardé.

— Il paraît que le voyage a été éreintant,[18] qu'il y avait presque autant de circulation sur les routes qu'aux Champs-Élysées[19] et que, chaque soir, ils en avaient pour[20] une heure ou deux à trouver une chambre d'hôtel.

— Comment va leur fille ?

— Bien. Le bébé est magnifique...

[14] **les mettant... gonds** c.-à-d. leur faisant perdre leur sang-froid (*temper*) (lit. **mettre hors des gonds** *to unhinge*)
[15] **Il avait beau faire, il...** *No matter how he tried, he* . . . (V. Rem. 1)
[16] **au petit bonheur** au hasard
[17] **Au fait** A propos *By the way*
[18] **éreintant** fam. *exhausting*
[19] **aux Champs-Élysées** c.-à-d. à l'avenue des Champs-Élysées (V. Rem. 2)
[20] **ils en avaient pour** *it took them*

Mme Pardon, elle aussi, allait presque chaque après-midi chez sa fille, qui s'était mariée l'année précédente et qui avait un bébé de quelques mois.

Si les Maigret avaient eu un enfant, il serait probablement marié maintenant et Mme Maigret, comme les autres...

— Tu sais ce qu'ils ont décidé ?

— Non.

— D'acheter une petite villa, à la mer ou à la campagne, afin de passer les vacances avec leur fille, leur gendre et l'enfant...

Les Josselin avaient une villa, à La Baule. Ils y vivaient un mois par an en famille, peut-être plus. René Josselin avait pris sa retraite.

Cela frappait tout à coup Maigret. Le cartonnier avait été toute sa vie un homme actif, passant le plus clair[21] de son temps rue du Saint-Gothard, y retournant souvent le soir pour travailler.

Il ne voyait sa femme qu'à l'heure des repas et pendant une partie de la soirée.

Parce qu'une crise cardiaque, soudain, lui avait fait peur, il avait abandonné son affaire, presque du jour au lendemain.

Qu'est-ce qu'il ferait, lui, Maigret, si, mis à la retraite, il se trouvait toute la journée avec sa femme dans l'appartement ? C'était réglé,[22] puisqu'ils iraient vivre à la campagne et qu'ils avaient déjà acheté leur maison.

Mais s'il devait rester à Paris ?

Chaque matin, Josselin sortait de chez lui à heure presque fixe, vers neuf heures, comme on part pour son bureau. D'après la concierge, il se dirigeait vers le jardin du Luxembourg, du pas régulier et hésitant des cardiaques ou de ceux qui se croient menacés d'une attaque.

Au fait, les Josselin n'avaient pas de chien et cela étonnait le commissaire. Il aurait bien vu René Josselin emmenant son chien en laisse. Il n'y avait pas de chat dans l'appartement non plus.

[21] **le plus clair** la plus grande partie
[22] **C'était réglé** C'était déjà décidé

Il achetait les journaux. S'asseyait-il sur un banc du jardin pour les lire ? Ne lui arrivait-il pas d'engager la conversation avec un de ses voisins ? N'avait-il pas l'habitude de rencontrer régulièrement la même personne, homme ou femme ?

A tout hasard, Maigret avait chargé Lapointe d'aller demander une photographie rue Notre-Dame-des-Champs et d'essayer, en questionnant les commerçants, les gardiens du Luxembourg, de reconstituer les faits et gestes[23] matinaux de la victime.

Cela donnerait-il un résultat ? Il aimait mieux ne pas y penser. Cet homme mort, qu'il n'avait jamais vu vivant, cette famille dont il ne connaissait pas l'existence, la veille, finissaient par l'obséder.

— Tu rentreras dîner ?

— Je crois. Je l'espère.

Il alla attendre son autobus au coin du boulevard Richard-Lenoir, resta sur la plate-forme à fumer sa pipe en regardant, autour de lui, ces hommes et ces femmes qui menaient leur petite vie comme si les Josselin n'existaient pas et comme s'il n'y avait pas, dans Paris, un homme qui, Dieu sait pourquoi, en avait tué un autre.

Une fois dans son bureau, il se plongea dans des besognes administratives désagréables, exprès, pour ne plus penser à cette affaire, et il dut y réussir puisque, vers trois heures, il fut surpris, en décrochant le téléphone qui venait de sonner, d'entendre la voix excitée de Torrence.

— Je suis toujours dans le quartier, patron...

Il faillit demander :

— Quel quartier ?

— J'ai cru préférable de vous téléphoner que de me rendre au Quai car il est possible que vous décidiez de venir vous-même... J'ai découvert du nouveau...

— Les deux femmes sont toujours dans leur appartement ?

— Les trois, Mme Manu y est aussi.

— Que s'est-il passé ?

---

[23] **les faits et gestes** *activities*

— Avec un serrurier, nous avons examiné toutes les portes, y compris celles qui donnent[24] sur l'escalier de service. Aucune ne paraît avoir été forcée. Nous ne nous sommes pas arrêtés au cinquième étage. Nous sommes montés au sixième, où se trouvent les chambres de bonnes.

— Qu'avez-vous trouvé ?

— Attendez. La plupart étaient fermées. Comme nous étions penchés sur une des serrures, la porte voisine s'est entrouverte et nous avons eu la surprise de voir devant nous une jeune femme flambant[25] nue qui, pas gênée du tout, s'est mise à nous regarder curieusement. Une belle fille, d'ailleurs, très brune, avec des yeux immenses, un type espagnol ou sud-américain fort prononcé.

Maigret attendait, dessinant machinalement sur son buvard un torse de femme.

— Je lui ai demandé ce qu'elle faisait là et elle m'a répondu dans un mauvais français que c'était son heure de repos et qu'elle était la domestique des Aresco.

» — Pourquoi essayez-vous d'ouvrir cette porte ? a-t-elle questionné, méfiante.

» Elle a ajouté, sans que cette hypothèse paraisse l'émouvoir :

» — Vous êtes des cambrioleurs ?

» Je lui ai expliqué qui nous étions. Elle ne savait pas qu'un des locataires de l'immeuble avait été tué au cours de la nuit.

» — Le gros monsieur si gentil qui me souriait toujours dans l'escalier ?

» Puis elle a dit :

» — Ce n'est pas leur nouvelle bonne, au moins ? [26]

» Je ne comprenais pas. Nous devions avoir l'air ridicule et j'ai eu envie de lui demander de se mettre quelque chose sur le corps.

» — Quelle nouvelle bonne ?

---

[24] **qui donnent**   qui s'ouvrent
[25] **flambant**   complètement (lit. *blazing*)
[26] **au moins ?**   fam.   par hasard ?

» — Ils doivent avoir une nouvelle bonne, car j'ai entendu du bruit dans la chambre la nuit dernière... »

Du coup,[27] Maigret cessait de crayonner.[28] Il était furieux de ne pas y avoir pensé. Plus exactement, il avait commencé à y penser, la nuit précédente. Il y avait eu un moment où une idée avait commencé à se former dans son esprit et il s'était senti sur le point de faire une découverte, comme il l'avait dit à Lapointe. Quelqu'un, le commissaire Saint-Hubert, ou le juge d'instruction, lui avait adressé la parole et, par la suite, il avait été incapable de retrouver le fil.

La concierge affirmait qu'un inconnu était entré dans l'immeuble peu après le départ du Dr Fabre. Il avait donné le nom d'Aresco, alors que les Aresco prétendaient* qu'ils n'avaient reçu personne et qu'aucun membre de la famille n'était sorti.

Maigret avait fait questionner les locataires, mais il avait négligé les coulisses[29] de l'immeuble, c'est-à-dire l'étage des domestiques.

— Vous comprenez, patron ?... Attendez !... Ce n'est pas fini... Cette serrure-là non plus n'avait pas été forcée... Alors, je suis descendu au troisième, par l'escalier de service, et j'ai demandé à Mme Manu si elle avait la clef de la chambre de bonne... Elle a tendu le bras vers un clou planté à droite d'une étagère, puis a regardé le mur, le clou, avec étonnement.

— Tiens ![30] Elle n'est plus là...

» Elle m'a expliqué qu'elle avait toujours vu la clef du sixième étage pendue à ce clou.

— Hier encore ? ai-je insisté.

» — Je ne pourrais pas le jurer, mais j'en suis presque sûre... Je ne suis montée qu'une fois, avec Madame, au début que j'étais ici, pour faire le ménage,[31] retirer les draps et les couver-

---

[27] **Du coup**   *At that, hearing that*

[28] **crayonner**   *"doodle"*

[29] **les coulisses**   *wings (of a stage).* Au figuré, les personnages ou les faits accessoires.

[30] **Tiens !**   exclamation de surprise   *Look!*

[31] **faire le ménage**   ici, *clean up*

tures, coller des papiers autour de la fenêtre afin d'empêcher la poussière de pénétrer... »

C'était bien du Torrence[32] qui, une fois sur une piste, la suivait avec l'obstination d'un chien de chasse.

— Je suis remonté là-haut, où mon serrurier m'attendait. La jeune Espagnole, qui s'appelle Dolorès et dont l'heure de repos devait être passée, était redescendue.

» La serrure est une serrure de série,[33] sans malice.[34] Mon compagnon l'a ouverte sans difficulté. »

— Vous n'avez pas demandé l'autorisation à Mme Josselin ?

— Non. Je ne l'ai pas vue. Vous m'avez recommandé de ne la déranger qu'en cas de nécessité. Or, nous n'avions pas besoin d'elle. Eh bien, patron, nous tenons un bout ![35] Quelqu'un a passé au moins une partie de la nuit dans la chambre de bonne. Les papiers qui entouraient la fenêtre ont été déchirés, la fenêtre ouverte. Elle l'était encore quand nous sommes entrés. En outre, on voit qu'un homme s'est couché sur le matelas et a posé la tête sur le traversin. Enfin, il y a, par terre, des bouts de cigarettes écrasés. Si je parle d'un homme, c'est qu'il[36] n'y a pas de rouge à lèvres[37] sur les mégots.[38]

» Je vous téléphone d'un bar qui s'appelle le Clairon, rue Vavin. J'ai pensé que vous voudriez voir ça... »

— Je viens !

Cela soulageait Maigret de ne plus avoir à penser au Dr Fabre. En apparence, tout était changé. La concierge ne s'était pas trompée. Quelqu'un était venu du dehors. Ce quelqu'un, il est vrai, connaissait non seulement le tiroir au revolver, mais l'existence de la chambre de bonne et la place de la clef dans la cuisine.

Ainsi, la nuit précédente, tandis que l'enquête piétinait[39] au

[32] **C'était bien du Torrence**   *It was indeed like Torrence*
[33] **de série**   produite en masse
[34] **sans malice**   fam.   c.-à-d. d'un mécanisme très simple
[35] **nous tenons un bout** (*end*)   sous-entendu, **du fil** (*thread*)
[36] **c'est que**   c'est parce que
[37] **le rouge à lèvres**   *lipstick*
[38] **les mégots**   populaire pour **bouts de cigarettes**   *butts*
[39] **piétinait**   ici, ne faisait aucun progrès   *marked time*

troisième étage, l'assassin était probablement dans la maison, étendu sur un matelas, à fumer des cigarettes en attendant que le jour pointe et que la voie soit libre.[40]

Depuis, y avait-il eu en permanence un sergent de ville à la porte ? Maigret l'ignorait. C'était l'affaire du commissaire du quartier. Il y en avait un quand il était revenu de la rue du Saint-Gothard, mais c'était le mari de la concierge qui l'avait réclamé après l'envahissement de l'immeuble par les journalistes et les photographes.

De toute façon, le matin, on pouvait compter sur un certain nombre d'allées et venues, ne fussent que des livreurs.[41] La concierge avait à s'occuper du courrier, de son bébé, des reporters, dont plusieurs étaient parvenus jusqu'au troisième étage.

Remarques

1. **Avoir beau** + inf. (*no matter how* [*much*] . . ., *no matter what* . . ., *to* . . . *in vain*) est une expression qui suppose un certain effort moral ou physique, et est plus emphatique que v. + **en vain.**

J'ai eu beau insister, il a refusé.	No matter how much I insisted, he refused.
J'ai insisté en vain, il...	I insisted in vain, he . . .
J'ai beau faire, il ne m'obéit pas.	No matter what I do, he does not obey me.

   Dans **avoir beau faire, faire** peut remplacer un autre verbe, comme dans le texte, page 95 : **Il avait beau faire = Il avait beau essayer.**

2. **L'avenue des Champs-Élysées,** une des plus belles du monde, bordée en partie de jardin, puis de deux rangées (*rows*) d'arbres de chaque côté, offre une perspective magnifique. Ses magasins de luxe, ses cafés et restaurants élégants, ses théâtres et cinémas, attirent également les Parisiens et les visiteurs étrangers.

[40] **en attendant... libre** *waiting for daybreak and the way to be clear*
[41] **ne fussent... livreurs** *even if it were only delivery men*

Gallicismes

page 93 **en tête à tête** *alone, privately* (bien entendu, toujours entre deux personnes) ; **le tête-à-tête** *private interview or conversation*

96 **du jour au lendemain** *overnight*

97 **le hasard** *chance;* **par hasard** *by chance;* **par hasard?** *by any chance?* **au hasard** *at random;* **à tout hasard** *on an off chance*

aimer mieux préférer

98 **y compris** *including*

donner sur *to open on, look out on*

99 **du coup** *at that, hearing that, now*

100 **en outre** *besides, furthermore;* **outre** *besides, in addition to*

Exercices

A.   **avoir beau faire   au hasard   aimer mieux**
                  donner sur   en tête à tête

1. De sa fenêtre, qui —————— la Seine, il regarde distraitement (*absentmindedly*) passer les bateaux.

2. Il ——————, il ne cesse de penser à l'affaire de la rue Notre-Dame-des-Champs.

3. Il se demande ce que les Fabre se sont dit quand il se sont trouvés —————— le lendemain du crime.

4. Mais il —————— savoir ce que Véronique allait dire quand se mère lui a coupé la parole. (conditionnel prés.)

5. Pour se changer les idées il prend un dossier (*file*) —————— et se met à l'étudier attentivement.

B.   **en outre   du jour au lendemain   s'y prendre**
                  avoir l'habitude de   être habitué à

1. ——————, une femme se retrouve seule et doit réorganiser sa vie.

2. Elle ne voit pas encore comment elle va ——————.

3. _____, il y aura des questions financières à régler.
4. Depuis son mariage, elle _____ une vie calme et sans tracas (*worries*). (plus-que-parfait)
5. Néanmoins, elle n'_____ se plaindre (*complain*) si les choses ne vont pas comme elle voudrait.

C.

| par hasard | s'agir de | y compris |
| du coup | se rendre compte de | |

1. Torrence a vérifié toutes les serrures, _____ celles des portes au sixième.
2. Ce n'est donc pas tout à fait _____ qu'il a découvert qu'un homme avait passé la nuit dans une des chambres.
3. Il _____ l'importance de sa découverte.
4. _____, pense-t-il, le patron va être content.
5. Maintenant, il _____ savoir comment l'homme s'est procuré la clef de la chambre.

D.

| à tout hasard | avoir raison de | avoir envie de |
| faire confiance à | de toute façon | |

1. Comme Maigret, vous _____ de rire en écoutant Torrence raconter sa rencontre avec la bonne. (conditionnel prés.)
2. Maigret savait qu'il pouvait _____ son inspecteur quand celui-ci suivait une piste.
3. _____, il faudra que je fasse vérifier les empreintes digitales (*fingerprints*), mais je crains que cela ne serve pas à grand-chose.
4. _____, on peut éliminer Fabre comme suspect.
5. J'_____ de croire que ce n'était pas le type à commettre un crime. (imparfait)

QUESTIONNAIRE

1. A quoi pense Maigret pendant le déjeuner ?
2. Comment imagine-t-il l'immeuble où habitent les Fabre ?
3. Qu'est-ce qui pourrait expliquer la maladresse de Mme Fabre ?
4. De quoi elle et sa mère devraient-elles logiquement se rendre compte ?

5. Qui savait où se trouvait l'automatique ?
6. A quelle conclusion arrive Maigret après avoir essayé d'imaginer ce qui s'était passé entre Josselin et son gendre ?
7. De qui Mme Maigret se met-elle à parler pour rompre le silence ?
8. Que ferait Maigret s'il était mis à la retraite ?
9. Qu'est-ce qu'il avait chargé Lapointe d'essayer de reconstituer ?
10. Rentré à son bureau, qu'est-ce que Maigret a fait et pourquoi ?
11. Qu'est-ce qui l'a interrompu ?
12. Où Torrence est-il monté après avoir examiné les portes des appartements vides ?
13. Qui la bonne suppose-t-elle que sont Torrence et le serrurier ?
14. Savait-elle ce qui s'était passé pendant la nuit ?
15. Qu'est-ce qui lui fait croire que les Josselin ont une nouvelle bonne ?
16. Qu'est-ce que les Aresco prétendaient ?
17. Où aurait dû se trouver la clef ?
18. Qu'est-ce qui prouve que quelqu'un a passé la nuit dans la chambre ? Et que c'était un homme ?
19. Qu'est-ce que cet homme devait connaître ?
20. Maigret a fait interroger les locataires, mais qu'est-ce qu'il a négligé ?

LEÇON
NEUF

Maigret appelait l'Identité Judiciaire.

— Moers ? Voulez-vous m'envoyer un de vos hommes avec sa trousse aux empreintes digitales ?[1] Il y aura peut-être d'autres indices à recueillir. Qu'il se munisse de[2] tout son matériel... Je l'attends dans mon bureau, oui...

L'inspecteur Baron frappait à sa porte.

— J'ai pu enfin atteindre le secrétaire général de la Madeleine, patron. Il y a bien eu hier deux fauteuils retenus au nom de Mme Josselin. Les deux fauteuils ont été occupés, il ignore par qui, mais ils ont été occupés toute la soirée. On a joué presque à bureaux fermés[3] et personne n'est sorti de la salle pendant la représentation. Évidemment, il y a les entractes.

— Combien ?

---

[1] **sa trousse... digitales**   *his fingerprint kit*
[2] **Qu'il se munisse de**   *Let him provide himself with* (V. Rem. 3, page 9)
[3] **On a joué... fermés**   c.-à-d. Presque toutes les places avaient été vendues d'avance

105

— Deux. Le premier ne dure qu'un quart d'heure et peu de gens quittent leur place. Le second est plus long, une bonne demi-heure, car le changement de décor est important et délicat.

— A quelle heure a-t-il lieu ?

— A dix heures. J'ai le nom du couple qui se trouvait juste derrière le 97 et le 99. Ce sont des habitués,[4] qui prennent toujours les mêmes fauteuils, M. et Mme Demaillé, rue de la Pompe, à Passy. Je dois les interroger ?

— Cela vaut mieux...

Il ne voulait plus rien laisser au hasard. Le spécialiste de l'Identité Judiciaire arrivait, harnaché[5] comme un photographe de magazine.

— Je prends une voiture ?

Maigret fit oui de la tête et le suivit. Ils retrouvèrent Torrence accoudé[6] devant un verre de bière, toujours en compagnie de son serrurier que cette histoire semblait fort amuser.

— Je n'ai plus besoin de vous, lui dit le commissaire. Je vous remercie.

— Comment allez-vous entrer sans moi ? J'ai refermé la porte. C'est votre inspecteur qui m'a dit de le faire...

— Je ne voulais prendre aucun risque... murmura Torrence.

Maigret commanda un demi, lui aussi, le but presque d'un trait.[7]

— Il vaut mieux que vous m'attendiez ici tous les trois.

Il traversa la rue, pénétra dans l'ascenseur, sonna à la porte des Josselin. Mme Manu ouvrit, comme le matin, sans retirer la chaîne, le reconnut tout de suite et le fit entrer.

— Laquelle de ces dames désirez-vous voir ?

— Mme Josselin. A moins qu'elle ne se repose.

— Non. Le docteur, qui est venu tout à l'heure, a insisté pour qu'elle se recouche, mais elle a refusé. Ce n'est pas son

---

[4] **des habitués** des spectateurs réguliers
[5] **harnaché** accoutré, équipé
[6] **accoudé** *his elbows on the table*
[7] **d'un trait** *at one gulp*

genre[8] d'être dans son lit pendant la journée, à moins d'être très malade...

— Il n'est venu personne ?

— Seulement M. Jouane, qui n'est resté que quelques minutes. Puis votre inspecteur, le gros, qui m'a réclamé[9] la clef d'en haut. Je vous jure que ce n'est pas moi qui y ai touché. Je me demande d'ailleurs pourquoi cette clef restait pendue à son clou puisqu'on ne se servait plus de la chambre.

— Elle n'a jamais servi depuis que vous êtes au service de Mme Josselin ?

— Qu'en aurait-on fait, puisqu'il n'y a pas d'autre domestique ?

— Mme Josselin aurait pu y loger un de leurs amis, une connaissance, ne fût-ce que pour une nuit ?

— S'ils avaient eu un ami à coucher, je suppose qu'ils lui auraient donné la chambre de Mme Fabre... Je vais prévenir Madame...

— Que fait-elle ?

— Je crois qu'elles sont occupées à dresser[10] la liste pour les faire-part[11]...

Elles ne se trouvaient pas au salon. Après y avoir attendu un bon moment, Maigret les vit apparaître ensemble et il eut la curieuse impression que, si elles ne se séparaient pas, c'était par méfiance l'une de l'autre.

— Je m'excuse de vous déranger à nouveau, mesdames. Je suppose que Mme Manu vous a mises au courant ?

Elles s'observèrent avant d'ouvrir la bouche, en même temps, mais c'est Mme Josselin qui parla.

— Il ne m'est jamais venu à l'esprit de changer cette clef de place, dit-elle, et je l'avais presque oubliée. Qu'est-ce que cela signifie ? Qui aurait pu la prendre ? Pourquoi ?

---

[8] **son genre**   *like her*
[9] **réclamé**   demandé
[10] **occupées à dresser**   *busy drawing up*
[11] **les faire-part**   *letters announcing the death* (V. Rem. 1)

Elle avait le regard encore plus fixe, plus sombre que le matin. Ses mains trahissaient sa nervosité.

— Mon inspecteur, expliqua Maigret, a pris sur lui, afin de ne pas vous déranger, d'ouvrir la porte de la chambre de bonne. Je vous prie de ne pas lui en vouloir. D'autant plus qu'en agissant ainsi il a probablement donné à l'enquête une nouvelle direction.

Il l'observait, guettant ses réactions, mais rien ne trahissait ce qui pouvait se passer en elle.

— Je vous écoute.

— Depuis combien de temps n'êtes-vous pas montée au sixième ?

— Cela fait plusieurs mois. Quand Mme Manu est entrée à mon service, je suis allée là-haut avec elle, car la dernière bonne avait laissé tout en désordre et dans un état de saleté inimaginable.

— Il y a donc environ six mois ?

— Oui.

— Vous n'y êtes pas retournée depuis ? Votre mari non plus, je suppose ?

— Il n'est jamais monté au sixième de sa vie. Que serait-il allé y faire ?

— Et vous, madame, demandait-il à Mme Fabre.

— Voilà des années que[12] je ne suis pas montée. C'était du temps d'Olga, qui était si gentille avec moi et que j'allais parfois retrouver dans sa chambre. Tu te souviens, maman ? Cela fait près de huit ans...

— Des papiers étaient collés autour des fenêtres, n'est-ce pas ?

— Oui. Pour éviter la poussière.

— Ils ont été déchirés et on a retrouvé la fenêtre ouverte. Quelqu'un s'est étendu sur le lit, un homme, sans doute, qui a fumé un certain nombre de cigarettes.

— Vous êtes sûr que c'était la nuit dernière ?

[12] **Voilà des années que**   (V. Rem. 1, page 35)

— Pas encore. Je viens vous demander la permission de monter avec mes hommes et d'examiner les lieux à fond.

— Je pense que je n'ai pas de permission à vous donner...

— Bien entendu, si vous désirez assister à*...

Elle l'interrompait en secouant la tête.

— La dernière domestique que vous avez eue avait un amant ?

— Pas à ma connaissance. C'était une fille sérieuse. Elle était fiancée et ne nous a quittés que pour se marier.

Il se dirigeait vers la porte. Pourquoi avait-il à nouveau l'impression qu'une certaine méfiance, ou une certaine animosité, régnait depuis peu[13] entre la mère et la fille ?

La porte franchie,[14] il aurait aimé savoir comment elles se comportaient en tête à tête, ce qu'elles se disaient. Mme Josselin avait gardé son sang-froid mais le commissaire n'en était pas moins persuadé qu'elle avait reçu un choc.

Et pourtant il aurait juré que cette histoire de chambre de bonne n'était pas aussi inattendue pour elle qu'elle l'avait été pour lui. Quant à Véronique, elle s'était tournée brusquement vers sa mère, une sorte d'interrogation dans le regard.

Qu'avait-elle voulu dire, quand elle avait ouvert la bouche ?

Il rejoignit les trois hommes au Clairon, but encore un demi avant de se diriger avec eux vers l'escalier de service de l'immeuble. Le serrurier ouvrit la porte. On eut un certain mal à se débarrasser de lui car il cherchait à se rendre utile afin de rester.

— Comment ferez-vous, sans moi, pour la refermer ?

— Je poserai des scellés...

— Vous voyez, patron... disait Torrence en désignant le lit, la fenêtre toujours ouverte, cinq ou six mégots sur le plancher.

— Ce que je voudrais savoir avant tout, c'est si ces cigarettes ont été fumées récemment.

— C'est facile...

[13] **depuis peu** *lately*
[14] **La porte franchie** *Once past the door*

Le spécialiste examina un mégot, le renifla, défit délicatement le papier, tripota le tabac entre ses doigts.[15]

— Au laboratoire, je pourrai être plus formel. Dès maintenant, je peux vous dire qu'il n'y a pas longtemps que ces cigarettes ont été fumées. D'ailleurs, si vous reniflez, autour de vous, vous remarquerez que, malgré la fenêtre ouverte, l'air sent encore un peu le tabac...

L'homme déballait ses appareils, avec les gestes lents et minutieux de tous ceux du laboratoire. Pour ceux-là, il n'y avait pas de morts, ou plutôt les morts étaient sans identité, comme sans famille, sans personnalité. Un crime ne constituait qu'un problème scientifique. Ils s'occupaient de choses précises, de traces, d'indices, d'empreintes, de poussières.

— C'est heureux que le ménage n'ait pas été fait depuis longtemps.

Et, tourné vers Torrence :

— Vous avez beaucoup piétiné[16] dans la pièce ? Vous avez touché les objets ?

— Rien, sauf un des bouts de cigarette. Nous sommes restés près de la porte, le serrurier et moi.

— Tant mieux.

— Vous passerez me donner le résultat à mon bureau ?... demanda Maigret qui ne savait où se mettre.[17]

— Et moi ? questionna Torrence.

— Vous rentrez au Quai...

— Vous permettez que j'attende quelques minutes pour savoir s'il y a des empreintes digitales ?

— Si vous y tenez...

Maigret descendit lourdement, tenté, devant la porte de service du troisième, d'y sonner. Il gardait de sa dernière entrevue avec les deux femmes une impression désagréable, imprécise. Il lui semblait que les choses ne s'étaient pas passées comme elles auraient dû se passer.

---

[15] **tripota... doigts** *fingered the tobacco*
[16] **piétiner** lit. *trample* (fig. *mark time;* cf. page 100)
[17] **qui... se mettre** c.-à-d. qui se sentait gêné

Rien, d'ailleurs, ne se passait normalement. Mais peut-on parler de normale quand il s'agit de gens chez qui un crime a été soudain commis ? A supposer que la victime ait été un homme comme Pardon, par exemple... Quelles auraient été les réactions de Mme Pardon, de sa fille, de son gendre ?

Il ne parvenait pas à les imaginer, bien qu'il connût les Pardon depuis des années et que ce fussent les meilleurs amis du ménage.

Est-ce que Mme Pardon, elle aussi, sur le coup,[18] serait restée hébétée, incapable de parler, sans essayer de demeurer le plus longtemps possible près du corps de son mari ?

Il venait de leur annoncer qu'un homme avait pris la clef de la chambre de bonne dans la cuisine, qu'il était allé se terrer[19] là-haut pendant des heures, qu'il y était sans doute encore quand les deux femmes, après le départ de la police, tard dans la nuit, étaient restées seules.

Or, Mme Josselin avait à peine bronché.[20] Quant à Véronique, elle avait tout de suite regardé sa mère et celle-ci avait eu l'air de lui couper la parole.[21]

Une chose était certaine : l'assassin n'avait rien volé. Et personne, dans l'état actuel de l'enquête, ne semblait avoir intérêt à la mort de René Josselin.

Cette mort, pour Jouane et son associé, ne changeait rien. Et comment croire que Jouane, qui n'était venu qu'une demi-douzaine de fois rue Notre-Dame-des-Champs, connaissait la place de l'automatique, celle de la clef dans la cuisine et la répartition des chambres du sixième étage ?

Il était probable que Fabre n'y était jamais monté. Et Fabre n'aurait eu aucune raison pour se cacher là-haut. De toute façon, il ne s'y trouvait pas, mais à l'hôpital d'abord, puis dans l'appartement du troisième où le commissaire l'avait interrogé.

Arrivé au rez-de-chaussée, il se dirigea soudain vers l'ascen-

---

[18] **sur le coup**   *at the blow*
[19] **se terrer**   se cacher (sous terre comme un animal)   *burrow*
[20] **à peine bronché**   *hardly reacted*
[21] **couper la parole**   *cut short*

seur et remonta au premier, sonna chez les Aresco. On entendait de la musique derrière la porte, des voix, tout un brouhaha.[22] Quand elle s'ouvrit, il aperçut deux enfants qui couraient l'un après l'autre et une grosse femme en peignoir qui s'efforçait de les attraper.

— Vous vous appelez Dolorès ? demanda-t-il à la jeune fille qui se tenait devant lui, vêtue maintenant d'un uniforme bleu clair, avec un bonnet de même couleur sur ses cheveux noirs.

Elle lui souriait de toutes ses dents. Tout le monde semblait rire et sourire dans cet appartement, vivre du matin au soir dans un joyeux tohu-bohu.[23]

— Si, señor...

— Vous parlez le français ?

— Si...

La grosse femme questionnait la bonne dans sa langue tout en observant Maigret des pieds à la tête.

— Elle ne comprend pas le français ?

La jeune fille secouait la tête et éclatait de rire.

— Dites-lui que je suis de la police, comme l'inspecteur que vous avez vu là-haut, et que je voudrais vous poser quelques questions...

Dolorès traduisait, parlant avec une vélocité extraordinaire, et la femme aux chairs abondantes[24] saisissait un des enfants par le bras, l'entraînait avec elle dans une pièce dont elle refermait la porte vitrée. La musique continuait. La jeune fille restait debout devant Maigret, sans l'inviter à entrer. Une autre porte s'entrouvrit, laissa voir un visage d'homme, des yeux sombres, puis se referma sans bruit.

— A quelle heure, hier, êtes-vous montée vous coucher ?

— Peut-être dix heures et demie... Je n'ai pas regardé...

— Vous étiez seule ?

— Si, señor...

— Vous n'avez rencontré personne dans l'escalier ?

[22] **un brouhaha** *hubbub*
[23] **un tohu-bohu** *hurly-burly*
[24] **aux chairs abondantes** *with an opulent figure*

— Personne...

— A quelle heure avez-vous entendu du bruit dans la chambre voisine ?

— A six heures, ce matin, quand je me suis levée.

— Des pas ?

— Des pas quoi ?

Elle ne comprenait pas le mot et il fit mine de marcher, ce qui déclencha à nouveau son rire.

— Si... Si...

— Vous n'avez pas vu l'homme qui marchait ? La porte ne s'est pas ouverte ?

— C'était un homme ?

— Combien êtes-vous de personnes à dormir au sixième étage ?

A chaque phrase, il lui fallait un certain temps pour comprendre. On aurait dit qu'elle traduisait mot à mot avant de saisir le sens.

Elle montra deux doigts tout en disant :

— Seulement deux... Il y a la domestique des gens du quatrième...

— Les Meurat ?

— Je ne connais pas... Les Meurat, c'est à gauche ou à droite ?

— A gauche.

— Alors, non. Ce sont les autres... Ils sont partis avec des fusils... Je les ai vus hier matin qui les mettaient dans l'auto...

— Leur domestique est partie avec eux ?

— Non. Mais elle n'est pas rentrée pour dormir. Elle a un ami.

— De sorte que vous étiez seule, la nuit dernière, au sixième étage ?

Cela l'amusait. Tout l'amusait. Elle ne se rendait pas compte qu'elle n'avait été séparée que par une cloison d'un homme qui était presque sûrement un assassin.

— Toute seule... Pas d'ami...

— Je vous remercie...

Il y avait des visages, des yeux sombres, derrière le rideau de la porte vitrée et sans doute, dès le départ de Maigret d'autres rires allaient-ils fuser ! [25]

Il s'arrêta encore devant la loge. La concierge n'y était pas. Il se trouva en face d'un homme en bretelles[26] qui tenait le bébé dans ses bras et qui, s'empressant de le déposer dans le berceau, se présenta.

— Gardien de la paix Bonnet... Entrez, monsieur le commissaire... Ma femme est allée faire quelques courses... Elle profite que c'est ma semaine de nuit...

— Je voulais lui annoncer en passant qu'elle ne s'est pas trompée, qu'il semble bien que quelqu'un soit entré dans l'immeuble hier au soir et n'en soit pas sorti de la nuit...

— On l'a trouvé ? Où ?

— On ne l'a pas trouvé, mais on a relevé ses traces dans une des chambres de bonnes... Il a dû sortir ce matin, alors que votre femme était aux prises avec les journalistes...

— C'est la faute de ma femme ?

— Mais non...

Remarque

1. **la lettre de faire-part** ou **le faire-part** The formal announcement of a death and the time and place of the funeral sent to relatives, friends, acquaintances, and co-workers of the deceased. It is printed on black-bordered paper and sent in a large envelope also bordered in black. The inscription is conventional and rather lengthy, especially if the deceased was a person of some importance.

---

[25] **fuser** *sputter* (pour l'inversion V. Rem. 1, page 48)
[26] **en bretelles** en bras de chemise *in shirt sleeves* (**les bretelles** *suspenders*)

Gallicismes

page 106 **valoir mieux** *to be better*

retrouver *to meet, join;* **se retrouver** *to meet*

faire entrer *to show in(to);* **reconduire** *to show out*

108 **en vouloir à** *to be angry, annoyed, with; to bear a grudge against*

d'autant plus que *all the more that, since; especially since*

109 **à fond** *thoroughly*

110 **dès maintenant** *right now, from now on*

tant mieux *that's good; so much the better*

113 **faire mine de** *to pretend (remember that* **prétendre** *means "to claim")*

114 **mais non** *not at all, why no;* **mais oui** *certainly, why yes*

Exercices

A. **faire mine de**   **avoir besoin de**   **s'assurer**
   valoir mieux   **se retrouver**

1. Avant de quitter son bureau Maigret dit à l'inspecteur Baron qu'il _____ _____ que les deux femmes ne sont pas sorties pendant la représentation. (conditionnel prés., inf.)

2. Torrence, Maigret et le spécialiste _____ au petit bar de la rue Vavin.

3. Le serrurier, qui est toujours là, _____ ne pas comprendre qu'on n'_____ lui. (n'... plus)

B. **aller chercher**   **faire entrer**   **se méfier de**
   avoir du mal à   **se débarrasser de**

1. Mme Manu, qui continue à _____ visiteurs, a entrouvert la porte sans retirer la chaîne.

2. Il est encore venu des journalistes, explique-t-elle à Maigret, et j'_____ _____ eux.

3. Après l'avoir —————— au salon, elle —————— Mme Josselin.

C.

se servir de   avoir tort   se passer
mais non   mettre au courant de

1. Madame va venir dans un instant. J'ai cru devoir la —————— ce qui —————— au sixième. Est-ce que j'—————— ?
2. ——————, la rassure Maigret. Vous avez bien fait. Mais dites-moi quand est-ce que vous —————— la clef pour la dernière fois ?

D.

s'excuser de   d'autant plus que   à fond
en vouloir à   tout à l'heure

1. Votre inspecteur, qui est venu ——————, m'a posé la même question.
2. C'était il y a six mois quand je suis montée là-haut faire le ménage ——————. Mais voilà Madame.
3. Je —————— la liberté qu'a prise mon inspecteur d'ouvrir la chambre sans votre permission.
4. Je ne lui —————— pas, répond Mme Josselin. —————— je suppose qu'il obéissait à vos ordres.

QUESTIONNAIRE

1. Les fauteuils retenus au nom de Mme Josselin avaient-ils été occupés ? Par qui ?
2. Qui vaut-il mieux encore interroger ? (Au point où en est l'enquête, qu'est-ce qui prend une importance considérable ?)
3. Est-il venu beaucoup de visiteurs chez Mme Josselin depuis le matin ?
4. Mme Josselin aurait-elle logé un ami dans la chambre de bonne pour une nuit ?
5. A quoi elle et sa fille étaient-elles occupées quand Maigret est arrivé ?
6. Sont-elles au courant de ce que Torrence a découvert ?
7. Quelqu'un était-il monté au sixième depuis le départ de la dernière bonne ?
8. Pour quelle raison celle-ci a-t-elle quitté son service ?

9. Malgré le calme apparent de Mme Josselin, de quoi Maigret est-il persuadé ?

10. Semble-t-elle surprise de ce qu'elle a appris ?

11. Arrivé dans la chambre de bonne, qu'est-ce que Maigret veut savoir avant tout ?

12. Malgré la fenêtre ouverte, qu'est-ce qu'on peut encore sentir ?

13. Que veut savoir Torrence avant de rentrer au Quai ? (Maigret vous donne-t-il l'impression que cela l'intéresse beaucoup ?)

14. Pour qui la mort de Josselin ne change-t-elle rien ?

15. Semble-t-il probable que Fabre se soit caché dans la chambre de bonne ?

16. Pourquoi Maigret est-il monté chez les Aresco ?

17. Combien de domestiques ont couché au sixième cette nuit-là ?

18. De quoi Dolorès ne se rend-elle pas compte ?

19. A quelle moment l'homme est-il sans doute sorti de l'immeuble ?

20. Quelle impression Maigret garde-t-il de son entrevue avec Mme Josselin et sa fille ?

LEÇON
DIX

Sans les vacances prolongées que s'offraient la plupart des locataires, il y aurait eu cinq ou six domestiques au sixième étage de l'immeuble et l'un d'eux aurait peut-être eu la chance de rencontrer l'assassin.

Maigret hésita à traverser la rue et à pénétrer une fois de plus au Clairon. Il finit par le faire, commanda machinalement :

— Un demi...

Quelques instants plus tard, par la vitre, il voyait sortir Torrence qui en avait assez de regarder travailler son collègue du laboratoire et qui avait eu la même idée que lui.

— Vous êtes ici, patron ?

— Je suis allé interroger Dolorès.

— Vous en avez tiré quelque chose ? Elle était habillée, au moins ? [1]

Torrence était encore tout fier, tout heureux de sa découverte.

[1] **au moins ?**   fam.   ici, j'espère ?

Il ne semblait pas comprendre pourquoi Maigret paraissait plus préoccupé, plus lourd [2] que le matin.

— On tient un bout du fil, non ? Vous savez que c'est plein d'empreintes, là-haut ? Le collègue s'en donne à cœur joie.[3] Pour peu que[4] l'assassin possède un casier judiciaire[5]...

— Je suis à peu près certain qu'il n'en a pas, soupira Maigret en vidant son verre.

Deux heures plus tard, en effet, le préposé aux fichiers[6] fournissait une réponse négative. Les empreintes relevées rue Notre-Dame-des-Champs ne correspondaient avec aucune fiche de gens ayant eu des démêlés[7] avec la justice.

Quant à Lapointe, il avait passé l'après-midi à montrer la photographie de René Josselin à des commerçants du quartier, aux gardiens du square,[8] aux habitués[9] des bancs. Certains le reconnaissaient, d'autres pas.

» On le voyait passer chaque matin, toujours du même pas...

» Il regardait jouer les enfants...

» Il déposait ses journaux à côté de lui et commençait à les lire, en fumant parfois un cigare...

» Il avait l'air d'un brave homme... »

Parbleu ! [10]

Chapitre 5

Avait-il plu longtemps pendant la nuit ? Maigret n'en savait rien mais il était bien content de trouver en s'éveillant les trottoirs noirâtres avec des parties encore luisantes où se reflétaient de vrais nuages, pas les petits nuages légers et roses

[2] **lourd**   *weary*
[3] **s'en... joie**   *is enjoying himself thoroughly*
[4] **Pour peu que**   Si seulement
[5] **un casier judiciaire**   *criminal record*
[6] **le préposé aux fichiers**   *card-index keeper*
[7] **des démêlés**   *unpleasant dealings*
[8] **les gardiens du square**   (jardin)   équivalent de *park guards*
[9] **les habitués**   ici, *customary users*
[10] **Parbleu !**   Bien entendu ! Naturellement !

des jours précédents : des nuages aux bordures sombres, lourds de pluie.

Il avait hâte d'en finir[11] avec l'été, avec les vacances, de retrouver chacun à sa place et il fronçait les sourcils chaque fois que, dans la rue, son œil rencontrait une jeune femme qui portait encore le pantalon collant[12] adopté sur quelque plage et qui foulait nonchalamment le pavé[13] de Paris, les pieds nus et bronzés[14] dans des sandales.

On était samedi. Il avait eu l'intention, en s'éveillant, d'aller revoir Jouane, rue du Saint-Gothard, sans d'ailleurs savoir au juste[15] pourquoi. Il avait envie de les revoir tous, pas tant pour leur poser des questions précises que pour se frotter à eux, que pour mieux sentir le milieu dans lequel vivait René Josselin.

Il y avait fatalement* quelque chose qui lui échappait. Il semblait bien, maintenant, que l'assassin était venu du dehors et cela élargissait le champ des possibilités. Cela l'élargissait-il tellement ? Il restait que l'automatique avait été pris dans le tiroir, la clef à son clou dans la cuisine et que l'homme, au sixième étage, ne s'était pas trompé de chambre.

Maigret n'en gagnait pas moins son bureau à pied [16] comme cela lui arrivait assez souvent ; aujourd'hui il le faisait avec intention, comme pour s'offrir une pause. L'air était plus frais. Les gens paraissaient déjà moins bronzés et retrouvaient les expressions de physionomie de la vie habituelle.

Il arriva au Quai juste à temps pour le rapport et, un dossier sous le bras, rencontra les autres chefs de service[17] dans le bureau du directeur. Chacun mettait celui-ci au courant des dernières affaires. Le chef de la Mondaine,[18] par exemple, sug-

---

[11] **d'en finir**   *to be done with*
[12] **le pantalon collant**   *skin-tight pants*
[13] **foulait... le pavé**   *nonchalantly walked the streets*
[14] **bronzés**   *tanned*
[15] **au juste**   exactement
[16] **n'en... pied**   *nonetheless walked to his office*
[17] **chefs de service**   *department heads*
[18] **la Mondaine**   service chargé de la répression de la mauvaise conduite dans les boîtes de nuit (*night clubs*) et établissements similaires, et aussi de la répression du trafic des stupéfiants (*narcotics*)

gérait de fermer une boîte de nuit au sujet de laquelle il recevait presque chaque jour des plaintes. Quant à Darrui, qui
s'occupait des Mœurs,[19] il avait organisé une rafle nocturne aux
Champs-Élysées et trois ou quatre douzaines de dames de
petite vertu attendaient au Dépôt[20] qu'on statue sur leur sort.[21]

— Et vous, Maigret ?

— Moi, je patauge dans une histoire de braves gens... grommela-t-il avec humeur.[22]

— Pas de suspect ?

— Pas encore. Rien que des empreintes digitales qui ne correspondent pas à nos fiches, autrement dit des empreintes
d'honnête homme...

Il y avait eu un nouveau crime pendant la nuit, un vrai,
presque une boucherie. C'était Lucas, à peine rentré de vacances, qui s'en occupait. Pour le moment, il était encore
enfermé dans son bureau avec l'assassin, à essayer de comprendre ses explications.

Cela s'était passé entre Polonais, dans un taudis,[23] près de
la Porte d'Italie. Un manœuvre,[24] qui parlait mal le français,
un homme plutôt chétif, malingre,[25] qui se prénommait[26]
Stéphane et dont le nom de famille était impossible à prononcer, y vivait, autant qu'on pouvait comprendre, avec une
femme et quatre enfants en bas âge.

Lucas avait vu la femme avant qu'elle soit transportée à
l'hôpital et prétendait que c'était une créature splendide.

Elle n'était pas l'épouse du Stéphane arrêté mais celle d'un
de ses compatriotes, un certain Majewski, qui, lui, travaillait

[19] **les Mœurs**   service chargé de la répression de la prostitution   *vice
squad*

[20] **le Dépôt**   sous-entendu, **de la préfecture de police**   *jail* (V. Rem. 1)

[21] **qu'on... sort**   que leur sort (*fate*) soit décidé

[22] **avec humeur**   sans qualificatif, *bad humor* (Notez que *humor*, la faculté d'apprécier ce qui est comique, est **l'humour**, emprunté de l'anglais.)

[23] **un taudis**   *hovel*

[24] **Un manœuvre**   *unskilled laborer*

[25] **chétif, malingre**   *looking puny, sickly*

[26] **qui se prénommait**   *whose first name was*

comme ouvrier agricole, depuis trois ans, dans les fermes du Nord.

Deux des enfants, les aînés, étaient de Majewski. Qu'est-ce qui s'était passé exactement entre ces personnages trois ans plus tôt, c'était difficile à comprendre.

— Il me l'a donnée... répétait obstinément Stéphane.

Une fois, il avait affirmé :

— Il me l'a vendue...

Toujours est-il que, trois ans plus tôt, le malingre Stéphane avait pris la place de son compatriote dans le taudis et dans le lit de la belle femme. Le vrai mari était parti, consentant, semblait-il. Deux enfants étaient encore nés et tout cela vivait dans une seule pièce comme des romanichels dans leur roulotte.[27]

Or, Majewski avait eu l'idée de revenir et, pendant que son remplaçant était au travail, il avait tout simplement repris son ancienne place.

Qu'est-ce que les deux hommes s'étaient dit au retour de Stéphane ? Lucas s'efforçait de l'établir et c'était d'autant plus difficile que son client parlait le français à peu près aussi bien que la bonne espagnole ou sud-américaine que Maigret avait questionnée la veille.

Stéphane était parti. Il avait rôdé dans le quartier pendant près de vingt-quatre heures, ne dormant nulle part, traînant dans un certain nombre de bistrots[28] et, quelque part, il s'était procuré un bon couteau de boucher. Il prétendait qu'il ne l'avait pas volé et il insistait fort sur ce point, comme si c'était pour lui une question d'honneur.

Au cours de la nuit précédente, il s'était introduit dans la chambre où tout le monde dormait et avait tué le mari de quatre ou cinq coups de couteau. Il s'était ensuite précipité sur la femme qui criait, dépoitraillée,[29] l'avait frappée à deux

---

[27] **des romanichels... roulotte** *gypsies in their wagon*
[28] **le bistrot** petit café où l'on sert aussi des repas souvent excellents et pas chers
[29] **dépoitraillée** *her bosom bared*

ou trois reprises,[30] mais des voisins étaient accourus avant qu'il ait eu le temps de l'achever.

Il s'était laissé arrêter sans résistance. Maigret alla assister à un bout d'interrogatoire, dans le bureau de Lucas qui, assis à sa machine,[31] tapait lentement les questions et les réponses.

L'homme, sur une chaise, fumait une cigarette qu'on venait de lui donner et il y avait une tasse de café vide près de lui. Il avait été quelque peu malmené par les voisins. Le col de sa chemise était déchiré, ses cheveux étaient en désordre[32] et il avait des égratignures au visage.

Il écoutait parler Lucas, sourcils froncés, faisant un grand effort pour comprendre, puis il réfléchissait en balançant la tête de gauche à droite et de droite à gauche.

— Il me l'avait donnée... répétait-il enfin, comme si cela expliquait tout. Il n'avait pas le droit de la reprendre...

Il lui semblait naturel d'avoir tué son ancien camarade. Il aurait tué la femme aussi, si on n'était intervenu à temps. Est-ce qu'il aurait tué les enfants ?

A cette question, il ne répondait pas, peut-être parce qu'il ne le savait pas lui-même. Il n'avait pas tout prévu. Il avait décidé de tuer Majewski et sa femme. Pour le reste...

Maigret rentrait dans son bureau. Une note lui apprenait que les personnes de la rue de la Pompe qui, au théâtre, étaient assises derrière Mme Josselin et sa fille, se souvenaient fort bien des deux femmes. Celles-ci n'étaient pas sorties pendant le premier entracte, seulement pendant le second, après lequel elles avaient repris leur place fort avant le lever du rideau, et elles n'avaient pas quitté la salle en cours de représentation.

— Qu'est-ce que je fais aujourd'hui, patron ? venait lui demander Lapointe.

— La même chose qu'hier après-midi.

Autrement dit parcourir le chemin que René Josselin em-

---

[30] **reprises** fois
[31] **sa machine** à écrire
[32] **en désordre** *ruffled*

pruntait[33] chaque matin pendant sa promenade et questionner les gens.

— Il devait bien lui arriver de parler à quelqu'un. Essaie à nouveau, à la même heure que lui... Tu as une seconde photographie ? Donne...

Maigret la fourra dans sa poche, à tout hasard. Puis il prit un autobus pour le boulevard du Montparnasse et dut éteindre sa pipe car c'était un autobus sans plate-forme.

Il avait besoin de garder le contact avec la rue Notre-Dame-des-Champs. Certains prétendaient qu'il tenait à tout faire par lui-même, y compris de fastidieuses filatures,[34] comme s'il n'avait pas confiance en ses inspecteurs. Ils ne comprenaient pas que c'était pour lui une nécessité de sentir les gens vivre, d'essayer de se mettre à leur place.

Si cela n'avait été impossible, il se serait installé dans l'appartement des Josselin, se serait assis à table avec les deux femmes, aurait peut-être accompagné Véronique chez elle pour se rendre compte de la façon dont elle se comportait avec son mari et ses enfants.

Il avait envie de faire lui-même la promenade que Josselin faisait chaque matin, de voir ce qu'il voyait, de s'arrêter sur les mêmes bancs.

C'était à nouveau l'heure où la concierge stérilisait les biberons et elle avait passé son tablier blanc.

— On vient de ramener le corps, lui dit-elle, encore impressionnée.

— La fille est là-haut ?

— Elle est arrivée il y a environ une demi-heure. C'est son mari qui l'a déposée.[35]

— Il est monté ?

— Non. Il paraissait pressé.

— Il n'y a personne d'autre dans l'appartement ?

---

[33] **empruntait** prenait
[34] **fastidieuses filatures** *boresome shadowing* (*fastidious* délicat, difficile à plaire)
[35] **l'a déposée** *let her off*

— Des employés des Pompes funèbres.[36] Ils ont déjà apporté leur matériel pour la chapelle ardente.[37]

— Mme Josselin est restée seule la nuit dernière ?

— Non. Son gendre, vers huit heures du soir, est venu avec une dame d'un certain âge qui portait une petite valise et elle est restée là-haut quand il est parti. Je suppose que c'est une infirmière ou une garde.[38] Quant à Mme Manu, elle est arrivée ce matin à sept heures comme d'habitude et elle est maintenant dans le quartier à faire le marché.

Il ne se rappelait pas s'il avait déjà posé la question et, si oui, il la répétait, car elle le tracassait.[39]

— Vous n'avez pas remarqué, surtout ces derniers temps, quelqu'un qui semblait attendre aux alentours de la maison ?

Elle secouait la tête.

— Mme Josselin n'a jamais reçu personne en l'absence de son mari ?

— Pas depuis six ans que je suis ici.

— Et lui ? Il était souvent seul, l'après-midi. Personne ne montait le voir ? Il ne lui arrivait pas de sortir pour quelques minutes ?

— Pas à ma connaissance... Il me semble que cela m'aurait frappée... Évidemment, quand il ne se passe rien d'anormal, on ne pense pas à ces choses-là... Je ne m'occupais pas plus d'eux que des autres locataires, plutôt moins, justement parce qu'ils ne me donnaient jamais de souci...

— Savez-vous par quel côté de la rue revenait M. Josselin ?

— Cela dépendait. Je l'ai vu revenir du Luxembourg, mais il est arrivé qu'il fasse le tour par le carrefour Montparnasse et par la rue Vavin... Ce n'était pas un automate, n'est-ce pas ?

— Toujours seul ?

— Toujours seul.

— Le Dr Larue n'est pas revenu ?

---

[36] **les Pompes funèbres** *undertakers* (V. Rem. 2)
[37] **la chapelle ardente** (V. Rem. 2)
[38] **une garde** *practical nurse*
[39] **tracassait** tourmentait

— Il est passé hier en fin d'après-midi et est resté assez longtemps là-haut...

Encore un que Maigret aurait aimé retrouver. Il lui semblait que chacun était susceptible de lui apprendre quelque chose. Il ne les soupçonnait pas forcément[40] de mentir mais, sciemment[41] ou non, de lui cacher une partie de la vérité.

Mme Josselin surtout. A aucun moment, elle ne s'était montrée détendue. On la sentait sur ses gardes, s'efforçant de deviner d'avance les questions qu'il allait lui poser et préparant mentalement ses réponses.

— Je vous remercie, madame Bonnet. Le bébé va bien ? Il a dormi toute sa nuit ?

— Il ne s'est réveillé qu'une fois et s'est rendormi tout de suite. C'est drôle que, cette nuit-là, il ait été si agité, comme s'il sentait qu'il se passait quelque chose...

Il était dix heures et demie du matin. Lapointe devait être occupé à interpeller[42] les gens dans les jardins du Luxembourg en leur montrant la photographie. Ils regardaient avec attention, hochaient la tête, l'air grave.

Maigret décida d'essayer, lui, le boulevard de Montparnasse, puis, peut-être, le boulevard Saint-Michel. Et, pour commencer, il pénétra dans le petit bar où il avait bu trois demis la veille.

Du coup,[43] le garçon lui demanda comme à un ancien client :

— La même chose ?

Il fit oui sans réfléchir, bien qu'il n'eût pas envie de bière.

— Vous connaissiez M. Josselin ?

— J'ignorais son nom. Quand j'ai vu sa photographie dans le journal, je me suis souvenu de lui. Autrefois, il avait un chien, un vieux chien-loup perclus de[44] rhumatismes qui, tête basse, marchait sur ses talons... Je vous parle d'il y a au moins sept ou huit ans. Voilà quinze ans que je suis dans la maison...

[40] **forcément**   nécessairement
[41] **sciemment**   intentionnellement
[42] **interpeller**   s'adresser à
[43] **Du coup**   Aussitôt
[44] **perclus de**   *riddled with*

— Qu'est-ce que ce chien est devenu ?

— Il a dû mourir de vieillesse. Je crois que c'était surtout le chien de la demoiselle... Je me souviens bien d'elle aussi...

— Vous n'avez jamais vu M. Josselin en compagnie d'un homme ? Vous n'avez jamais eu l'impression que quelqu'un l'attendait quand il sortait de chez lui ?

— Non... Vous savez, je ne le connaissais que de vue... Il n'est jamais entré ici... Un matin que je me trouvais boulevard Saint-Michel, je l'ai vu sortir du P. M. U.[45]... Cela m'a frappé... J'ai l'habitude, chaque dimanche, de jouer le tiercé,[46] mais cela m'a surpris qu'un homme comme lui joue aux courses...

— Vous ne l'avez vu au P. M. U. que cette fois-là ?

— Oui... Il est vrai que je suis rarement dehors à cette heure...

— Je vous remercie...

Remarques

1. **Le dépôt** de la préfecture de police est le lieu de détention provisoire où sont amenées les personnes arrêtées dans Paris et où ils y attendent, pas plus de vingt-quatre heures, que leur cas soit examiné.

2. **Les Pompes funèbres** sont un service public municipal qui pourvoit à tout ce qu'exige un enterrement (*funeral*), sauf à la cérémonie à l'église ou autre édifice religieux. Les services rendus par les Pompes funèbres sont sujets à des tarifs établis par la municipalité, mais sont gratuits pour les indigents. Les tarifs sont bien entendu proportionnés à la classe d'enterrement désirée par la famille.

   Comme il n'existe pas en France de *funeral homes,* une pièce dans la maison du défunt est aménagée en petite chapelle, appelée **ardente** à cause des cierges (*tapers*) allumés qui entourent le cercueil (*coffin*).

[45] **le P. M. U.**   le pari mutuel urbain (V. Rem. 3)
[46] **le tiercé**   (V. Rem. 4)

3. **le pari mutuel**   Même expression en anglais. Au cas où ce terme ne vous est pas familier, voici la définition qu'en donne le *Webster's Collegiate Dictionary* : « A form of betting on horses in which those who bet on the winning horse share the total stakes, less a small percentage to the management. » Quant au P. M. U., pari mutuel urbain, Maigret en donne la définition à Mme Josselin à la page 139. Les opérations du P. M. U. sont parfaitement légales.

4. **le tiercé**   A combined bet on three horses (not win or place), which is a most popular form of playing the races in France.

Gallicismes

page 118 **la chance**   *occasion, chance, luck;* **avoir la chance de** *to have the occasion to, have the luck to;* **une chance sur dix**   *one chance out of ten;* **avoir de la chance**   *to be lucky*

119 **quant à**   *as for*

124 **déposer qqun**   *to let off (drop off) s.o. who is brought in a vehicle, which may be mentioned or merely understood*

— J'ai mon auto. Voulez-vous que je vous dépose quelque part ?

Exercices

A.   **se tromper   autrement dit   avoir de la chance**
              tant mieux   ne pas tarder à

1. Nous ――――――――, patron. L'homme a laissé des tas (*heaps*) d'empreintes et nous ―――――― recevoir un rapport.

2. Je crains qu'il ne soit négatif, dit Maigret. ――――――, je suis à peu près persuadé que l'assassin n'a pas de casier judiciaire. Mais si je ――――――, ajouta-t-il, ――――――.

B.   tenir à   passer   s'attendre à
                          quand même   avoir hâte de

1. ——————, dit Torrence, j'——————— savoir ce que le collègue a trouvé.
2. Si vous y ——————, vous pourrez ——————— à l'Identité Judiciaire en rentrant au bureau.
3. Mais vous pouvez ——————— une déception (*disappointment*).

C.   s'adresser à   quant à   au hasard
                  retrouver   entendre parler de

1. ——————— toi, dit-il à Lapointe qui était venu les ——————— au Clairon, tu continueras à montrer la photo de Josselin dans le quartier et, pour ne rien laisser ———————, même aux passants (*passers-by*). Qu'est-ce que tu as appris ?
2. Pas grand-chose. Presque tous ceux à qui je ——————— ont déjà ——————— crime.

D.   prétendre   en vouloir à   déposer
                  se tromper de   entendre dire que

1. Ils peuvent à peine y croire et pensent que l'assassin a dû ——————— victime. D'autres ——————— que c'était un ancien employé qui ——————— Josselin. Il y en a même un qui a déclaré avoir ——————— le meurtrier avait été arrêté. (*imparfait*)
2. Bon. Amène la voiture. Tu vas me ——————— chez moi avant de retourner à la P. J.

QUESTIONNAIRE

1. Qu'est-ce qui aurait pu arriver si la plupart des locataires n'avaient pas été en vacances ?
2. Les empreintes ont-elles donné quelque résultat ?
3. A quoi Lapointe a-t-il passé l'après-midi ?
4. Qu'est-ce que les gens pensaient de M. Josselin ?
5. Qui Maigret avait-il eu l'intention d'aller revoir samedi matin ?

6. De quoi avait-il envie ?
7. Est-ce que la découverte de la veille élargissait beaucoup le champ de l'enquête et quels sont les faits certains ?
8. Qu'est-ce qui était arrivé pendant la nuit ?
9. De qui s'agissait-il ?
10. Avec qui vivait-il ?
11. Était-elle sa femme ?
12. Qu'est-ce qu'il répétait obstinément ?
13. Pourquoi Lucas a-t-il du mal à établir les faits ?
14. Que confirme la note que Maigret trouve en rentrant dans son bureau ?
15. Où se rend Maigret après avoir donné ses instructions à Lapointe ?
16. Est-ce parce qu'il n'avait pas confiance en ses inspecteurs qu'il tenait à tout faire lui-même ?
17. Que soupçonne-t-il qu'on lui cache ?
18. Quelle impression donne Mme Josselin ?
19. Qu'est-ce que Maigret décide d'essayer lui-même ?
20. Quel nouveau fait intéressant apprend-il au petit bar de la rue Vavin ?

LEÇON
ONZE

Il y avait, à côté, une épicerie, dans laquelle Maigret pénétra, la photographie à la main.

— Vous connaissez ?

— Bien sûr ! C'est M. Josselin.

— Il lui arrivait de venir chez vous ?

— Pas lui. Sa femme. C'est nous qui les fournissons depuis quinze ans...

— Elle faisait toujours son marché elle-même ?

— Elle passait donner sa commande, qu'on lui livrait un peu plus tard... Quelquefois c'était la bonne... Jadis, il arrivait que ce soit leur fille...

— Vous ne l'avez jamais aperçue en compagnie d'un homme ?

— Mme Josselin ?

On le regardait avec stupeur et même avec reproche.

— Ce n'était pas la femme à avoir des rendez-vous,[1] surtout dans le quartier...

---

[1] **des rendez-vous** employé ici au sens péjoratif

Tant pis ! [2] Il continuerait à poser sa question quand même. Il entrait dans une boucherie.

— Est-ce que vous connaissez...

Les Josselin ne s'approvisionnaient pas dans cette boucherie-là et on lui répondait assez sèchement.

Un bar, encore. Il y entrait et, puisqu'il avait commencé par de la bière, il demandait un demi, sortait sa photographie de la poche.

— Il me semble que c'est quelqu'un du quartier...

Combien de personnes Lapointe et lui, chacun de son côté,[3] allaient-ils interroger de la sorte ? Et pourtant ils ne pouvaient compter que sur un hasard. Il est vrai que le hasard venait déjà de jouer. Maigret savait maintenant que René Josselin avait une passion, si anodine fût-elle,[4] une manie, une habitude : il jouait aux courses.

Jouait-il gros ? [5] Se contentait-il, pour s'amuser, de mises[6] modestes ? Est-ce que sa femme était au courant ? Maigret aurait juré que non. Cela ne cadrait pas avec l'appartement de la rue Notre-Dame-des-Champs, avec les personnages[7] tels qu'il les connaissait.

Il y avait donc une petite paille.[8] Pourquoi n'en existerait-il pas d'autres ?

— Pardon, madame... Est-ce que...

La photo, une fois de plus. Un signe de tête négatif. Il recommençait plus loin, entrait chez un autre boucher, le bon, cette fois, qui servait Mme Josselin ou Mme Manu.

— On le voyait passer, presque toujours à la même heure...

— Seul ?

— Sauf les fois où il lui arrivait de rencontrer sa femme en revenant de sa promenade.

---

[2] **Tant pis !** *Too bad!* (*that he could not get more information*)
[3] **chacun de son côté** ici, *each on his own*
[4] **si anodine fût-elle** *however harmless* (*it might be*)
[5] **gros** *for high stakes*
[6] **la mise** *bet*
[7] **les personnages** *characters* (*in a play*)
[8] **une paille** défaut dans un métal

— Et elle ? Elle était toujours seule aussi ?

— Une fois, elle est venue avec un petit garçon qui marchait à peine, son petit-fils...

Maigret pénétrait dans une brasserie,[9] boulevard de Montparnasse. C'était l'heure où la salle était presque vide. Le garçon faisait le mastic.[10]

— Un petit verre de n'importe quoi, mais pas de la bière, commanda-t-il.

— Un apéritif ?[11] Une fine ?

— Une fine...

Et voilà qu'au moment où il s'y attendait le moins il obtenait un résultat.

— Je le connais, oui. J'ai tout de suite pensé à lui quand j'ai vu son portrait dans le journal. Sauf que, les derniers temps, il était un peu moins gros.

— Il lui arrivait de venir prendre un verre ?

— Pas souvent... Il est peut-être venu cinq ou six fois, toujours à l'heure où il n'y a personne, ce qui fait que[12] je l'ai remarqué...

— A cette heure-ci ?

— A peu près... ou un peu plus tard...

— Il était seul ?

— Non. Il y avait quelqu'un avec lui et, chaque fois, ils se sont installés tout au fond de la salle...

— Une femme ?

— Un homme...

— Quel genre d'homme ?

— Bien habillé, encore assez jeune... Je lui donnerais dans les quarante ou quarante-cinq ans...

— Ils avaient l'air de discuter ?

[9] **une brasserie**   café-restaurant où l'on sert surtout de la bière d'une certaine marque (*brand*)

[10] **le mastic**   (*trade slang*)   nettoyage (*cleaning*) des chaises et des tables, mise en place des verres, bouteilles, etc.

[11] **Un apéritif**   *A drink before meals, plain or mixed, of relatively low alcoholic content compared to an American cocktail*

[12] **ce qui fait que**   c'est pourquoi

— Ils parlaient à mi-voix et je n'ai pas entendu ce qu'ils disaient.

— Quand sont-ils venus pour la dernière fois ?

— Il y a trois ou quatre jours...

Maigret osait à peine y croire.

— Vous êtes sûr qu'il s'agit bien de cette personne ?

Il montrait encore la photographie. Le garçon acceptait de la regarder avec plus d'attention.

— Puisque je vous le dis ! Tenez ! Il avait même des journaux à la main, trois ou quatre journaux au moins et, quand il est parti, j'ai couru après lui pour les lui rendre, car il les avait oubliés sur la banquette...

— Vous reconnaîtriez l'homme qui l'accompagnait ?

— Peut-être. C'était un grand, aux cheveux bruns... Il portait un complet clair, d'un tissu léger, très bien coupé...

— Ils avaient l'air de se disputer ?

— Non. Ils étaient sérieux, mais ils ne se disputaient pas.

— Qu'est-ce qu'ils ont bu ?

— Le gros, M. Josselin, a pris un quart[13] Vittel [14] et l'autre un whisky. Il doit y être habitué, car il a spécifié la marque qu'il voulait. Comme je n'en avais pas de cette marque-là, il m'en a cité une autre...

— Combien de temps sont-ils restés ?

— Peut-être vingt minutes ? Peut-être un peu plus ?

— Vous ne les avez vus ensemble que cette fois-là ?

— Je jurerais que quand M. Josselin est venu auparavant, il y a plusieurs mois, bien avant les vacances, il était déjà accompagné de la même personne... Cet homme-là, d'ailleurs, je l'ai revu...

— Quand ?

— Le même jour... Dans l'après-midi... Peut-être était-ce le lendemain ?... Mais non ! C'était bien le même jour...

— Donc, cette semaine ?

— Sûrement cette semaine... Mardi ou mercredi...

---

[13] **un quart**   bouteille d'un quart de litre
[14] **Vittel**   une eau minérale

— Il est revenu seul ?

— Il est resté seul un bon moment, à lire un journal du soir... Il m'avait commandé le même whisky que le matin... Puis une dame l'a rejoint...

— Vous la connaissez ?

— Non.

— Une femme jeune ?

— D'un certain âge. Ni jeune ni vieille. Une dame bien.[15]

— Ils avaient l'air de bien se connaître ?

— Sûrement... Elle paraissait pressée... Elle s'est assise à côté de lui et, quand je me suis approché pour prendre la commande, elle m'a fait signe qu'elle ne désirait rien...

— Ils sont restés longtemps ?

— Une dizaine de minutes... Ils ne sont pas partis ensemble... La femme est sortie la première... L'homme, lui, a encore bu un verre avant de s'en aller...

— Vous êtes certain que c'était le même qui accompagnait M. Josselin le matin ?

— Absolument certain... Et il a bu le même whisky...

— Il vous a donné l'impression d'un homme qui boit beaucoup ?

— D'un homme qui boit, mais qui tient le coup[16]... Il n'était pas du tout ivre, si c'est cela que vous voulez dire, mais il avait des poches sous les yeux... Vous voyez ?...

— C'est la seule fois que vous ayez vu l'homme et la femme ensemble ?

— La seule dont je me souvienne... A certaines heures, on fait moins attention... Il y a d'autres garçons dans l'établissement...

Maigret paya sa consommation et se retrouva sur le trottoir, à se demander ce qu'il allait faire. S'il était tenté de se rendre tout de suite rue Notre-Dame-des-Champs, il lui répugnait d'y arriver alors que le corps venait tout juste d'être rendu à la famille et qu'on était occupé à dresser la chapelle ardente.

---

[15] **Une dame bien** *A real lady*
[16] **qui tient le coup** *who holds his liquor*

Il préféra continuer son chemin vers la Closerie des Lilas,[17] entrant encore chez des commerçants, exhibant avec moins de conviction la photographie.

Il connut ainsi la marchande de légumes des Josselin, le savetier qui réparait leurs chaussures, la pâtisserie où ils se fournissaient.[18]

Puis, comme il atteignait le boulevard Saint-Michel, il décida de le redescendre jusqu'à la grande entrée du Luxembourg, faisant à rebrousse-poil [19] la promenade quotidienne de Josselin. En face de la grille, il découvrit le kiosque[20] où celui-ci achetait ses journaux.

Exhibition de la photographie. Questions, toujours les mêmes. Il s'attendait d'un moment à l'autre à voir surgir le jeune Lapointe qui opérait en sens inverse.

— C'est bien lui... Je lui gardais ses journaux et ses hebdomadaires...

— Il était toujours seul ?

La vieille femme réfléchissait.

— Une fois ou deux, il me semble...

Une fois, en tout cas, alors que quelqu'un se tenait debout près de Josselin, elle avait demandé :

— Et pour vous ?...

Et l'homme avait répondu :

— Je suis avec monsieur...

Il était grand et brun, autant qu'elle s'en souvienne. Quand était-ce ? Au printemps, puisque les marronniers étaient en fleurs.

— Vous ne l'avez pas revu ces temps-ci ?

— Je ne l'ai pas remarqué...

Ce fut dans le bistrot où était installé le P. M. U. que Maigret retrouva Lapointe.

— On vous l'a dit aussi ? s'étonna celui-ci.

---

[17] **la Closerie des Lilas** bal public (*dance hall*) à Montparnasse, fréquenté surtout par des artistes et des étudiants
[18] **où ils se fournissaient** *where they shopped*
[19] **à rebrousse-poil** en sens inverse *in reverse* (lit. *against the hair*)
[20] **le kiosque** ici, *newsstand*

— Quoi ?

— Qu'il avait l'habitude de venir ici...

Lapointe avait eu le temps de questionner le patron. Celui-ci ne connaissait pas le nom de Josselin mais il était formel.

— Il venait deux ou trois fois par semaine et jouait chaque fois cinq mille francs[21]...

Non ! Il n'avait pas l'air d'un turfiste.[22] Il n'avait pas de journaux de courses à la main. Il n'étudiait pas la cote.[23]

— Ils sont assez nombreux, maintenant, qui, comme lui, ne savent pas à quelle écurie un cheval appartient et qui ignorent le sens du mot handicap... Ils composent des numéros comme d'autres, à la loterie nationale, demandent un billet finissant par tel ou tel chiffre...

— Il lui arrivait de gagner ?

— Cela lui est arrivé une fois ou deux...

Maigret et Lapointe traversaient ensemble le jardin du Luxembourg et, sur les chaises de fer,[24] des étudiants étaient plongés dans leurs cours, quelques couples se tenaient par les épaules en regardant vaguement les enfants qui jouaient sous la surveillance de leur mère ou de leur bonne.

— Vous croyez que Josselin faisait des cachotteries[25] à sa femme ?

— J'en ai l'impression. Je vais bientôt le savoir...

— Vous allez la questionner ? Je vous accompagne ?

— J'aime autant que tu sois présent,[26] oui.

La camionnette des gens des Pompes funèbres n'était plus au bord du trottoir.[27] Les deux hommes prirent l'ascenseur, sonnèrent et Mme Manu, une fois de plus, entrouvrit la porte en ayant soin de laisser la chaîne.

[21] **cinq mille francs**   depuis la conversion, 50 nouveaux francs, à peu près dix dollars
[22] **un turfiste**   *regular race fan*
[23] **la cote**   *odds*
[24] **les chaises de fer**   Dans les jardins publics des chaises sont louées (*rented*) pour une somme modique. Les bancs sont gratuits.
[25] **faisait des cachotteries**   cachait des choses
[26] **J'aime... présent**   *I would just as soon you be present*
[27] **le bord du trottoir**   *curb*

— Ah ! c'est vous...

Elle les introduisait dans le salon où rien n'avait été changé. La porte de la salle à manger était ouverte et une dame âgée, assise près de la fenêtre, était occupée à tricoter. Sans doute l'infirmière, ou la garde que le Dr Fabre avait amenée.

— Mme Fabre vient de retourner chez elle. Je vous annonce à Mme Josselin ?

Et, tout bas,[28] la femme de ménage ajoutait :

— Monsieur[29] est ici...

Elle désignait l'ancienne chambre de Véronique, puis allait prévenir sa patronne. Celle-ci n'était pas dans la chapelle ardente mais dans sa chambre et elle parut, vêtue de sombre comme la veille, avec des perles grises autour du cou et aux oreilles.

Elle ne paraissait toujours pas avoir pleuré. Ses yeux étaient aussi fixes, son regard aussi ardent.

— Il paraît que vous désirez me parler ?

Elle regardait Lapointe avec curiosité.

— Un de mes inspecteurs... murmura Maigret. Je m'excuse de vous déranger à nouveau...

Elle ne les faisait pas asseoir, comme si elle supposait que la visite serait brève. Elle ne posait pas de questions non plus, attendait, les yeux dans les yeux du commissaire.

— La question vous semblera sans doute futile, mais je voudrais vous demander tout d'abord si votre mari était joueur.*

Elle ne tressaillit pas. Maigret eut même l'impression qu'elle éprouvait un certain soulagement et ses lèvres se détendirent un peu pour prononcer :

— Il jouait aux échecs, le plus souvent avec notre gendre, parfois, assez rarement, avec le Dr Larue...

— Il ne spéculait pas en Bourse ?[30]

— Jamais ! Il avait horreur de la spéculation. On lui a proposé, il y a quelques années, de mettre son affaire en société

---

[28] **tout bas**   *in a low voice*
[29] **Monsieur**   *the Master*
[30] **la Bourse**   *Stock Exchange*

anonyme[31] afin de lui donner plus d'extension[32] et il a refusé avec indignation.

— Il prenait des billets de la loterie nationale ?

— Je n'en ai jamais vu dans la maison...

— Il ne jouait pas non plus aux courses ?

— Je pense que nous ne sommes pas allés à Longchamp ou à Auteuil plus de dix fois dans notre vie, pour le coup d'œil [33]... Une fois, il y a longtemps, il m'a emmenée voir le prix de Diane, à Chantilly,[34] et il ne s'est pas approché des guichets.[35]

— Il aurait pu jouer au P. M. U. ?

— Qu'est-ce que c'est ?

— Il existe à Paris et en province[36] des bureaux, le plus souvent dans des cafés ou dans des bars, où on prend les paris...

— Mon mari ne fréquentait pas les cafés...

Il y avait une note de mépris dans sa voix.

— Je suppose que vous ne les fréquentez pas non plus ?

Le regard de la femme devenait plus dur et Maigret se demanda si elle n'allait pas se fâcher.

— Pourquoi me demandez-vous ça ?

Il hésitait à pousser, tout de suite, son interrogatoire plus avant,[37] se demandant s'il avait intérêt, dès maintenant, à donner l'éveil.[38] Le silence commençait à peser, pénible, sur les trois personnages. Par discrétion, l'infirmière ou la garde s'était levée et était venue fermer la porte de la salle à manger.

Derrière une autre porte, il y avait un mort, des tentures noires, sans doute des bougies allumées et un brin de buis trempant dans l'eau bénite.[39]

La femme que Maigret avait devant lui, c'était la veuve, il

---

[31] **la société anonyme** *joint-stock company*
[32] **lui donner plus d'extension** *expand it*
[33] **pour le coup d'œil** *for the sight*
[34] **Longchamp, Auteuil, Chantilly** champs de courses (*race tracks*)
[35] **les guichets** *betting windows*
[36] **la province** *the country as opposed to Paris; provinces*
[37] **plus avant** plus loin
[38] **donner l'éveil** c.-à-d. mettre Mme Josselin sur ses gardes
[39] **un brin... bénite** *a sprig of boxwood lying in holy water* (*used by callers to sprinkle the coffin*)

ne pouvait pas l'oublier. Elle se trouvait au théâtre avec sa fille quand son mari avait été abattu.

— Permettez-moi de vous demander si, cette semaine, mardi ou mercredi, il ne vous est pas arrivé d'entrer dans un café... Un café du quartier...

— Nous sommes allées prendre un verre, ma fille et moi, en sortant du théâtre. Ma fille avait très soif. Nous ne nous sommes pas attardées[40]...

— Cela se passait où ?

— Rue Royale...

— Je vous parle de mardi ou mercredi et d'une brasserie du quartier...

— Je ne vois pas ce que vous voulez dire...

Maigret était gêné du rôle qu'il était obligé de jouer. Il avait l'impression, sans en être pourtant sûr, que le coup avait porté,[41] que son interlocutrice avait eu besoin de toute son énergie pour ne pas laisser voir sa panique.

Cela n'avait duré qu'une portion de seconde et son regard ne s'était pas détaché de lui.[42]

— Quelqu'un, pour une raison quelconque, aurait pu vous donner rendez-vous non loin d'ici, boulevard de Montparnasse, par exemple...

— Personne ne m'a donné rendez-vous...

— Puis-je vous demander de me confier une de vos photographies ?

Elle faillit dire :

— Pourquoi faire ?

Elle se retint, se contenta de murmurer :

— Je suppose que je n'ai qu'à obéir...

---

[40] **Nous... attardées**   Nous ne sommes pas restées longtemps
[41] **que... porté**   *that he had struck home*
[42] **son regard... de lui**   *her eyes did not move away from him*

Gallicismes

page 136 **ces temps-ci**   ces temps derniers   *lately, recently*
   137 **avoir soin de**   *to be careful to*
   139 **se fâcher**   *to get angry, lose one's temper* (moins fort que
      se mettre en colère)

Exercices

A.   **se trouver**   **d'autant plus que**   **faire attention**
      se douter de   **par hasard**

1. Quand il est entré dans la brasserie, il ne ——————— la tour-
nure (*turn*) qu'allait prendre l'enquête.
2. Il avait machinalement montré la photo au garçon en lui demandant si ——————— il connaissait ce monsieur.
3. Mais oui, dit-il, et il ——————— qu'il est venu il y a trois ou
quatre jours avec un autre monsieur.
4. Je me souviens parfaitement d'eux, ——————— ce n'était pas
la première fois qu'ils étaient venus. S'il y avait eu beaucoup de
monde, je n'aurais sans doute pas ——————— à eux.

B.   **chercher... à tâtons**   **faire plaisir**
   du jour au lendemain   **s'y prendre**   **avoir envie de**

1. ——————— tout était changé.
2. Hier soir encore, se dit Maigret, je ——————— ma voie
——————— et voilà que ce matin nous tenons un bout du fil,
comme dirait Torrence. Cela va sûrement lui ———————.
3. Il ——————— aller sans tarder rue Notre-Dame-des-Champs,
mais il se demandait comment il allait ——————— pour interroger Mme Josselin à nouveau.

C.   **se fâcher**   **valoir mieux**   **s'attendre à**
      faire entrer   **avoir soin de**

1. Il ——————— que tu viennes avec moi, dit-il à Lapointe qu'il
venait de retrouver au P. M. U.   (conditionnel prés.)

2. Comme d'habitude, Mme Manu —————— s'assurer par la porte entrouverte de l'identité des visiteurs.

3. Puis, les ayant reconnus elle les —————— au salon.

4. Je vous prie, Mme Josselin, de ne pas —————— si je vous pose des questions indiscrètes, commence Maigret.

5. Quand il lui a demandé si son mari était joueur, il a eu l'impression qu'elle —————— une autre question.

D.   **avoir beau**   **avoir l'air**   **laisser voir**
      faire mine de   **vouloir dire**

1. Mais quand il lui parle d'un café dans le quartier, elle —————— ne pas comprendre ce qu'il ——————.

2. Elle —————— essayer de paraître calme, son regard —————— de la peur.

3. Lapointe, lui, —————— fort gêné pendant cet interrogatoire.

QUESTIONNAIRE

1. Qu'est-ce que Maigret continue à faire ?
2. Où finit-il par obtenir un résultat ?
3. Josselin y venait-il souvent ?
4. Y venait-il seul ?
5. Quand y est-il venu pour la dernière fois ? (Ce qui veut dire que c'était... ?)
6. Les deux hommes avaient-ils l'air de se disputer ?
7. Quand l'homme est-il revenu à la brasserie ?
8. Qui est venu l'y retrouver ?
9. Quand le garçon a-t-il revu le même homme ? Seul ?
10. Pourquoi la marchande de journaux est-elle sûre qu'elle reconnaît la photo ?
11. Où Maigret retrouve-t-il Lapointe ?
12. Qui celui-ci avait-il déjà interrogé ?
13. Josselin avait-il l'air de quelqu'un qui s'y connaît aux (*knows all about*) courses ?
14. Qu'est-ce que Maigret décide de faire ?
15. Qu'est-ce qu'il demande tout d'abord à Mme Josselin ?
16. Selon elle, de quoi Josselin avait-il horreur ?
17. Toujours selon elle, son mari allait-il souvent au café ?

18. A quelle question de Maigret semble-t-elle sur le point de se fâcher ?
19. Quelle question plus précise lui pose-t-il ?
20. Que lui répond-elle ? (Supposez-vous qu'elle mente ?)

LEÇON
DOUZE

C'était un peu comme si les hostilités venaient de commencer. Elle sortait de la pièce, pénétrait dans sa chambre dont elle laissait la porte ouverte et on l'entendait fouiller dans un tiroir qui devait être plein de papiers.

Quand elle revenait, elle tendait une photo de passeport, vieille de quatre ou cinq ans.

— Je suppose que cela vous suffit ?

Maigret, prenant son temps, la glissait dans son portefeuille.

— Votre mari jouait aux courses, affirmait-il en même temps.

— Dans ce cas, c'était à mon insu.[1] C'est interdit ?

— Ce n'est pas interdit, madame, mais, si nous voulons avoir une chance de retrouver son assassin, nous avons besoin de tout savoir. Je ne connaissais pas cette maison il y a trois jours. Je ne connaissais ni votre existence, ni celle de votre mari. Je vous ai demandé votre collaboration...

— Je vous ai répondu.

[1] **à mon insu** *without my knowledge*

144

— Je souhaiterais que vous m'en ayez dit davantage...

Puisque c'était la guerre, il attaquait.

— La nuit du drame, je n'ai pas insisté pour vous voir, car le Dr Larue m'affirmait que vous étiez dans un pénible état de stupeur... Hier, je suis venu...

— Je vous ai reçu.

— Et que m'avez-vous dit ?

— Ce que je pouvais vous dire.

— Cela signifie ?

— Ce que je savais.

— Vous êtes certaine de m'avoir tout dit ? Vous êtes certaine que votre fille, votre gendre, ne me cachent pas quelque chose ?

— Vous nous accusez de mentir ?

Ses lèvres tremblaient un peu. Sans doute faisait-elle un terrible effort sur elle-même pour rester droite et digne, face à Maigret dont le teint s'était quelque peu coloré.[2] Quant à Lapointe, gêné, il ne savait où regarder.

— Peut-être pas de mentir, mais d'omettre certaines choses... Par exemple, j'ai la certitude que votre mari jouait au P. M. U....

— A quoi cela vous sert-il ?

— Si vous n'en saviez rien, si vous ne l'avez jamais soupçonné, cela indique qu'il était capable de vous cacher quelque chose. Et, s'il vous a caché ça...

— Il n'a peut-être pas pensé à m'en parler.

— Ce serait plausible s'il avait joué une fois ou deux, par hasard, mais c'était un habitué,[3] qui dépensait aux courses plusieurs milliers de francs par semaine...

— Où voulez-vous en venir ? [4]

— Vous m'aviez donné l'impression, et vous l'avez entretenue, de tout savoir de lui et, de votre côté,[5] de n'avoir aucun secret pour lui...

— Je ne comprends pas ce que cela a à voir[6] avec...

---

[2] **dont... coloré** *whose face had flushed somewhat*
[3] **c'était un habitué** c'était un joueur habituel
[4] **Où... venir ?** *What are you driving at?*
[5] **de votre côté** *on your part* (V. Rem. 1)
[6] **à voir** à faire

— Supposons que, mardi ou mercredi matin il ait eu rendez-vous avec quelqu'un dans une brasserie du boulevard de Montparnasse...

— On l'y a vu ?

— Il y a au moins un témoin, qui est affirmatif.

— Il se peut qu'il ait rencontré un ancien camarade, ou un ancien employé, et qu'il lui ait offert un verre...

— Vous m'affirmiez qu'il ne fréquentait pas les cafés...

— Je ne prétends pas que, dans une occasion comme celle-là...

— Il ne vous en a pas parlé ?

— Non.

— Il ne vous a pas dit, en rentrant :

« — A propos, j'ai rencontré Untel[7]... »

— Je ne m'en souviens pas.

— S'il l'avait fait, vous vous en souviendriez ?

— Probablement.

— Et si vous, de votre côté, vous aviez rencontré un homme que vous connaissez assez bien pour le rejoindre dans un café et rester une dizaine de minutes avec lui pendant qu'il buvait un whisky...

La sueur lui perlait au front[8] et sa main tripotait comme méchamment sa pipe éteinte.

— Je ne comprends pas toujours pas.

— Excusez-moi de vous avoir dérangée... J'aurai sans doute à revenir... Je vous demande, d'ici là, de réfléchir... Quelqu'un a tué votre mari et est en ce moment en liberté... Il tuera peut-être encore...

Elle était très pâle, mais elle ne broncha toujours pas et se mit à marcher vers la porte, se contenta de prendre congé d'un mouvement sec de la tête, puis referma l'huis[9] derrière eux.

Dans l'ascenseur, Maigret s'épongea le front avec son mou-

---

[7] **Untel**   *So-and-So*
[8] **La sueur... front**   *Beads of sweat formed on his forehead*
[9] **l'huis** (peu usité)   la porte

choir. On aurait dit qu'il évitait le regard de Lapointe, comme
s'il craignait d'y lire un reproche, et il balbutia :
— Il le fallait...

Chapitre 6

Les deux hommes se tenaient debout sur le trottoir, à quelques pas de l'immeuble, comme des gens qui hésitent à se
séparer. Une pluie très fine, à peine visible, avait commencé
à tomber, des cloches grêles se mettaient à sonner vers le bas
de la rue, auxquelles d'autres répondaient dans une autre direction, puis dans une autre encore.

A deux pas de Montparnasse et de ses cabarets, c'était, en
bordure du Luxembourg, non seulement un îlot paisible et
bourgeois, mais comme un rendez-vous de couvents. Outre les
Petites Sœurs des Pauvres, il y avait, derrière, les Servantes de
Marie ; à deux pas, rue Vavin, les Dames de Sion et, rue Notre-
Dame-des-Champs encore, dans l'autre section, les Dames
Augustines.

Maigret semblait attentif au son des cloches, respirait l'air
mêlé de gouttelettes invisibles puis, après un soupir, disait à Lapointe :

— Tu vas faire un saut[10] rue du Saint-Gothard. En taxi, tu
en as pour[11] quelques minutes. Un samedi, les bureaux et les
ateliers seront probablement fermés. Si Jouane ressemble à son
ancien patron, il y a des chances pour qu'il soit quand même
venu terminer, tout seul, quelque travail urgent. Sinon, tu
trouveras bien un concierge ou un gardien. Au besoin, demande
le numéro personnel de Jouane et téléphone-lui.

» Je voudrais que tu me rapportes une photographie encadrée que j'ai vue dans son bureau. Hier, pendant qu'il me
parlait, je la regardais machinalement, sans me douter qu'elle

[10] **faire un saut**   *make a dash* (lit. *make a jump*)
[11] **tu en as pour**   cela te prendra

pourrait m'être utile. C'est une photo de groupe, avec René Josselin au milieu, Jouane et sans doute Goulet à sa gauche et à sa droite, d'autres membres du personnel, hommes et femmes, en rangs derrière eux, une trentaine de personnes.

» Toutes les ouvrières n'y sont pas ; seulement les employés les plus anciens ou les plus importants. Je suppose que la photo a été prise à l'occasion d'un anniversaire, ou bien quand Josselin a quitté son affaire. »

— Je vous retrouve au bureau ?

— Non. Viens me rejoindre à la brasserie du boulevard de Montparnasse où j'étais tout à l'heure.

— Laquelle est-ce ?

— Je crois que cela s'appelle la brasserie Franco-Italienne. C'est à côté d'un magasin où l'on vend du matériel pour peintres et sculpteurs.

Il s'en alla de son côté, le dos rond,[12] en tirant sur sa pipe qu'il venait d'allumer et qui, pour la première fois de l'année, avait le goût d'automne.

Il gardait une certaine gêne de sa dureté avec Mme Josselin et se rendait compte que ce n'était pas fini, que cela ne faisait que commencer.[13] Il n'y avait pas qu'elle, probablement, à lui cacher quelque chose ou à lui mentir. Et c'était son métier de découvrir la vérité.

C'était toujours pénible pour Maigret, de forcer quelqu'un dans ses derniers retranchements,[14] et cela remontait très loin, à sa petite enfance,[15] à la première année qu'il était allé à l'école, dans son village de l'Allier.

Il avait fait alors le premier gros mensonge de sa vie. L'école distribuait des livres de classe qui avaient servi et qui étaient plus ou moins défraîchis, mais certains élèves se procuraient de beaux livres neufs qui lui faisaient envie.[16]

---

[12] **le dos rond**   *slightly hunched*

[13] **ce n'était... commencer**   ce n'était pas la fin, ce n'était que le commencement (moins idiomatique)

[14] **les derniers retranchements**   *last ditch*

[15] **remontait... enfance**   *went far back into his early childhood*

[16] **qui lui faisaient envie**   *which he coveted*

Il avait reçu, entre autres, un catéchisme à couverture verdâtre, aux pages déjà jaunies, tandis que quelques camarades
plus fortunés s'étaient acheté des catéchismes neufs, d'une
nouvelle édition, à la reliure d'un rose alléchant.

— J'ai perdu mon catéchisme... avait-il annoncé un soir à
son père. Je l'ai dit au maître et il m'en a donné un nouveau...

Or, il ne l'avait pas perdu. Il l'avait caché dans le grenier,
faute[17] d'oser le détruire.

Il avait eu du mal à s'endormir ce soir-là. Il se sentait
coupable et était persuadé qu'un jour ou l'autre sa tricherie
serait découverte. Le lendemain, il n'avait eu aucune joie à se
servir du nouveau catéchisme.

Pendant trois jours, quatre jours peut-être, il avait souffert
ainsi, jusqu'au moment où il était allé trouver l'instituteur,[18] son
livre à la main.

— J'ai retrouvé l'ancien, avait-il balbutié, rouge et la gorge
sèche. Mon père m'a dit de vous rendre celui-ci...

Il se souvenait encore du regard du maître, un regard à la fois
lucide et bienveillant. Il était sûr que l'homme avait tout deviné,
tout compris.

— Tu es content de l'avoir retrouvé ?

— Oh ! oui, monsieur...

Toute sa vie, il lui était resté reconnaissant de ne pas l'avoir
forcé à avouer son mensonge et de lui avoir évité une humili-
ation.

Mme Josselin mentait aussi et ce n'était plus une enfant,
c'était une femme, une mère de famille, une veuve. Il l'avait
pour ainsi dire forcée à mentir. Et d'autres, autour d'elle,
mentaient probablement, pour une raison ou pour une autre.

Il aurait voulu leur tendre la perche,[19] leur éviter cette
épouvantable épreuve de se débattre contre la vérité. C'étaient
de braves gens, il voulait bien le croire, il en était même
persuadé. Ni Mme Josselin, ni Véronique, ni Fabre n'avaient
tué.

[17] **faute de** *for want of*
[18] **l'instituteur** (titre officiel) le maître d'école
[19] **tendre la perche** *hold out a hand* (lit. *a pole*)

Tous n'en cachaient pas moins quelque chose qui aurait sans doute permis de mettre la main sur l'assassin.

Il jetait un coup d'œil aux maisons d'en face en pensant qu'il serait peut-être nécessaire de questionner un à un tous les habitants de la rue, tous ceux qui, par leur fenêtre, avaient pu surprendre un petit fait intéressant.

Josselin avait rencontré un homme, la veille ou le jour de sa mort, le garçon de café ne parvenait pas à le préciser. Maigret allait savoir si c'était bien Mme Josselin qui était venue rejoindre ce même homme, l'après-midi dans le calme d'une brasserie.

Il y arrivait un peu plus tard et l'atmosphère avait quelque peu changé. Des gens prenaient l'apéritif et on avait déjà garni un rang de tables de nappes et de couverts[20] pour le déjeuner.

Maigret alla s'asseoir à la même place que le matin. Le garçon qui l'avait servi s'approchait de lui comme s'il était déjà un vieux client et le commissaire tirait de son portefeuille la photo de passeport.

— Vous croyez que c'est elle ?

Le garçon mettait ses lunettes, examinait le petit carré de carton.

— Ici, elle n'a pas de chapeau, mais je suis à peu près sûr que c'est la même femme...

— *A peu près ?*

— J'en suis certain. Seulement, si je dois un jour témoigner au tribunal, avec les juges et les avocats qui me poseront un tas de questions...

— Je ne pense pas que vous ayez à témoigner.

— C'est sûrement elle, ou alors, quelqu'un qui lui ressemble fort... Elle portait une robe de lainage sombre, pas tout à fait noir, avec comme des petits poils gris dans la laine, et un chapeau relevé[21] de blanc...

La description de la robe correspondait à ce que portait Mme Josselin le matin même.

20 on avait... de couverts   *a row of tables had already been set* (la nappe
   tablecloth; le couvert   *place setting*)
21 relevé   ici, *trimmed*

— Qu'est-ce que je vous sers ?

— Une fine à l'eau... Où est le téléphone ?...

— Au fond, à gauche, en face des toilettes[22]... Demandez un jeton[23] à la caisse...

Maigret s'enferma dans la cabine, chercha le numéro du Dr Larue. Il n'était pas trop sûr de le trouver chez lui. Il n'avait pas de raison précise pour appeler le médecin.

Il déblayait le terrain,[24] comme avec la photo de la rue du Saint-Gothard. Il s'efforçait d'éliminer les hypothèses, même les plus extravagantes.

Une voix d'homme lui répondait.

— C'est vous, docteur ? Ici, Maigret.

— Je rentre à l'instant et je pensais justement à vous.

— Pourquoi ?

— Je ne sais pas. Je pensais à votre enquête, à votre métier... C'est un hasard que vous me trouviez chez moi à cette heure... Le samedi, je termine ma tournée plus tôt que les autres jours parce qu'une bonne partie de mes clients sont hors ville...

— Cela vous ennuyerait de venir prendre un verre avec moi à la brasserie Franco-Italienne ?

— Je connais... Je vous rejoins tout de suite... Vous avez du nouveau ?...

— Je ne sais pas encore...

Larue, petit, grassouillet, le front dégarni, ne correspondait pas à la description que le garçon avait faite du compagnon de Josselin. Jouane non plus, qui était plutôt roux et n'avait pas l'air d'un buveur de whisky.

Maigret n'en était pas moins décidé à ne laisser passer aucune chance. Quelques minutes plus tard, le médecin descendait de voiture, le rejoignait et, s'adressant au garçon, prononçait comme s'il se trouvait en pays de connaissance :[25]

— Comment allez-vous, Émile ?... Et ces cicatrices ?...

— On ne voit presque plus rien... Un porto, docteur ?...

---

[22] **les toilettes**   toujours au pluriel dans ce sens

[23] **un jeton**   *token (used in some public telephones instead of coins)*

[24] **déblayer le terrain**   *clear the ground*

[25] **comme... connaissance**   fam.   comme s'ils se connaissaient

Ils se connaissaient. Larue expliquait qu'il avait soigné Émile, quelques mois plus tôt, quand celui-ci s'était ébouillanté avec le percolateur.

— Une autre fois, il y a bien dix ans, il s'est coupé avec un hachoir... Et votre enquête, monsieur le commissaire ?

— On ne m'aide pas beaucoup, fit celui-ci avec amertume.

— Vous parlez de la famille ?

— De Mme Josselin, en particulier. J'aimerais vous poser deux ou trois questions à son sujet. Je vous en ai déjà posé l'autre soir. Certains points me tracassent. Si je comprends bien, vous étiez à peu près les seuls intimes de la maison, votre femme et vous...

— Ce n'est pas tout à fait exact... Il y a longtemps, je vous l'ai dit, que je soigne les Josselin et j'ai connu Véronique toute petite... Mais, à cette époque-là, on ne m'appelait que de loin en loin[26]...

— Quand avez-vous commencé à devenir un ami de la famille ?

— Beaucoup plus tard. Une fois, il y a quelques années, on nous a invités à dîner en même temps que d'autres personnes, les Anselme, je m'en souviens encore, qui sont de grands chocolatiers... Vous devez connaître les chocolats Anselme... Ils font aussi les dragées de baptême[27]...

— Ils semblaient intimes avec les Josselin ?

— Ils étaient assez amis... C'est un couple un peu plus âgé... Josselin fournissait à Anselme les boîtes pour les chocolats et les dragées...

— Ils sont à Paris en ce moment ?

— Cela m'étonnerait. Le père Anselme a pris sa retraite il y a quatre ou cinq ans et a acheté une villa à Monaco... Ils y vivent toute l'année...

— Je voudrais que vous fassiez un effort pour vous souvenir. Qui avez-vous encore rencontré chez les Josselin ?

---

[26] **de loin en loin**   à de longs intervalles
[27] **les dragées de baptême**   *sugar-covered almonds* (*Jordan almonds*) *distributed at christenings*

— Plus récemment, il m'est arrivé, rue Notre-Dame-des-Champs, de passer la soirée avec les Mornet, qui ont deux filles et qui font en ce moment une croisière dans les Bermudes... Ce sont des marchands de papier... En somme, les Josselin ne fréquentaient guère que quelques gros clients et quelques fournisseurs...

— Vous ne vous souvenez pas d'un homme d'une quarantaine d'années ?

— Je ne vois pas, non...

— Vous connaissez bien Mme Josselin... Que savez-vous d'elle ?...

— C'est une femme très nerveuse que je traite, je ne vous le cache pas, avec des calmants,[28] encore qu'elle possède un contrôle extraordinaire sur elle-même...

— Elle aimait son mari ?

— J'en suis convaincu... Elle n'a pas eu une adolescence très heureuse, autant que j'aie pu comprendre... Son père, resté veuf de bonne heure, était un homme aigri, d'une sévérité excessive...

— Ils habitaient près de la rue du Saint-Gothard ?

— A deux pas, rue Dareau... Elle a connu Josselin et ils se sont mariés après un an de fiançailles...

— Qu'est devenu le père ?

— Atteint[29] d'un cancer particulièrement douloureux, il s'est suicidé quelques années plus tard...

Remarque

1. Le mot **côté** entre dans un nombre d'expressions dont plusieurs ont déjà été employées dans le texte. Nous vous en donnons ici les plus usuelles.

---

[28] **des calmants** *tranquilizers*
[29] **Atteint de** *Afflicted with*

Asseyez-vous à côté de moi.	Sit *beside* (*next to*) me.
Ils habitent (tout) à côté de nous.	They live (right) *next door.*
les voisins d'à côté	*next-door* neighbors
la pharmacie d'à côté	*nearby* pharmacy
Nous habitons du côté du Luxembourg.	We live *in the vicinity of* the Luxembourg.
Il s'est dirigé du côté de la gare.	He went *in the direction of* the station.
Allez de ce côté (-là).	Go *that way, in that direction.*
Marchez de ce côté de la rue.	Walk *on this side of* the street.
Moi, de mon côté, je n'ai rien trouvé.	I, *for my part,* I found nothing.
Je comptais sur plus de franchise de votre côté.	I counted on more frankness *on your part.*
D'un côté... et de l'autre...	*On the one hand* . . . *and on the other* . . .

Gallicismes

page 146 **il se peut**   *it may be;* **il se pourrait**   *it might be*
d'ici là   *until then;* **jusqu'ici**   *until now*
147 **en avoir pour** + expressions de temps   *to take*
149 **vouloir bien**   *to be willing to, like to*
150 **d'en face**   *across the street, the way*
151 **en face de**   *opposite*

Exercices

A.   **de votre côté   s'agir   ces temps-ci**
                    servir à   d'autre part

1. Si mon mari jouait aux courses, est-ce que cela vous ＿＿＿＿＿＿ découvrir son assassin ?   (conditionnel prés.)

2. Peut-être pas, mais, ＿＿＿＿＿＿ cela prouve qu'il ne vous disait pas tout.

3. ＿＿＿＿＿＿ il est allé plusieurs fois dans une certaine brasserie.
Et vous, ＿＿＿＿＿＿, n'y êtes-vous pas allée cette semaine ?

4. Je ne vous comprends pas et je ne vois pas de quoi il ＿＿＿＿＿＿.

B.   en avoir pour   d'ici là   se mettre en colère
de quoi   se rendre compte

1. On a l'impression que Maigret est sur le point de _____.
2. Vous conviendrez (*will agree*) qu'il y a _____.
3. Mme Josselin devrait _____ que Maigret n'_____ longtemps à découvrir la vérité. (futur)
4. Peut-être que, _____, elle pourra trouver une explication plausible.

C.   de toute façon   s'en vouloir   d'en face
il se pourrait   les allées et venues

1. On aurait peut-être dû interroger le patron du bistrot _____.
2. _____ qu'il ait remarqué un inconnu parmi _____ le matin du crime.
3. _____, se dit Maigret, cela a moins d'importance maintenant.
4. Mais il _____ de ne pas avoir pensé plus tôt à se procurer une photo de Mme Josselin.

D.   le coup d'œil   d'à côté   envoyer chercher
du côté de   se mettre à

1. Tout en (*while*) marchant _____ la brasserie, il _____ examiner celle qu'il vient d'obtenir.
2. Presque du premier _____, le garçon y reconnaît la dame qui est venue cette semaine.
3. Où elle et le monsieur étaient-ils assis et y avait-il des clients aux tables _____ ?
4. J'_____ encore une photo. Vous y reconnaîtrez peut-être quelqu'un d'autre.

QUESTIONNAIRE

1. Maigret accuse-t-il Mme Josselin et sa fille de mentir ?
2. Comment celle-là explique-t-elle qu'elle ignorait que son mari jouait au P. M. U. ?
3. Et qu'il soit allé dans une brasserie ?

4. Admet-elle qu'elle-même y est allée retrouver un homme ?
5. Pourquoi Maigret évite-t-il de regarder Lapointe en sortant ?
6. Où Maigret envoie-t-il celui-ci ?
7. Pourquoi croit-il que sans doute il trouvera Jouane aux ateliers ?
8. Qu'est-ce qu'il avait vu dans le bureau de celui-ci ? (Que supposez-vous qu'il veuille en faire ?)
9. Qu'est-ce que Maigret trouve toujours pénible ?
10. Quand avait-il fait son premier mensonge ?
11. Se servait-il de son nouveau catéchisme avec plaisir ?
12. De quoi était-il resté reconnaissant à l'instituteur ?
13. Que voulait bien croire Maigret et de quoi était-il persuadé ?
14. Qui le garçon de la brasserie reconnaît-il sur la photo ?
15. Pourquoi hésite-t-il à la reconnaître d'une façon formelle ?
16. A quoi correspond sa description de la robe que la dame portait ?
17. Dans quel but (*purpose*) appelle-t-il le Dr Larue ? (A quelles hypothèses extravagantes pouvez-vous penser de votre côté ?)
18. A quelle occasion le Dr Larue a-t-il commencé à être intime avec les Josselin ?
19. Quelle sorte de gens ceux-ci fréquentaient-ils surtout ?
20. Quelle avait été l'adolescence de Mme Josselin et pourquoi ?

LEÇON
TREIZE

— Que diriez-vous si on vous affirmait que Mme Josselin avait un amant ?

— Je ne le croirais pas. Voyez-vous, par profession, je vis dans le secret de beaucoup de familles. Le nombre de femmes, surtout dans un certain milieu,[1] celui auquel appartiennent les Josselin, le nombre de femmes, dis-je, qui trompent leur mari, est beaucoup plus faible que la littérature et le théâtre essayent de nous faire croire.

» Je ne prétends pas que ce soit toujours par vertu. Peut-être le manque d'occasions, la crainte du qu'en dira-t-on[2] y sont-ils pour quelque chose... »

— Il lui arrivait souvent de sortir seule l'après-midi...

— Comme ma femme, comme la plupart des épouses... Cela ne signifie pas qu'elles aillent retrouver un homme à l'hôtel ou dans ce qu'on appelait jadis une garçonnière... Non, monsieur le

[1] **un certain milieu**   une certaine classe (sociale)
[2] **le qu'en dira-t-on**   ce que diront les gens

commissaire... Si vous me posez sérieusement la question, je vous réponds par un non catégorique... Vous faites fausse route[3]...

— Et Véronique ?

— Je suis tenté de vous dire la même chose mais je préfère me réserver... C'est improbable... Ce n'est pas tout à fait impossible... Il y a des chances pour qu'elle ait eu des aventures avant son mariage... Elle étudiait en Sorbonne[4]... C'est au Quartier Latin[5] qu'elle a connu son mari et elle a dû en connaître d'autres avant lui... N'est-elle pas un peu déçue[6] de la vie qu'il lui fait mener ?... Je n'en jurerais pas... Elle a cru épouser un homme et elle a épousé un médecin... Vous comprenez ?

— Oui...

Cela ne l'avançait pas,[7] ne le menait à rien. Il avait l'impression de patauger et buvait son verre d'un air morose.

— Quelqu'un a tué René Josselin... soupira-t-il.

C'était, jusqu'ici, la seule certitude. Et aussi qu'un homme, dont on ne savait rien, avait rencontré le cartonnier comme en cachette,[8] dans cette même brasserie, puis y avait eu rendez-vous avec Mme Josselin.

Autrement dit, le mari et la femme se cachaient quelque chose. Quelque chose qui se rattachait à une seule et même personne.

— Je ne vois pas qui cela peut être... Je m'excuse de ne pouvoir vous aider davantage... Maintenant, il est temps que je rejoigne ma femme et mes enfants...

Lapointe, d'ailleurs, pénétrait dans la salle, un paquet plat sous le bras, et cherchait Maigret des yeux.

— Jouane était à son bureau ?

— Non. Il n'était pas chez lui non plus. Ils sont allés passer le week-end chez une belle-sœur à la campagne... J'ai promis au

---

[3] **Vous... route**   *You are on the wrong track*
[4] **la Sorbonne**   (V. Rem. 1)
[5] **le Quartier Latin**   (V. Rem. 2)
[6] **déçue**   désappointée
[7] **ne l'avançait pas**   *did not get him any further*
[8] **en cachette**   secrètement

gardien de rapporter la photo aujourd'hui même et il n'a pas trop protesté...

Maigret appelait le garçon, déballait le cadre.

— Vous reconnaissez quelqu'un ?

Le garçon remettait ses lunettes et son regard parcourait les visages alignés.

— M. Josselin, bien entendu, au milieu... Il est un peu plus gras sur la photo que l'homme qui est venu l'autre jour, mais c'est bien lui...

— Et les autres ?... Ceux qui se tiennent[9] à sa droite et à sa gauche ?...

Émile hochait la tête.

— Non. Je ne les ai jamais vus... Je ne reconnais que lui...

— Qu'est-ce que tu prends ? demandait Maigret à Lapointe.

— N'importe quoi.

Il regardait le verre du docteur où il restait un fond [10] de liquide rougeâtre.

— C'est du porto ?... Donnez-moi la même chose, garçon...

— Et vous, monsieur le commissaire ?

— Plus rien, merci... Je crois que nous allons manger un morceau ici...

Il n'avait pas envie de retourner déjeuner boulevard Richard-Lenoir. Ils passèrent un peu plus tard du côté de la salle où on servait les repas.

— Elle ne dira rien, grogna Maigret qui avait commandé une choucroute.[11] Même si je la convoque au quai des Orfèvres et si je la questionne pendant des heures, elle se taira...

Il en voulait à Mme Josselin et en même temps il en avait pitié. Elle venait de perdre son mari dans des circonstances dramatiques, toute sa vie en était bouleversée, elle devenait, du jour au lendemain, une femme seule dans un appartement trop grand, et la police ne s'en acharnait pas moins contre elle.[12]

---

[9] **se tiennent**   sont (assis ou debout)
[10] **un fond**   un reste
[11] **une choucroute**   *sauerkraut garnished with different kinds of sausage, ham, boiled potatoes; a standby in a* brasserie
[12] **ne s'en... elle**   ne lui laissait pas un instant de paix

Quel secret était-elle décidée à défendre coûte que coûte ? [13]
Chacun, en somme, a droit à sa vie privée, à ses secrets,
jusqu'au jour où un drame éclate et où la société se met à exiger
des comptes.

— Qu'est-ce que vous comptez faire, patron ?

— Je n'en sais rien... Retrouver cet homme, bien entendu...
Ce n'est pas un voleur... Si c'est lui qui, le soir, est allé assassiner
Josselin, il devait avoir ou se croire des raisons impérieuses...

» La concierge ne sait rien... Depuis six ans qu'elle est dans la
maison, elle n'a jamais remarqué de visiteur plus ou moins
équivoque... Cela remonte peut-être à plus loin dans le passé...

» Je ne sais plus où elle m'a dit que l'ancienne concierge, qui
est sa tante, est allée passer ses vieux jours... Je voudrais que tu
lui poses la question, que tu retrouves cette femme, que tu
l'interroges... »

— Et si elle vit maintenant au diable [14] en province ?

— Cela vaudra peut-être la peine d'y aller ou de demander
à la police de l'endroit [15] de la questionner... A moins que, d'ici
là, quelqu'un se décide à parler.

Lapointe s'en alla de son côté, dans le crachin, [16] la photographie encadrée sous le bras, tandis que Maigret se faisait conduire en taxi boulevard Brune. L'immeuble habité par les
Fabre ressemblait à ce qu'il avait imaginé, une grande construction plate et monotone qui, vieille de quelques années
seulement, était déjà défraîchie.

— Le Dr Fabre ? Au quatrième à droite... Vous verrez une
plaque de cuivre sur la porte... Si c'est pour Mme Fabre, elle
vient juste de sortir.

Pour se rendre chez sa mère, sans doute, et finir avec elle
d'envoyer les faire-part.

Il resta immobile dans l'ascenseur trop étroit, pressa un bouton électrique et la petite bonne qui vint lui ouvrir regarda ma-

---

[13] **coûte que coûte**   *whatever the cost*
[14] **au diable**   *a devil of a distance*
[15] **de l'endroit**   locale
[16] **le crachin**   pluie très fine (*drizzle*)

chinalement à son côté, de haut en bas, comme si elle s'attendait à le voir accompagné d'un enfant.

— Qui est-ce que vous demandez ?

— Le Dr Fabre.

— C'est l'heure de sa consultation.

— Soyez assez gentille pour lui passer ma carte. Je ne le retiendrai pas longtemps.

— Venez par ici...

Elle poussait la porte d'un salon d'attente où il y avait une demi-douzaine de mamans avec des enfants de tous âges et les regards se portèrent sur lui avec ensemble.[17]

Il s'assit, presque intimidé. Il y avait des cubes par terre, des livres d'images sur une table. Une femme berçait un bébé qui devenait presque violet à force de crier[18] et regardait sans cesse la porte du cabinet de consultation. Maigret savait qu'elles se demandaient toutes :

— Est-ce qu'on va le faire passer[19] avant nous ?

Et, à cause de sa présence, elles se taisaient. L'attente dura près de dix minutes et, quand le docteur ouvrit enfin la porte de son cabinet, c'est vers le commissaire qu'il se tourna.

Il portait des verres assez épais qui soulignaient la fatigue de son regard.

— Entrez... Je m'excuse de n'avoir pas beaucoup de temps à vous donner... Ce n'est pas ma femme que vous veniez voir ?... Elle est chez sa mère...

— Je sais...

— Asseyez-vous...

Il y avait un pèse-bébé,[20] une armoire vitrée pleine d'instruments nickelés, une sorte de table rembourrée recouverte d'un drap et d'une toile cirée. Sur le bureau, des papiers étaient en désordre et des livres étaient empilés sur la cheminée et dans un coin à même le plancher.[21]

---

[17] **les regards... ensemble**   *all eyes turned toward him*
[18] **à force de crier**   *from sheer crying*
[19] **le faire passer**   *let him in*
[20] **un pèse-bébé**   *baby scales*
[21] **à même le plancher**   *right on the floor*

— Je vous écoute...

— Je m'excuse de vous déranger en pleine consultation, mais je ne savais pas où vous trouver seul...

Fabre fronçait les sourcils.

— Pourquoi seul ? questionnait-il.

— A vrai dire, je ne sais pas. Je me trouve dans une situation déplaisante et il m'a semblé que vous pourriez peut-être m'aider... Vous fréquentiez régulièrement la maison de vos beaux-parents... Vous connaissez donc leurs amis...

— Ils en avaient très peu...

— Vous est-il arrivé de rencontrer un homme d'une quarantaine d'années, brun, assez beau garçon ? [22]

— De qui s'agit-il ?

Lui aussi, aurait-on dit, se tenait sur la défensive.

— Je n'en sais rien. J'ai des raisons de croire que votre beau-père et votre belle-mère connaissaient tous deux un homme répondant à cette description schématique...

Le docteur, à travers ses verres, fixait un point de l'espace et Maigret lui donnant le temps de la réflexion, s'impatientait enfin.

— Eh bien ? [23]

Comme s'il sortait d'un rêve, Fabre lui demandait :

— Quoi? Que voulez-vous savoir ?

— Le connaissez-vous ?

— Je ne vois pas de qui vous parlez. Le plus souvent, lorsque j'allais chez mes beaux-parents, c'était le soir, et je tenais compagnie à mon beau-père pendant que les femmes allaient au théâtre.

— Vous connaissez quand même leurs amis...

— Quelques-uns... Pas nécessairement tous...

— Je croyais qu'ils recevaient très peu.

— Très peu, en effet...

---

[22] **beau garçon**   *handsome fellow*
[23] **Eh bien**   **Eh**, interjection qui sert à interroger avec **bien, quoi, alors,** etc.

C'était exaspérant. Il regardait partout sauf dans la direction du commissaire et il paraissait subir une pénible épreuve.

— Ma femme voyait beaucoup plus ses parents que moi... Ma belle-mère venait ici presque quotidiennement... C'était à l'heure où j'étais dans mon cabinet ou à l'hôpital...

— Saviez-vous que M. Josselin jouait aux courses ?

— Non. Je pensais qu'il sortait rarement l'après-midi...

— Il jouait au P. M. U....

— Ah !

— Sa femme, paraît-il, ne le savait pas non plus. Donc, il ne lui disait pas tout...

— Pourquoi m'en aurait-il parlé, à moi, qui n'étais que son gendre ?

— Mme Josselin, de son côté, cachait certaines choses à son mari...

Il ne protestait pas. Il semblait se dire, comme chez le dentiste : Encore quelques minutes et ce sera fini...

— Un jour de cette semaine, mardi ou mercredi, elle a rejoint un homme, dans l'après-midi, dans une brasserie du boulevard de Montparnasse...

— Ce n'est pas mon affaire, n'est-ce pas ?

— Vous n'êtes pas surpris ?

— Je suppose qu'elle avait des raisons pour le rencontrer...

— M. Josselin avait rencontré le même homme, dans la même brasserie, le matin, et semblait bien le connaître... Cela ne vous dit rien ?

Le docteur prenait un temps avant de hocher la tête d'un air ennuyé.

— Écoutez-moi bien, monsieur Fabre. Je comprends que votre situation soit délicate. Comme tout homme qui se marie, vous êtes entré dans une famille que vous ne connaissiez pas auparavant et dont vous vous trouvez faire plus ou moins partie désormais.

» Cette famille a ses petits secrets, c'est fatal.* Il est impensable que vous n'en ayez pas découvert quelques-uns. Cela n'a eu aucune importance tant qu'un crime n'était pas commis. Mais votre beau-père a été assassiné et vous avez bien failli être le suspect. »

Il ne protestait pas, ne réagissait d'aucune façon. On aurait pu croire qu'ils étaient séparés par une cloison vitrée que les mots ne franchissaient pas.

— Il ne s'agit pas de ce qu'on appelle un crime crapuleux. Ce n'est pas un cambrioleur surpris[24] qui a tué M. Josselin. Il connaissait la maison aussi bien que vous, ses habitudes, la place de chaque objet. Il savait que votre femme et sa mère étaient au théâtre ce soir-là et que vous alliez sans doute passer la soirée avec votre beau-père.

» Il savait où vous habitez et c'est lui, vraisemblablement, qui a téléphoné ici afin que la domestique vous appelle et vous expédie rue Julie... Vous êtes d'accord ?

— Cela paraît plausible...

— Vous avez dit vous-même que les Josselin recevaient peu et n'avaient pour ainsi dire pas d'intimes...

— Je comprends.

— Vous pourriez me jurer que vous n'avez aucune idée de qui cela pourrait être ?

Les oreilles du docteur étaient devenues rouges et son visage semblait plus fatigué que jamais.

— Je vous demande pardon, monsieur le commissaire, mais il y a des enfants qui attendent...

— Vous refusez de parler ?

— Si j'avais une information précise à vous donner...

— Vous voulez dire que vous avez des soupçons mais qu'ils ne sont pas assez précis ?

— Prenez-le comme vous voudrez... Je vous rappelle que ma belle-mère vient de subir un choc pénible, que c'est une personne très émotive, même si ses émotions ne s'extériorisent pas...

Debout, il se dirigeait vers la porte qui donnait sur le couloir.

— Ne m'en veuillez pas...

---

[24] **surpris** pris sur le fait *caught in the act*

Il ne tendait pas la main, se contentait de prendre congé d'un signe de tête et la petite bonne, surgie Dieu sait d'où, reconduisait le commissaire jusqu'au palier.

Il était furieux, non seulement contre le jeune pédiatre mais contre lui-même, car il avait l'impression qu'il s'y était mal pris. C'était sans doute le seul membre de la famille qui aurait pu parler et Maigret n'en avait rien tiré.

Si ! Une chose : Fabre n'avait même pas tressailli quand Maigret avait évoqué[25] le rendez-vous de sa belle-mère et de l'inconnu dans la brasserie. Cela ne l'avait pas surpris. Cela ne l'avait pas étonné davantage d'apprendre que Josselin avait rencontré le même homme, en cachette, dans la pénombre de la même brasserie.

Il enviait Lucas qui en avait déjà fini avec son tueur polonais et qui était sans doute en train de rédiger tranquillement son rapport.

Maigret suivait le trottoir, guettant les taxis qui avaient tous leur drapeau baissé. Le crachin était devenu une vraie pluie et on revoyait dans les rues la tache luisante des parapluies.

— Si l'homme a rencontré tour à tour[26] René Josselin et sa femme...

Il essayait de raisonner, mais les bases manquaient. L'inconnu n'avait-il pas pris contact aussi avec la fille, avec Mme Fabre ? Et pourquoi pas avec Fabre lui-même ?

Et pourquoi toute la famille le protégeait-elle ?

— Hep !... Taxi !...

Il en trouvait enfin un qui passait à vide, se hâtait d'y monter.

— Continuez...

Il ne savait pas encore où il allait. Son premier mouvement avait été de se faire conduire Quai des Orfèvres, de retrouver son bureau, de s'y enfermer afin d'y grogner tout à son aise.[27] Est-ce que Lapointe, de son côté, n'avait pas découvert du

---

[25] **avait évoqué**   fig., avait mentionné
[26] **tour à tour**   l'un après l'autre
[27] **tout à son aise**   autant qu'il en aurait envie

nouveau ? Il lui semblait, sans en être sûr, que l'ancienne concierge n'était plus à Paris, mais quelque part en Charente[28] ou dans le Centre.[29]

Remarques

1. **La Sorbonne,** d'abord un collège théologique fondé en 1253 par Robert de Sorbon pour une vingtaine d'étudiants, puis siège (*seat*) de l'Université de Paris, comprend maintenant les facultés des lettres et des sciences, les écoles des hautes études (*advanced studies*) et des chartres (*study of ancient documents*), et autres écoles connexes. Elle est aujourd'hui non seulement le plus grand centre d'enseignement supérieur de France ; mais aussi, elle jouit d'une renommée mondiale.

2. **Le Quartier Latin,** où se trouvent plusieurs des grandes écoles de l'Université de Paris, bibliothèques, lycées, etc., doit son nom au fait que, jusqu'en 1789, la langue officielle de l'enseignement était le latin et que c'était dans cette langue que les étudiants venus de divers pays communiquaient entre eux et avec leurs camarades français.

Gallicismes

page 160 **valoir la peine de**   *to be worthwhile, worth*
161 **de haut en bas**   *up and down;* **du haut en bas**   *from top to bottom*
162 **en plein**   *right in the middle.*   **En plein** se trouve dans un nombre d'expressions comme **en pleine mer** (*on the open sea*), **en pleine forêt** (*deep in the forest*), **en plein jour** (*in broad daylight*).
163 **faire partie de**   *to belong to, be a part of*
164 **tant que**   *so long as*
      être d'accord   *to agree*
165 **en avoir fini avec** + n. (**de** + inf.)   *to be through with*

[28] **la Charente**   département dans le sud-ouest
[29] **le Centre**   région montagneuse comprenant plusieurs départements

Exercices

A. être d'accord   jusqu'ici   en avoir fini de
          en plein   avoir de la chance

1. Lapointe rejoint Maigret à la brasserie —————— à l'heure du déjeuner.
2. Je vois que tu —————— et que tu as pu te procurer la photo.
3. Je crois que bientôt nous —————— d'en montrer aux gens.
4. Quand même, —————— le hasard nous a bien servi.
5. Si tu ——————, nous allons déjeuner ici.

B. de haut en bas   du haut en bas   chercher des yeux
          s'attendre à   se décider à

1. Maigret —————— le garçon qui le premier l'a mis sur la piste.
2. Comme il s'y ——————, celui-ci ne reconnaît que Josselin sur la photo.
3. Après quelque hésitation, Maigret —————— aller interroger encore une fois le Dr Fabre.
4. L'immeuble était ce qu'il avait pensé : moderne avec —————— des appartements sans doute tous pareils.
5. Dans le salon d'attente, les mamans examinent Maigret ——————.

C. se contenter de   se taire   de votre côté
          faire partie de   autrement dit

1. Docteur, vous —————— la famille et vous devez connaître les gens qui la fréquentent.
2. Comme Mme Josselin, Fabre —————— faire des réponses évasives.
3. Il semble que votre belle-mère ait décidé de ——————, et vous, ——————, vous manquez de franchise. ——————, vous refusez de m'aider.

D. laisser tomber   aimer mieux   laisser voir
          vouloir bien   valoir la peine de

1. Je —————— vous être utile, mais je ne sais rien d'assez précis, murmure le docteur. (conditionnel prés.)

2. Tant pis, grogne Maigret, en s'efforçant de ne pas ——————— sa colère.

3. Après tout, se dit-il une fois dans la rue, cela ne ——————— me tracasser.

4. N'avez-vous pas l'impression que tous, même peut-être le Dr Larue, ——————— que Maigret ——————— l'enquête ? (conditionnel prés., subjonctif prés.)

QUESTIONNAIRE

1. Le Dr Larue croit-il possible que Mme Josselin eût des rendez-vous clandestins ?
2. Pourquoi se peut-il que Véronique soit déçue dans son mariage ?
3. Ces renseignements avançaient-ils Maigret ?
4. Qu'a-t-il appris de certain jusqu'ici ?
5. Lapointe est-il parvenu à se procurer la photo que voulait Maigret ? Et qu'a-t-il promis au gardien ?
6. Qui le garçon de la brasserie y reconnaît-il ?
7. Chez qui se rend Maigret après déjeuner ?
8. A quel moment y arrive-t-il ?
9. Pourquoi veut-il voir le docteur seul ?
10. Quelle est sa première question ?
11. Quelle impression Fabre donne-t-il ?
12. Comment explique-t-il qu'il ne voit pas de qui il s'agit ?
13. Quand allait-il ordinairement chez ses beaux-parents ?
14. Quand les secrets de famille deviennent-ils importants ?
15. Qu'est-ce que l'assassin connaissait aussi bien que Fabre ?
16. Qu'est-ce qu'il savait le jour du crime ?
17. Qu'est-ce que Maigret demande à Fabre de jurer ?
18. Qu'est-ce qui n'avait pas semblé surprendre Fabre ?
19. Pourquoi Maigret était-il furieux ?
20. Qu'est-ce qu'il enviait à Lucas ?

LEÇON
QUATORZE

Le chauffeur roulait[1] lentement, se tournant de temps en temps, l'air curieux, vers son client.

— Qu'est-ce que je fais au feu[2] rouge ?

— Vous tournez à gauche...

— Si vous voulez...

Et soudain Maigret se penchait.

— Vous m'arrêterez rue Dareau.

— De quel côté de la rue Dareau ? Elle est longue.

— Au coin de la rue du Saint-Gothard...

— Compris...

Maigret épuisait les unes après les autres toutes les possibilités. Il dut tirer son calepin de sa poche pour retrouver le nom de jeune fille de Mme Josselin : de Lancieux... Et il se souvenait que le père était un ancien colonel.

— Pardon, madame... Depuis combien de temps êtes-vous concierge dans cet immeuble ?

---

[1] **roulait**   ici, *drove*
[2] **le feu**   *traffic light*

— Dix-huit ans, mon bon monsieur, ce qui ne me rajeunit pas.

— Vous n'avez pas connu, dans les environs, un ancien colonel et sa fille qui s'appelaient de Lancieux ?

— Jamais entendu parler...

Deux maisons, trois maisons. La première concierge, encore que d'un certain âge, était trop jeune, la seconde ne se souvenait pas et la troisième n'avait pas plus de trente ans.

— Vous ne connaissez pas le numéro ?

— Non. Je sais seulement que c'était près de la rue du Saint-Gothard.

— Vous pourriez demander en face... La concierge a au moins soixante-dix ans... Parlez-lui fort, car elle est un peu sourde...

Il cria presque. Elle secouait la tête.

— Je ne me souviens pas d'un colonel, non, mais je n'ai plus beaucoup de mémoire... Depuis que mon mari a été écrasé par un camion, je ne suis plus la même...

Il allait partir, chercher ailleurs. Elle le rappelait.

— Pourquoi ne demanderiez-vous pas à Mlle Jeanne ?

— Qui est-ce ?

— Il y a au moins quarante ans qu'elle est dans la maison... Elle ne descend plus, à cause de ses jambes... C'est au sixième, tout au fond du couloir... La porte n'est jamais fermée à clef... Frappez et entrez... Vous la trouverez dans son fauteuil près de la fenêtre...

Il la trouva en effet, une petite vieille toute ratatinée[3] mais aux pommettes[4] encore roses et au sourire un peu enfantin.

— Lancieux ?... Un colonel ?... Mais oui, que je m'en souviens... Ils habitaient au second à gauche... Ils avaient une vieille domestique qui n'était pas commode[5] et qui se fâchait[6] avec tous les fournisseurs, à tel point qu'à la fin elle devait aller faire son marché dans un autre quartier...

— Le colonel avait une fille, n'est-ce pas ?

[3] **ratatinée** *shriveled up*
[4] **les pommettes** *cheeks (specifically, cheekbones)*
[5] **qui... commode** qui était d'un caractère difficile
[6] **se fâchait** ici, se querellait

— Une jeune fille brune, qui n'avait pas beaucoup de santé. Son frère non plus, le pauvre, qu'on a dû envoyer à la montagne parce qu'il était tuberculeux.

— Vous êtes certaine qu'elle avait un frère ?

— Comme je vous vois. Et je vous vois très bien, malgré mon âge. Pourquoi ne voulez-vous pas vous asseoir ?

— Vous ne savez pas ce qu'il est devenu ?

— Qui ? Le colonel ? Il s'est tiré une balle dans la tête, même que[7] la maison a été toute sens dessus dessous.[8] C'était la première fois qu'une chose pareille arrivait dans le quartier... Il était malade aussi, un cancer, paraît-il... Mais je ne l'approuve quand même pas de s'être tué...

— Et son fils ?

— Quoi ?

— Qu'est-il devenu ?

— Je ne sais pas... La dernière fois que je l'ai vu, c'était à l'enterrement...

— Il était plus jeune que sa sœur ?

— D'une dizaine d'années...

— Vous n'avez jamais entendu parler de lui ?

— Vous savez, dans un immeuble, les gens, ça va, ça vient[9]... Si je comptais les familles qui, depuis, ont habité leur appartement... C'est au jeune homme que vous vous intéressez ?

— Ce n'est plus un jeune homme...

— S'il a guéri, sûrement pas... Il est probablement marié et il a des enfants à son tour...

Elle ajoutait, les yeux pétillants de malice :[10]

— Moi, je ne me suis jamais mariée et c'est sans doute pour cela que je vivrai jusqu'à cent ans... Vous ne me croyez pas ?... Revenez me voir dans quinze ans... Je vous promets que je serai encore dans ce fauteuil... Qu'est-ce que vous faites, dans la vie ?

Maigret jugea inutile de lui donner peut-être un choc en lui

[7] **même que**   fam.   de sorte que
[8] **sens dessus dessous**   *upset, topsy-turvy*
[9] **ça va, ça vient**   (ça   fam.   ils)   ici, *move in and out*
[10] **pétillants de malice**   *sparkling with humor*

disant qu'il était de la police et se contenta de répondre en cherchant son chapeau :

— Des recherches*...

— En tout cas, on ne peut pas dire que vous ne cherchez pas loin dans le passé... Je parie qu'il n'y a plus personne dans la rue qui se souvienne des Lancieux... C'est pour un héritage, n'est-ce pas ?... Celui qui héritera a de la chance que vous soyez tombé sur moi[11]... Vous pourrez le lui dire... Peut-être qu'il aura l'idée de m'envoyer des douceurs[12]...

Une demi-heure plus tard, Maigret était assis dans le bureau du juge d'instruction Gossard. Il paraissait détendu, un peu sombre. Il faisait son récit[13] d'une voix calme et sourde.[14]

Le magistrat l'écoutait gravement et, quand ce fut terminé, il y eut un assez long silence pendant lequel ils entendaient l'eau couler dans une des gouttières du Palais.

— Quelle est votre intention ?

— De les convoquer tous, ce soir-même,[15] quai des Orfèvres. Ce sera plus facile et surtout moins pénible que rue Notre-Dame-des-Champs.

— Vous croyez qu'ils parleront ?

— Il y en a bien un des trois qui finira par parler...

— Faites à votre idée[16]...

— Je vous remercie.

— J'aime autant[17] ne pas être à votre place... Allez-y doucement quand même... N'oubliez pas que son mari...

— Je ne l'oublie pas, croyez-le. C'est bien à cause de cela que je préfère les voir dans mon bureau...

Un quart des Parisiens étaient encore en vacances sur les plages et à la campagne. D'autres avaient commencé à chasser

---

[11] **que vous... moi**   *that you happened to come across me*
[12] **des douceurs**   *goodies, sweets*
[13] **Il faisait son récit**   *He gave his account*
[14] **sourde**   sans intonation
[15] **ce soir-même**   *this very evening*
[16] **à votre idée**   comme vous voulez
[17] **J'aime autant**   *I am just as glad*

et d'autres encore roulaient sur les routes à la recherche d'un coin pour le week-end.

Maigret, lui, suivait lentement de longs couloirs déserts et descendait vers son bureau.

Chapitre 7

Il était six heures moins cinq. A cause du samedi, toujours, la plupart des bureaux étaient vides et il n'y avait aucune animation dans le vaste couloir où un homme seul, tout au fond, se morfondait[18] devant la porte d'un bureau en se demandant si on ne l'avait pas oublié. Le directeur de la P. J. venait de partir après être venu serrer la main de Maigret.

— Vous tentez le coup[19] ce soir ?

— Le plus vite sera le mieux. Demain, il y aura peut-être de la famille arrivée de province, car ces gens-là ont sans doute de la famille plus ou moins éloignée. Lundi, ce sont les obsèques et je ne peux pas, décemment, choisir ce jour-là...

Il y avait déjà une heure, à ce moment-là, que Maigret, de son bureau, qu'il arpentait[20] de temps en temps, les mains derrière le dos, en fumant pipe sur pipe, préparait ce qu'il espérait être la fin. Il n'aimait pas le mot mise en scène.[21] Il appelait cela mise en place,[22] comme dans les restaurants, et il était toujours anxieux de n'oublier aucun détail.

A cinq heures et demie, toutes ses instructions données, il était descendu boire un grand demi à la brasserie Dauphine. Il pleuvait toujours. L'air était gris. A la vérité, il avait bu deux demis, coup sur coup,[23] comme s'il prévoyait qu'il serait un long moment sans en avoir l'occasion.

De retour dans son bureau, il n'avait plus qu'à attendre. On

[18] **se morfondait**   attendait découragé
[19] **Vous tentez le coup**   *You'll have a go at it*
[20] **arpentait**   *was pacing back and forth*
[21] **mise en scène**   *staging*
[22] **mise en place**   *setting*
[23] **coup sur coup**   l'un sur l'autre

finit par frapper à la porte et ce fut Torrence qui se présenta le premier, l'air excité et important, le teint animé,[24] comme chaque fois qu'on le chargeait d'une mission délicate. Il repoussa soigneusement le battant derrière lui et on aurait pu croire qu'il venait de remporter un énorme succès quand il annonça :

— Elles sont là !

— Dans la salle d'attente ?

— Oui. Elles sont seules. Elles ont paru surprises que vous ne les receviez pas tout de suite, la mère surtout. Je crois que cela la vexe.

— Comment cela s'est-il passé ?[25]

— Quand je suis arrivé chez elles, c'est la femme de ménage qui m'a ouvert la porte. Je lui ai dit qui j'étais et elle a murmuré :

« — Encore !

» La porte du salon était fermée. J'ai dû attendre assez longtemps dans l'entrée et j'entendais des chuchotements sans pouvoir distinguer ce qui se disait.

» Enfin, après un bon quart d'heure, la porte s'est ouverte et j'ai aperçu un prêtre qu'on reconduisait jusqu'au palier. C'était la mère qui le reconduisait.

» Elle m'a regardé comme si elle essayait de me reconnaître, puis elle m'a prié de la suivre. La fille était dans le salon et elle avait les yeux rouges de quelqu'un qui vient de pleurer. »

— Qu'a-t-elle dit en voyant la convocation ?[26]

— Elle l'a relue deux fois. Sa main tremblait un peu. Elle l'a passée à sa fille qui l'a lue à son tour, puis qui a regardé sa mère avec l'air de dire :

« — J'en étais sûre. Je t'avais prévenue...

» Tout cela se passait comme au ralenti[27] et je ne me sentais pas à mon aise.

---

[24] **le teint animé**   *his face flushed*
[25] **Comment... passé ?**   *How did it go?*
[26] **la convocation**   *summons*
[27] **au ralenti**   cinéma, *in slow motion*

» — Il est nécessaire que nous allions là-bas ?

» J'ai répondu que oui. La mère a insisté :

» — Avec vous ?

» — C'est-à-dire que j'ai une voiture en bas. Mais si vous préférez prendre un taxi...

» Elles se sont parlé à mi-voix, ont paru prendre une décision et m'ont demandé d'attendre quelques minutes.

» Je suis resté seul au salon un assez bon bout de temps[28] pendant qu'elles se préparaient. Elles ont appelé une vieille dame qui se trouvait dans la salle à manger et qui les a suivies dans une chambre.

» Quand elles sont revenues, elles avaient leur chapeau sur la tête, un manteau sur le dos, et elles étaient occupées à mettre leurs gants.

» La femme de ménage leur a demandé si elle devait les attendre pour le dîner. Mme Josselin lui a répondu du bout des lèvres qu'elle n'en savait rien...

» Elles se sont installées à l'arrière de la voiture et, pendant tout le temps que nous avons roulé, elles n'ont pas desserré les dents.[29] Je voyais la fille dans le rétroviseur[30] et il m'a semblé que c'était elle la plus inquiète. Qu'est-ce que je fais ? »

— Rien pour le moment. Attendez-moi au bureau.

Ce fut ensuite le tour d'Émile, le garçon de la brasserie, qui avait l'air beaucoup plus âgé en veston et en imperméable.

— Je vais vous demander d'attendre à côté.[31]

— Ce ne sera pas trop long, chef ? Un samedi soir, il y a du travail et les camarades m'en voudront si je leur laisse tout sur le dos[32]...

— Quand je vous appellerai, il n'y en aura que pour quelques instants.

— Et je n'aurai pas besoin de témoigner au tribunal ? * C'est promis ?

---

[28] **un assez... temps**   un assez long moment (V. Rem. 1)
[29] **desserré les dents**   ouvert la bouche
[30] **le rétroviseur**   *rear-view mirror*
[31] **à côté**   c.-à-d. dans la pièce à côté
[32] **tout sur le dos**   c.-à-d. tout le travail

— C'est promis.

Maigret, une heure plus tôt, avait téléphoné au Dr Fabre. Celui-ci l'avait écouté en silence, puis avait prononcé :

— Je ferai mon possible pour y être à six heures. Cela dépendra de ma consultation...

Il arriva à six heures cinq et il dut voir, en passant, sa femme et sa belle-mère dans la salle d'attente vitrée. Maigret était allé jeter un coup d'œil, de loin, sur cette salle aux fauteuils verts où les photographies encadrées des policiers morts en service commandé[33] garnissaient trois murs.

La lumière électrique y brûlait toute la journée. L'atmosphère était morne, déprimante. Il se souvenait de certains suspects qu'on avait laissés là, à se morfondre, pendant des heures, comme si on les avait oubliés, pour venir à bout de[34] leur résistance.

Mme Josselin se tenait très droite sur une chaise, immobile, tandis que sa fille passait son temps à se lever et à se rasseoir.

— Entrez, monsieur Fabre...

Celui-ci, par le fait de cette convocation, s'attendait à un nouveau développement de l'affaire et avait l'air inquiet.

— J'ai fait[35] aussi vite que j'ai pu... dit-il.

Il n'avait pas de chapeau, pas de manteau ni d'imperméable. Il devait avoir laissé sa trousse dans sa voiture.

— Asseyez-vous... Je ne vous retiendrai pas longtemps...

Maigret s'installait à son bureau en face de lui, prenait le temps d'allumer la pipe qu'il venait de bourrer et prononçait d'une voix douce, avec une pointe[36] de reproche :

— Pourquoi ne m'avez-vous pas dit que votre femme a un oncle ?

Fabre devait s'y attendre mais ses oreilles n'en devinrent

---

[33] **en service commandé**   *in the performance of their duty*
[34] **venir à bout de**   ici, *break down*
[35] **J'ai fait**   c.-à-d. Je suis venu
[36] **une pointe**   *trace*

pas moins[37] écarlates comme elles devaient le devenir[38] à la moindre émotion.

— Vous ne me l'avez pas demandé... répondit-il en s'efforçant de soutenir le regard [39] du commissaire.

— Je vous ai demandé de me dire qui fréquentait l'appartement de vos beaux-parents...

— Il ne le fréquentait pas.

— Est-ce que cela signifie que vous ne l'avez jamais vu ?

— Oui.

— Il n'assistait* pas à votre mariage ?

— Non. Je connaissais son existence parce que ma femme m'en a parlé, mais il n'était jamais question de lui, en tout cas en ma présence, rue Notre-Dame-des-Champs.

— Soyez sincère, monsieur Fabre... Lorsque vous avez appris que votre beau-père était mort, qu'il avait été assassiné, lorsque vous avez su qu'on s'était servi de son propre revolver et qu'il s'agissait par conséquent d'un familier des lieux, vous avez tout de suite pensé à lui ?

— Pas tout de suite...

— Qu'est-ce qui vous a fait y penser ?

— L'attitude de ma belle-mère et de ma femme...

— Celle-ci vous en a parlé, ensuite, lorsque vous avez été en tête à tête ?

Il prenait le temps de réfléchir.

— Nous avons été fort peu en tête à tête depuis cet événement.

— Et elle ne vous a rien dit ?

— Elle m'a dit qu'elle avait peur...

— De quoi ?

— Elle n'a pas précisé... Elle pensait surtout à sa mère... Je ne suis qu'un gendre... On a bien voulu m'accepter dans la famille, mais je n'en fais pas tout à fait partie... Mon beau-père s'est

---

[37] **n'en... moins** *nonetheless became*
[38] **devaient le devenir** (V. Rem. 1, page 21)
[39] **de soutenir le regard** *to withstand the gaze*

montré généreux avec moi... Mme Josselin adore mes enfants..
Il n'y en a pas moins des choses qui ne me regardent pas[40]...

— Vous croyez que, depuis votre mariage, l'oncle de votre
femme n'a pas mis les pieds dans l'appartement ?

— Tout ce que je sais, c'est qu'il y a eu une brouille, qu'on
le plaignait, mais qu'on ne pouvait plus le recevoir, pour des
raisons que je n'ai pas cherché à approfondir... Ma femme en
parlait comme d'un malheureux plus à plaindre qu'à blâmer
une sorte de demi-fou...

— C'est tout ce que vous savez ?

— C'est tout. Vous allez questionner Mme Josselin ?

— J'y suis obligé.

— Ne soyez pas trop brutal avec elle. Elle paraît maîtresse
d'elle-même.[41] Certains s'y trompent et la prennent pour une
femme assez dure. Je sais, moi, qu'elle a une sensibilité d'écorchée[42] mais qu'elle est incapable de s'extérioriser. Depuis la
mort de son mari, je m'attends à tout moment à ce que ses nerfs
flanchent[43]...

— Je la traiterai avec toute la douceur possible...

— Je vous remercie... C'est fini ? [44]

— Je vous rends à vos malades...

— Je peux dire un mot à ma femme en sortant ?

— Je préférerais que vous ne lui parliez pas et surtout que
vous ne parliez pas à votre belle-mère...

— Dans ce cas, dites-lui que, si elle ne me trouve pas à la
maison en rentrant, c'est que je serai à l'hôpital... On m'a téléphoné au moment où je partais et il est probable que j'aurai à
opérer...

Au moment où il allait atteindre la porte, il se ravisa, revint
sur ses pas.

— Je m'excuse de vous avoir si mal reçu tout à l'heure...
Pensez à ma situation... On m'a accueilli généreusement dans

---

[40] **qui ne... pas**   qui ne sont pas mon affaire
[41] **maîtresse d'elle-même**   *able to control herself*
[42] **elle... d'écorchée**   *she is highly sensitive (as if her nerves were bared)*
[43] **ce que... flanchent**   *that she will have a nervous breakdown*
[44] **C'est fini**   C'est tout

une famille qui n'est pas la mienne... Cette famille, comme les autres, a ses malheurs... J'ai considéré que ce n'était pas à moi de...

— Je vous comprends, monsieur Fabre...

Un brave homme aussi, bien sûr ! Mieux qu'un brave homme, probablement, à en croire ceux qui le connaissaient et, cette fois, les deux hommes se serrèrent la main.

Remarque

1. **Le bout** (*end, extremity, tip, small piece, bit*) s'emploie au sens concret comme dans **au bout de la rue, le bout des doigts, un bout de ficelle** (*string*); ou au sens abstrait comme dans **au bout d'un moment, à bout de patience, jusqu'au bout** (*to the very* [*bitter*] *end*), **un bon bout de temps.** Ce mot se trouve aussi dans un nombre d'expressions telles que **être à bout** (*to be exhausted*), **venir à bout de** (*to break down* [*opposition*], *succeed in, manage*), etc. **Parler du bout des lèvres,** c.-à-d. avec seulement le milieu des lèvres, donc avec raideur (*stiffness*) ou ennui (*annoyance*).

Gallicismes

page 170 **se fâcher avec** *to quarrel, fall out, with* (**se fâcher,** employé absolument : *to get angry*)
    178 **regarder** *to concern, be the business of*
    se tromper à *to be deceived by*

Exercices

A.   **s'agir de**   **à tout hasard**   **s'adresser à**
                  entendre parler de   **il y a**

1. Les premières concierges à qui Maigret —————— n'ont jamais —————— un ancien colonel.

2. La dernière semble savoir de qui il _____.

3. _____, allez donc (*do go*) voir Mlle Jeanne, lui conseille-t-elle, _____ des années qu'elle demeure ici.

B.   se trouver   s'intéresser à   au bout de
                se douter   se fâcher avec

1. En montant l'escalier Maigret ne _____ qu'il va arriver _____ son enquête.

2. Il _____ que Mlle Jeanne se souvient bien de la famille.

3. Le colonel dont le caractère s'était aigri avait fini par _____ presque tous ses amis.

4. Est-ce au fils ou à la fille que vous _____ ?

C.   valoir mieux   par hasard   s'y prendre
                se décider à   entendre dire que

1. Ah, il avait un fils ! Savez-vous _____ ce qu'il est devenu ?

2. J'ai seulement _____ il est allé vivre chez sa sœur après la mort du colonel.

3. Maintenant, se dit Maigret, il n'y a aucun doute qu'ils _____ parler si je sais _____.

4. Il _____ que je les convoque aujourd'hui-même.

D.   en vouloir   en finir   en avoir pour
                regarder   avoir beau

1. Dites à Émile que je le recevrai dès que j'_____ avec le Dr Fabre. Je n'_____ longtemps. (futur antérieur, futur)

2. Vous _____ me questionner, dit Fabre, c'est tout ce que je sais.

3. J'espère que vous ne m'_____ pas de ne pas vous avoir dit mes soupçons. Vous comprenez que les affaires de la famille ne me _____.

QUESTIONNAIRE

1. De quel côté Maigret dirige-t-il maintenant son enquête ?
2. Savait-il exactement où s'adresser et quel était le seul renseignement qu'il possédait ?
3. Quelle révélation importante lui fait Mlle Jeanne ?
4. Sait-elle ce qu'il est devenu ?
5. Qu'est-ce que Maigret décide de faire le soir-même ?
6. Pourquoi ne veut-il pas attendre au lendemain ou à lundi ?
7. De quoi est-il à peu près certain ?
8. Qui a-t-il convoqué outre les membres de la famille ?
9. Qu'est-ce que Lapointe vient lui annoncer ?
10. Avec quel air Mme Fabre a-t-elle regardé sa mère après avoir lu la convocation ?
11. Pourquoi Émile espère-t-il que ce ne sera pas long ?
12. Que craint-il et qu'est-ce que Maigret lui promet ?
13. Pourquoi le Dr Fabre avait-il l'air inquiet ?
14. Qu'est-ce que Maigret lui reproche ?
15. Que répond-il ?
16. Avait-il jamais rencontré l'oncle de sa femme ?
17. Que savait-il à son sujet ?
18. L'avait-il soupçonné tout de suite ? Qui est-ce qui lui y a fait penser ?
19. Qu'est-ce qui a éveillé ses soupçons ?
20. De quoi s'est-il excusé en quittant Maigret et pour quelles raisons ?

LEÇON
QUINZE

Maigret alla ouvrir le bureau des inspecteurs, fit entrer Émile
chez lui.

— Qu'est-ce que je dois faire ?

— Rien. Restez là, près de la fenêtre. Je vous poserai sans
doute une question et vous me répondrez...

— Même si ce n'est pas la réponse que vous attendez ?

— Vous direz la vérité...

Maigret alla chercher Mme Josselin, qui se leva en même
temps que sa fille.

— Si vous voulez me suivre... Vous seulement... Je m'occuperai de Mme Fabre tout à l'heure...

Elle portait une robe noire légèrement chinée de gris,[1] un
chapeau noir orné de quelques petites plumes blanches, et un
manteau de poil de chameau léger.

Maigret la fit passer devant lui et elle vit tout de suite
l'homme debout près de la fenêtre et tortillant[2] son chapeau

---

[1] **chinée de gris**   *mottled with gray*
[2] **tortillant**   *twisting*

avec embarras. Elle parut surprise, se tourna vers le commissaire et, comme personne ne parlait, elle finit par demander :

— Qui est-ce ?

— Vous ne le reconnaissez pas ?

Elle l'observa plus attentivement, hocha la tête.

— Non...

— Et vous, Émile, vous reconnaissez cette dame ?

D'une voix enrouée par[3] l'émotion, le garçon de café répondait :

— Oui, monsieur le commissaire. C'est bien elle.

— C'est la personne qui est venue rejoindre, à la brasserie Franco-Italienne, au début de la semaine, dans le courant de l'après-midi, un homme d'une quarantaine d'années ? Vous en êtes certain ?

— Elle portait la même robe et le même chapeau... Je vous en ai parlé ce matin...

— Je vous remercie. Vous pouvez aller.

Émile lançait à Mme Josselin un regard par lequel il semblait s'excuser de ce qu'il venait de faire.

— Vous n'aurez plus besoin de moi ?

— Je ne le pense pas.

Ils restaient seuls en tête à tête[4] et Maigret désignait un fauteuil en face de son bureau, passait derrière celui-ci, ne s'asseyait pas encore.

— Vous savez où est votre frère ? demanda-t-il d'une voix feutrée.

Elle le regardait en face,[5] de ses yeux à la fois sombres et brillants, comme elle le faisait rue Notre-Dame-des-Champs, mais elle était moins tendue et on sentait même chez elle un certain soulagement. Cela se marqua davantage[6] quand elle se décida à s'asseoir. Ce fut un peu comme si elle acceptait enfin

---

[3] **enrouée par**   *husky from*
[4] **en tête à tête**   ici, *face to face*
[5] **en face**   *straight in the face*
[6] **se marqua davantage**   *was more noticeable*

d'abandonner une certaine attitude qu'elle s'était efforcée de conserver à contrecœur.[7]

— Qu'est-ce que mon gendre vous a dit ? questionna-t-elle, répondant à une question par une autre question.

— Peu de chose[8]... Il m'a seulement confirmé que vous avez un frère, ce que je savais déjà...

— Par qui ?

— Par une très vieille demoiselle, presque nonagénaire, qui habite encore, rue Dareau, l'immeuble où vous avez vécu jadis avec votre père et votre frère...

— Cela devait arriver[9]... dit-elle du bout des lèvres.

Il revint à la charge.[10]

— Vous savez où il est ?

Elle secoua la tête.

— Non. Et je vous jure que je vous dis la vérité. Jusqu'à mercredi, j'étais même persuadée qu'il se trouvait loin de Paris...

— Il ne vous écrivait jamais ?

— Pas depuis qu'il ne mettait plus les pieds chez nous...

— Vous avez tout de suite su que c'était lui qui avait tué votre mari ?

— Je n'en suis pas encore sûre maintenant... Je refuse de le croire... Je sais que tout est contre lui...

— Pourquoi avez-vous essayé, en vous taisant, et en forçant votre fille à se taire, de le sauver coûte que coûte ?...

— D'abord, parce que c'est mon frère et parce que c'est un malheureux... Ensuite, parce que je me considère un peu comme responsable...

Elle tirait un mouchoir de son sac, mais ce n'était pas pour s'essuyer les yeux, qui restaient secs et toujours aussi brillants d'une fièvre intérieure. Machinalement, ses doigts maigres le roulaient en boule tandis qu'elle parlait ou qu'elle attendait les questions du commissaire.

---

[7] **à contrecœur** *reluctantly*
[8] **Peu de chose** Pas grand-chose
[9] **Cela devait arriver** *It was bound to happen*
[10] **Il revint à la charge** *He attacked again*

— Maintenant, je suis prête à tout vous dire...

— Comment s'appelle votre frère ?

— Philippe... Philippe de Lancieux... Il a huit ans de moins que moi...

— Si je ne me trompe, il a passé une partie de son adolescence dans un sanatorium de montagne ?

— Pas de son adolescence... Il n'avait que cinq ans quand on s'est aperçu qu'il était atteint de tuberculose... Les médecins l'ont envoyé en Haute-Savoie[11] où il est resté jusqu'à l'âge de douze ans...

— Votre mère était déjà morte ?

— Elle est morte quelques jours après sa naissance... Et cela explique bien des choses... Je suppose que tout ce que je vais vous dire s'étalera demain dans les journaux...

— Je vous promets qu'il n'en sera rien.[12] Qu'est-ce que la mort de votre mère explique ?

— L'attitude de mon père vis-à-vis de Philippe et même son attitude tout court[13] pendant la seconde partie de sa vie... Du jour où ma mère est morte, c'est devenu un homme différent et je suis sûre qu'il en a toujours voulu à Philippe, malgré lui, en le rendant responsable de la mort de sa femme...

» En outre, il s'est mis à boire... C'est vers cette époque qu'il a donné sa démission[14] de l'armée, bien qu'il n'eût à peu près aucune fortune, de sorte que nous avons vécu très petitement[15]... »

— Pendant que votre frère était à la montagne, vous êtes restée seule rue Dareau avec votre père ?

— Une vieille bonne, qui est morte à présent, a vécu avec nous jusqu'au bout...

— Et au retour de Philippe ?

— Mon père l'a placé dans un établissement religieux d'édu-

---

[11] **la Haute-Savoie**   département situé dans les Alpes françaises
[12] **il n'en sera rien**   *there will be nothing of the kind*
[13] **son attitude tout court**   simplement son attitude
[14] **donné sa démission**   *resigned*
[15] **très petitement**   *in a very small way*

cation à Montmorency[16] et nous ne voyions guère mon frère que pendant les vacances... A quatorze ans, il s'est enfui et, deux jours plus tard, on l'a retrouvé au Havre, où il était arrivé en faisant de l'auto-stop[17]...

» Il disait aux gens qu'il devait gagner Le Havre au plus vite[18] parce que sa mère était mourante... Il avait déjà pris l'habitude de raconter des histoires... Il inventait n'importe quoi et les gens le croyaient, parce qu'il finissait par y croire lui-même...

» Comme le collège de Montmorency ne voulait plus de lui, mon père l'a fait entrer dans un autre établissement, près de Versailles...

» Il y était encore quand j'ai rencontré René Josselin... J'avais vingt-deux ans... »

Le mouchoir avait maintenant la forme d'une corde qu'elle tiraillait de ses deux mains crispées et Maigret, sans s'en rendre compte, avait laissé éteindre sa pipe.

— C'est alors que j'ai commis une faute et je m'en suis toujours voulu... Je n'ai pensé qu'à moi...

— Vous avez hésité à vous marier ?

Elle le regardait, hésitante, cherchant ses mots.

— C'est la première fois que je suis obligée de parler de ces choses-là, que j'ai toujours gardées pour moi... La vie, avec mon père, était devenue d'autant plus pénible que, à notre insu, il était déjà malade... Je me rendais pourtant compte qu'il ne vivrait pas vieux, que Philippe, un jour ou l'autre, aurait besoin de moi... Voyez-vous, je n'aurais pas dû me marier... Je l'ai dit à René...

— Vous travailliez ?

— Mon père ne le permettait pas, car il considérait que la place d'une jeune fille n'est pas dans un bureau... J'envisageais cependant de le faire, de vivre plus tard avec mon frère... René

---

[16] **Montmorency**   ville à une vingtaine de kilomètres de **Paris**
[17] **l'auto-stop**   *hitch-hiking*
[18] **au plus vite**   aussi vite que possible

a insisté... Il avait trente-cinq ans... C'était un homme dans la force de l'âge[19] et j'avais toute confiance en lui...

» Il m'a dit que, quoi qu'il arrive, il s'occuperait de Philippe, qu'il le considérerait comme son propre fils, et j'ai fini par céder...

» Je n'aurais pas dû... C'était la solution facile... Du jour au lendemain, j'échappais à l'atmosphère oppressante de la maison et je me débarrassais de mes responsabilités...

» J'avais un pressentiment... »

— Vous aimiez votre mari ?

Elle le regarda bien[20] dans les yeux et dit avec une sorte de défi dans la voix :

— Oui, monsieur le commissaire... Et je l'ai aimé jusqu'au bout... C'était l'homme...

Pour la première fois, sa voix se cassait un peu et elle détourna un moment la tête.

— Je n'en ai pas moins pensé toute ma vie que j'aurais dû me sacrifier... Quand, deux mois après notre mariage, le médecin m'a annoncé que mon père était atteint d'un cancer inguérissable, j'ai considéré ça comme une punition...

— Vous l'avez dit à votre mari ?

— Non. Tout ce que je vous dis aujourd'hui, j'en parle pour la première fois, parce que c'est la seule façon, si mon frère a vraiment fait ce que vous croyez, de plaider sa cause... Au besoin, je le répéterai à la barre[21]... Contrairement à ce que vous pourriez penser, je me moque de[22] l'opinion des gens...

Elle s'était animée et ses mains étaient de plus en plus agitées. Elle ouvrait à nouveau son sac, en tirait une petite boîte de métal.

— Vous n'auriez pas un verre d'eau ?... Il vaut mieux que je prenne un médicament que le Dr Larue m'a ordonné...

---

[19] **dans... l'âge**   *in his prime*
[20] **bien**   droit
[21] **à la barre**   sous-entendu, **des témoins**   *witness stand*
[22] **je me moque de**   ici, *I care nothing about*

Maigret alla ouvrir le placard dans lequel il y avait une fontaine, un verre et même une bouteille de cognac qui n'était pas toujours inutile.

— Je vous remercie... Je m'efforce de rester calme... On a toujours cru que j'étais très maîtresse de moi-même, sans soupçonner le prix que je paie cette apparence... Qu'est-ce que je vous disais ?

— Vous parliez de votre mariage... Votre frère était alors à Versailles... Votre père...

— Oui... Mon frère n'est resté qu'un an à Versailles,[23] d'où il a été mis à la porte[24]...

— Il avait fait une nouvelle fugue ?[25]

— Non, mais il était indiscipliné et ses maîtres ne pouvaient rien en tirer[26]... Voyez-vous, je n'ai jamais vécu assez longtemps avec lui pour bien le connaître... Je suis sûre qu'il n'est pas méchant au fond... C'est son imagination qui lui joue de mauvais tours...

» Peut-être cela vient-il de son enfance* passée en sanatorium, la plupart du temps couché, comme isolé du monde ?...

» Je me souviens d'une réponse qu'il m'a faite, un jour que je le trouvai étendu sur le plancher, dans le grenier, alors qu'on le cherchait partout.

» — Qu'est-ce que tu fais, Philippe ?

« — Je me raconte des histoires... »

» Malheureusement, il les racontait aux autres aussi. J'ai proposé à mon père de le prendre chez nous. René était d'accord. C'est même lui qui en a parlé le premier. Mon père n'a pas voulu et l'a confié à une autre pension, à Paris, cette fois...

» Philippe venait nous voir chaque semaine rue Notre-Dame-des-Champs, où nous habitions déjà... Mon mari le considérait vraiment comme son fils... Pourtant, Véronique était née... »

Une rue calme et harmonieuse, un appartement douillet,[27]

---

[23] **à Versailles**   c.-à-d. l'établissement à Versailles
[24] **mis à la porte**   *thrown out*
[25] **une fugue**   une escapade
[26] **ne... tirer**   *could not get anything out of him*
[27] **douillet**   *cozy*

entouré de couvents, à deux pas des ombrages du Luxembourg.
De braves gens. Une industrie prospère. Une famille heureuse...

— Il est arrivé à mon père ce que vous savez...

— Où cela s'est-il passé ?

— Rue Dareau. Dans son fauteuil. Il s'était mis en uniforme
et avait placé le portrait de ma mère et le mien en face de lui.
Pas celui de Philippe...

— Qu'est devenu celui-ci ?

— Il a continué ses études, tant bien que mal.[28] Nous l'avons
gardé deux ans à la maison. Il était évident qu'il ne passerait
jamais son baccalauréat[29] et René avait l'intention de le prendre
dans son affaire...

— Quels étaient les rapports entre votre frère et votre mari ?

— René avait une patience infinie... Il me cachait autant que
possible les frasques de Philippe et celui-ci en profitait... Il ne
supportait aucune contrainte, aucune discipline... Souvent nous
ne le voyions pas aux repas et il rentrait se coucher à n'importe
quelle heure,[30] toujours avec une belle histoire[31] à nous raconter...

» La guerre a éclaté... Philippe a été renvoyé d'une dernière
école et nous étions, mon mari et moi, sans nous le dire, de plus
en plus inquiets à son sujet...

» Je crois que René, lui aussi, avait comme des remords...
Peut-être que si j'étais restée rue Dareau... »

— Ce n'est pas mon avis, fit gravement Maigret. Dites-vous
bien que votre mariage n'a rien changé au cours des choses...

— Vous croyez ?

— Dans ma carrière, j'en ai vu des douzaines, dans le cas de
votre frère, qui n'avaient pas les mêmes excuses que lui.

Elle ne demandait qu'à le croire[32] mais ne s'y décidait pas
encore.

— Qu'est-il arrivé pendant la guerre ?

[28] **tant bien que mal**   *after a fashion*
[29] **le baccalauréat**   (V. Rem. 1)
[30] **à n'importe quelle heure**   *at all hours*
[31] **une belle histoire**   *tall story*
[32] **Elle... croire**   *She asked for nothing better than to believe him*

— Philippe a tenu à s'engager[33]... Il venait d'avoir dix-huit ans et il a tellement insisté que nous avons fini par céder...

» En mai 1940, il a été fait prisonnier dans les Ardennes[34] et nous sommes restés longtemps sans nouvelles de lui...

» Il a passé toute la guerre en Allemagne, d'abord dans un camp, ensuite dans une ferme, du côté de Munich...

» Nous espérions, à son retour, trouver un homme différent... »

— Il était resté le même ?

— Physiquement, c'était un homme, en effet, et je l'ai à peine reconnu. La vie au grand air[35] lui avait fait du bien et il était devenu solide, vigoureux. Dès ses premiers récits, nous avons compris que, dans le fond, c'était toujours le garçon qui faisait des fugues et se racontait des histoires...

» A l'entendre, il lui était arrivé les aventures les plus extraordinaires. Il s'était échappé trois ou quatre fois, dans des circonstances rocambolesques[36]...

» Il avait vécu, ce qui est possible, comme mari et femme avec la fermière chez qui il travaillait et il prétendait qu'il en avait deux enfants... Elle en avait un autre de son mari...

» Celui-ci, selon Philippe, avait été tué sur le front russe... Mon frère parlait de retourner là-bas, d'épouser la fermière, de rester désormais en Allemagne...

» Puis, un mois plus tard, il avait d'autres projets... L'Amérique le tentait et il prétendait qu'il avait fait la connaissance d'agents des services secrets qui ne demandaient qu'à l'accueillir... »

— Il ne travaillait pas ?

— Mon mari, comme il l'avait promis, lui avait fait une place rue du Saint-Gothard...

— Il vivait chez vous ?

— Il n'est resté chez nous que trois semaines avant de s'instal-

---

[33] **s'engager** *enlist*
[34] **les Ardennes** (V. Rem. 2)
[35] **au grand air** en plein air
[36] **rocambolesques** extraordinaires (V. Rem. 3)

ler,[37] près de Saint-Germain-des-Prés, avec une serveuse de restaurant... Il parlait à nouveau de se marier. Chaque fois qu'il avait une nouvelle aventure, il faisait des projets de mariage...

Remarques

1. **le baccalauréat** Premier grade (*degree*) que l'on prend, à la fin des études secondaires, dans une des facultés de l'Université. Le baccalauréat correspond à peu près au niveau (*level*) de *junior* d'un collège américain.

   Les épreuves (*examinations*) du baccalauréat sont écrites (celles-ci sont éliminatoires) et orales. Elles sont conduites par une commission (*board*) d'examinateurs, et non pas comme en Amérique par les professeurs sous lesquels on a étudié. Les épreuves sont uniformes pour toute la France. Les candidats au baccalauréat doivent être âgés d'au moins seize ans.

2. **les Ardennes** Département du nord-est de la France touchant à la Belgique. Elles ont été de tous temps une des routes des invasions venant de l'est. De violents combats y ont eu lieu au cours de nombreuses guerres, y compris la Deuxième Guerre mondiale.

3. **rocambolesque** Rocambole, personnage dans les œuvres (*works*) d'un romancier (*novelist*) français du dix-neuvième siècle, Ponson du Terail. Il attribue à Rocambole des aventures extraordinaires et parfois invraisemblables (*incredible*).

Gallicismes

page 185 **vis-à-vis de** = à l'égard de, envers *toward, with*
     189 **un avis** *opinion;* **à mon avis** *in my opinion;* **changer d'avis** *to change one's mind*

[37] **s'installer** ici, *take up quarters*

Exercices

A.　　　　**d'autant plus**　　　**de... côté**　　　**coûte que coûte**
　　　　　　　　　tout à fait　　　**faire attention à**

1. Émile, vous êtes ————————— sûr que c'est cette dame qui est venue à la brasserie il y a quelques jours ?
2. J'en suis ————————— sûr qu'elle portait la même robe et le même chapeau.
3. Et vous, Madame, ————————— reconnaissez-vous cet homme ?
4. Non, je n'avais pas ————————— qui nous servait.
5. Maintenant que je sais que vous avez un frère, il faut que ————————— vous me disiez la vérité sur lui.

B.　　　　**faire peur**　　　**de bonne heure**　　　**assister à**
　　　　　　　　vis-à-vis de　　　**il se peut que**

1. Mon père avait été d'une sévérité excessive ————————— Philippe et j'————————— des scènes qui quelquefois me —————————.

2. ————————— ce soit à cause de cela qu'il a pris ————————— l'habitude de raconter des histoires.

C.　　　　**à... avis**　　　**être d'accord**　　　**avoir besoin de**
　　　　　　　　prétendre　　　**s'occuper de**

1. Mon mari et moi ————————— pour le prendre chez nous où j'aurais pu ————————— lui. Mais mon père ————————— que la vie de pension lui faisait du bien.
2. —————————, c'était surtout d'affection dont Philippe —————————.

D.　　　　**profiter de**　　　**s'y tromper**　　　**faire mine de**
　　　　　　　　tarder à　　　**faire confiance**

1. Quand il est rentré après a guerre nous n'————————— nous apercevoir que pas plus qu'autrefois on ne pouvait lui —————————.

2. Il continuait à raconter de belles histoires aux gens et à ————————— leur crédulité.

3. De temps en temps il _____ se repentir mais nous avons bientôt cesser de _____.

QUESTIONNAIRE

1. Mme Josselin reconnaît-elle Émile ?
2. Celui-ci, de son côté, la reconnaît-il formellement ?
3. Quelle est la première question que Maigret pose à Mme Josselin ?
4. Comment répond-elle à cette question ?
5. Sait-elle où est son frère ?
6. De quoi était-elle persuadée avant de le revoir le jour du crime ?
7. Pourquoi a-t-elle jusqu'ici gardé le silence à son sujet ?
8. Pourquoi croit-elle que son père en voulait à Philippe ?
9. Qu'est-ce que celui-ci a fait à l'âge de quatorze ans ?
10. Qu'est-ce qu'il racontait aux gens afin de se faire conduire au Havre ?
11. Qu'est-ce que Mme Josselin avait envisagé de faire au lieu de se marier ?
12. Qu'est-ce qui lui a fait changer d'avis ?
13. Qu'est-ce que René Josselin avait proposé lorsque Philippe avait été mis à la porte de l'école de Versailles ?
14. Qu'est-ce que Philippe a fait au début de la guerre ?
15. Où avait-il passé la plus grande partie de sa captivité ?
16. D'après lui, qu'avait-il fait trois ou quatre fois ?
17. Avec qui avait-il vécu en Allemagne et qu'est-ce qu'il prétendait ?
18. Qu'est-ce qu'il disait qu'il comptait faire ?
19. Quels autres projets avait-il ?
20. Qu'est-ce qu'il a fait après être resté trois semaines chez les Josselin ?

LEÇON
SEIZE

« Tu comprends, elle attend un enfant et, si je ne l'épousais
pas, je serais un salaud[1]... »

— Je ne compte plus les enfants qu'il prétend avoir eus un
peu partout...

— C'était faux ?

— Mon mari a essayé de vérifier. Il n'a jamais obtenu de
preuves convaincantes. Chaque fois, c'était un moyen de lui
soutirer[2] de l'argent.

» Et j'ai découvert bientôt qu'il jouait sur les deux tableaux.[3]
Il venait me faire ses confidences, me suppliait de l'aider.
Chaque fois, il avait besoin d'une certaine somme pour se
tirer d'affaire, après quoi tout irait bien. »

— Vous lui donniez ce qu'il vous demandait ?

— Je cédais presque toujours. Il savait que je ne disposais
pas de beaucoup d'argent. Mon mari ne me refusait rien. Il

---

[1] **un salaud**   *dirty scoundrel, skunk*
[2] **soutirer**   *wheedle*
[3] **jouer sur les deux tableaux**   *play both ends against the middle*

me remettait ce dont j'avais besoin pour la maison et ne me réclamait pas de comptes. Je n'aurais pas pu, néanmoins, sans lui en parler, distraire[4] de trop fortes sommes...

» Alors, Philippe, astucieux, allait trouver René en cachette... Il lui racontait la même histoire, ou une autre, en le suppliant de ne pas m'en parler... »

— Comment votre frère a-t-il quitté la rue du Saint-Gothard ?

— On a découvert des indélicatesses[5]... C'était d'autant plus grave qu'il allait trouver de gros clients pour leur demander de l'argent au nom de mon mari...

— Celui-ci s'est enfin fâché ?

— Il a eu un long tête-à-tête avec lui. Au lieu de lui remettre une certaine somme pour s'en débarrasser, il lui a fait verser par sa banque une mensualité[6] suffisante pour lui permettre de vivre... Je suppose que vous devinez la suite ?

— Il est revenu à la charge[7]...

— Et, chaque fois, nous avons pardonné. Chaque fois, il donnait vraiment l'impression qu'il allait se refaire une vie[8]... Nous lui ouvrions à nouveau notre porte... Puis il disparaissait après avoir commis une nouvelle indélicatesse...

» Il a vécu à Bordeaux... Il jure qu'il s'y est marié, qu'il y a un enfant, une fille, mais, si c'est vrai, et nous n'avons jamais eu la preuve, sinon un portrait de femme qui pourrait être le portrait de n'importe qui, si c'est vrai, dis-je, il a abandonné bientôt sa femme et sa fille pour aller s'installer à Bruxelles...

» Là, il a été menacé, toujours selon lui, d'être jeté en prison, et mon mari lui a envoyé des fonds...

» Je ne sais pas si vous comprenez... C'est difficile, sans le connaître... Il paraissait toujours sincère et je me demande s'il ne l'était pas... Il n'a pas un mauvais fond[9]... »

— Il n'en a pas moins tué votre mari.

---

[4] **distraire**   divertir
[5] **des indélicatesses**   *irregularities*
[6] **une mensualité**   *monthly allowance*
[7] **Il est... charge**   ici, *He made new attempts*
[8] **se refaire une vie**   *start a new life, turn over a new leaf*
[9] **un mauvais fond**   une mauvaise nature

— Tant que je n'en aurai pas la preuve et qu'il ne l'avouera pas, je refuserai de le croire... Et je garderai toujours un doute... Je me demanderai toujours si ce n'est pas ma faute...

— Depuis quand n'était-il pas venu rue Notre-Dame-des Champs ?

— Vous voulez dire la maison ?

— Je ne comprends pas la distinction.

— Parce que, dans la maison, il y a au moins sept ans qu'il n'y a pas mis les pieds... C'était après Bruxelles, avant Marseille quand Véronique n'était pas encore mariée... Jusqu'alors, il avait toujours porté beau,[10] car il était très élégant, soigneu de sa personne[11]... Nous l'avons vu revenir avec presque l'ai d'un clochard[12] et il était évident que, les derniers temps, il n'avait pas mangé à sa faim...

» Jamais il ne s'est montré aussi humble, aussi repentant Nous l'avons gardé quelques jours chez nous et, comme il prétendait avoir un emploi qui l'attendait au Gabon,[13] mon mari l'a encore une fois remis en selle...

» On n'a plus entendu parler de lui pendant près de deux ans... Puis, un matin que j'allais faire mon marché, je l'ai trouvé qui m'attendait sur le trottoir, au coin de la rue...

» Je ne vous raconterai pas ses nouvelles inventions... Je lui ai donné quelques billets...

» Cela s'est reproduit plusieurs fois au cours des dernières années... Il me jurait qu'il n'avait pris aucun contact avec René qu'il ne lui demanderait jamais plus rien... »

— Et, le même jour, il s'arrangeait pour le voir ?

— Oui. Comme je vous le disais, il continuait à jouer sur les deux tableaux. J'en ai la preuve depuis hier.

— Comment ?

— J'avais un pressentiment... Je me doutais qu'un jour vous

[10] **il avait... beau** *he had always been smartly dressed*
[11] **soigneux de sa personne** *well groomed*
[12] **un clochard** *bum*
[13] **le Gabon** ancienne colonie de l'Afrique équatoriale française

apprendriez l'existence de Philippe et que vous me poseriez des questions précises...

— Vous espériez que ce serait le plus tard possible, afin de lui laisser le temps de gagner l'étranger ? [14]

— Vous n'auriez pas agi comme moi ?... Vous croyez que votre femme, par exemple, n'aurait pas fait la même chose ?

— Il a tué votre mari.

— Supposons même que ce soit prouvé, il n'en reste pas moins mon frère et ce n'est pas de le mettre en prison jusqu'à la fin de ses jours qui ressuscitera René... Moi, je connais Philippe... Mais, si je dois raconter un jour aux jurés ce que je viens de vous dire, ils ne me croiront pas... C'est un malheureux plutôt qu'un criminel.

 A quoi bon discuter avec elle ? Et c'était vrai, en quelque sorte, que Philippe de Lancieux était marqué par le destin.

— Je vous disais que j'ai examiné les papiers de mon mari, en particulier ses talons de chèques,[15] dont il y a deux pleins tiroirs, soigneusement classés, car il était méticuleux...

» C'est ainsi que j'ai appris que, chaque fois que Philippe était venu me voir, il était allé voir aussi mon mari, rue du Saint-Gothard, d'abord, puis, plus tard, je ne sais où... Sans doute l'attendait-il dans la rue, comme il m'attendait... »

— Votre mari ne vous en a jamais parlé...

— Il craignait de me faire de la peine. Et moi, de mon côté. Si nous avions été plus francs l'un vis-à-vis de l'autre, rien ne serait peut-être arrivé... J'y ai beaucoup réfléchi... Mercredi, un peu avant midi, alors que René n'était pas encore rentré, j'ai reçu un coup de téléphone et j'ai tout de suite reconnu la voix de Philippe...

Celui-ci n'appelait-il pas de la brasserie Franco-Italienne, où Josselin venait à peine de le quitter ? C'était probable. Le point était vérifiable. La caissière se souviendrait peut-être de lui avoir remis un jeton.

[14] **l'étranger**   c.-à-d. un pays étranger
[15] **les talons de chèques**   *check stubs*

— Il me disait qu'il avait absolument besoin de me voir, que c'était une question de vie ou de mort et qu'ensuite nous n'entendrions plus jamais parler de lui... Il m'a donné rendez-vous où vous savez. J'y suis allée en me rendant chez le coiffeur...

— Un instant. Vous avez dit à votre frère que vous alliez chez le coiffeur ?

— Oui... Je voulais lui expliquer pourquoi j'étais si pressée...

— Et vous avez parlé de théâtre ?

— Attendez... J'en suis à peu près sûre... J'ai dû lui dire :

« — Je dois passer chez le coiffeur parce que je vais ce soir au théâtre avec Véronique...

» Il paraissait encore plus anxieux que les autres fois... Il m'avouait qu'il avait fait une grosse bêtise,[16] sans me dire laquelle, mais il me laissait entendre[17] qu'il pourrait être arrêté par la police... Il avait besoin d'une forte somme pour s'embarquer pour l'Amérique du Sud... J'avais pris dans mon sac tout l'argent dont je disposais et je le lui ai remis...

» Je ne comprends pas pourquoi, le soir, il serait venu chez nous pour tuer mon mari... »

— Il savait que le revolver était dans le tiroir ?

— Il s'y trouve depuis au moins quinze ans, sans doute plus, et, à cette époque, il est arrivé à Philippe, je vous l'ai dit, de vivre avec nous...

— Il connaissait aussi, bien entendu, la place de la clef dans la cuisine.

— Il n'a pas pris d'argent... Or, il y en avait dans le porte-feuille de mon mari et on n'y a pas touché. Il y avait de l'argent aussi dans le secrétaire, des bijoux dans ma chambre.

— Votre mari a signé un chèque au bénéfice de[18] Philippe le jour de sa mort ?

— Non.

Il y eut un silence pendant lequel ils se regardèrent.

— Je pense, soupira Maigret, que c'est là l'explication.

---

[16] **une grosse bêtise**   *very foolish thing*
[17] **entendre**   comprendre
[18] **au bénéfice de**   *payable to*

— Mon mari aurait refusé ?

— C'est probable...

Ou peut-être s'était-il contenté de donner à son beau-frère quelques billets qu'il avait en poche ?

— Votre mari avait son carnet de chèques sur lui ?

S'il ne l'avait pas eu, il aurait pu donner rendez-vous à Philippe pour le soir.

— Il l'avait toujours en poche.

Dans ce cas, c'était Lancieux qui, n'ayant pas réussi le matin, était revenu à la charge. Était-il déjà décidé à tuer ? Espérait-il que, sa sœur disposant de la fortune, il parviendrait à en tirer davantage ?

Maigret n'essayait pas d'aller si loin. Il avait éclairé[19] les personnages autant que cela lui était possible et le reste serait un jour l'affaire des juges.

— Vous ne savez pas s'il y a longtemps qu'il était à Paris ?

— Je vous jure que je n'en ai pas la moindre idée. Tout ce que j'espère, je l'avoue, c'est qu'il a eu le temps de passer à l'étranger et qu'on n'entendra plus parler de lui.

— Et si, un jour, il vous réclamait à nouveau de l'argent ?... Si vous receviez un télégramme, par exemple de Bruxelles, de Suisse ou d'ailleurs, vous demandant de lui envoyer un mandat ?[20]

— Je ne crois pas que...

Elle ne finit pas sa phrase. Pour la première fois, elle baissait les yeux sous le regard de Maigret et balbutiait :

— Vous ne me croyez pas non plus.

Cette fois, il y eut un long silence et le commissaire tripota une de ses pipes, se décida à la bourrer et à l'allumer, ce qu'il n'avait pas osé faire pendant tout cet entretien.

Ils n'avaient plus rien à se dire, cela se sentait. Mme Josselin ouvrait son sac une fois de plus, pour y mettre son mouchoir, et le fermoir fit entendre un bruit sec.[21] Ce fut comme un signal.

[19] **éclairé** *thrown light on*
[20] **un mandat** *money order*
[21] **le fermoir... sec** *the clasp made a sharp noise*

Après une dernière hésitation, elle se levait, moins raide que quand elle était entrée.

— Vous n'avez plus besoin de moi ?

— Pas pour le moment.

— Je suppose que vous allez le faire rechercher ? [22]

Il se contenta d'abaisser les paupières. Puis, en marchant vers la porte, il remarqua :

— Je n'ai même pas sa photographie.

— Je sais que vous n'allez pas me croire, mais je n'en possède pas non plus, sinon des photographies qui datent d'avant la guerre, quand il n'était qu'un adolescent.

Devant la porte que Maigret entrouvrait, ils étaient un peu embarrassés tous les deux comme s'ils ne savaient comment prendre congé.

— Vous allez interroger ma fille ?

— Ce n'est plus nécessaire...

— C'est peut-être pour elle que ces journées ont été le plus pénible... Pour mon gendre aussi, je suppose ?... Ils n'avaient pas les mêmes raisons de se taire... Ils l'ont fait pour moi...

— Je ne leur en veux pas...

Il tendait une main hésitante et elle y posa sa main qu'elle venait de reganter.[23]

— Je ne vous dis pas bonne chance... balbutia-t-elle.[24]

Et, sans se retourner, elle se dirigea vers la salle d'attente vitrée où une Véronique anxieuse se levait d'une détente.[25]

Chapitre 8

L'hiver avait passé. Dix fois, vingt fois, les lampes étaient restées allumées, tard le soir, et même fort avant dans la nuit, ce qui signifiait chaque fois qu'un homme ou une femme

---

[22] **le faire rechercher** *instigate a search for him*
[23] **reganter** *put gloves on (again)*
[24] **balbutia-t-elle** *she stammered out*
[25] **se levait d'une détente** *rose with a start*

était assis dans le fauteuil que Mme Josselin avait occupé, en face le bureau de Maigret.

Le signalement de Philippe de Lancieux avait été transmis à toutes les polices et on le recherchait[26] aussi bien dans les gares qu'aux postes frontières et que dans les aéroports. Interpol [27] avait établi une fiche[28] qui était en possession des polices étrangères.

Ce ne fut qu'à la fin mars, pourtant, alors que les pots de cheminée[29] prenaient leur couleur rose sur le ciel bleu pâle et que les bourgeons commençaient à éclater que Maigret, en arrivant un matin à son bureau, sans pardessus pour la première fois de l'année, entendit à nouveau parler du frère de Mme Josselin.

Celle-ci continuait à habiter l'appartement de la rue Notre-Dame-des-Champs en compagnie d'une sorte de gouvernante, à aller chaque après-midi voir ses petits-enfants boulevard Brune et à les promener dans les allées du parc Montsouris.

Philippe de Lancieux venait d'être retrouvé mort, tué de plusieurs coups de couteau,[30] vers trois heures du matin, à proximité d'un bar de l'avenue des Ternes.

Les journaux écrivirent : « Drame du milieu. » [31]

C'était plus ou moins exact, comme toujours. Si Lancieux n'avait jamais appartenu au milieu, il n'en vivait pas moins, depuis quelques mois, avec une prostituée nommée Angèle.

Il continuait à raconter des histoires et Angèle était persuadée que, s'il se cachait chez elle, ne sortant que la nuit, c'était parce qu'il s'était évadé de Fontevrault[32] où il purgeait une peine de vingt ans.[33]

---

[26] **on le recherchait**   *he was being looked for*
[27] **Interpol**   service qui communique avec les polices étrangères
[28] **une fiche**   *card with the description of a wanted criminal*
[29] **les pots de cheminée**   *chimney pots* (V. Rem. 1)
[30] **tué... couteau**   *stabbed several times to death*
[31] **le milieu**   monde des prostituées et de leurs protecteurs, des pickpockets, des voleurs, des trafiquants en stupéfiants (*narcotics*), etc.
[32] **Fontevrault**   établissement penitentiaire
[33] **purgeait... ans**   *was serving a twenty-year sentence*

D'autres s'étaient-ils aperçus qu'il n'était qu'un demi-sel ? [34] L'avait-on mis à l'amende[35] pour avoir enlevé la jeune femme à son protecteur attitré ? [36]

On ouvrit une enquête, assez mollement,[37] comme presque toujours dans ces cas-là. Maigret eut à aller une fois de plus rue Notre-Dame-des-Champs ; il revit la concierge, dont le bébé était assis dans une chaise haute et gazouillait,[38] monta au troisième étage, poussa le bouton.

Mme Manu, malgré la gouvernante, travaillait encore quelques heures par jour dans l'appartement et c'est elle qui ouvrit la porte, sans, cette fois, laisser la chaîne.

— C'est vous ! dit-elle en fronçant les sourcils, comme s'il ne pouvait apporter que de mauvaises nouvelles.

La nouvelle était-elle tellement mauvaise ?

Rien n'avait changé dans le salon, sauf qu'une écharpe bleue traînait[39] sur le fauteuil de René Josselin.

— Je vais avertir madame...

— S'il vous plaît...

Il n'en éprouvait pas moins le besoin de s'éponger[40] en se regardant vaguement dans la glace.

FIN

Noland, le 11 septembre 1961

Remarque

1. Chimney pots, rarely seen in this country, are reddish earthenware pipes placed on top of each flue of a chimney serving sev-

[34] **un demi-sel**   individu vivant avec une prostituée mais qui ne fait pas partie du milieu

[35] **L'avait-on mis à l'amende**   *Was he penalized*

[36] **attitré**   *rightful*

[37] **assez mollement**   *in a rather slack way*

[38] **gazouiller**   *chirp, babble*

[39] **traînait**   ici, *was left lying*

[40] **s'éponger**   *mop* (*his brow or face*)

eral fireplaces, stoves, etc. They are a common and picturesque sight in the older sections of European cities and towns.

Gallicismes

page 194 **se tirer d'affaire** *to get out of trouble or difficulties*
197 **à quoi bon** *what's the use*

Exercices

A. avoir l'air avoir besoin se demander
se servir de s'agir de

1. Philippe ——————— toutes sortes de prétextes pour me soutirer de l'argent.
2. Tantôt il ——————— histoires de femmes, tantôt, de police ou de prison, ou bien, il ——————— de fonds pour se rendre quelque part où une situation (*job*) l'attendait.
3. Parfois il ——————— si sincère que je ——————— s'il ne disait pas la vérité.

B. par hasard tout à l'heure s'adresser
entendre parler de tirer d'affaire

1. Comme je vous le disais ——————— il n'avait pas un mauvais fond mais il ne savait pas résister aux tentations.
2. J'ignorais qu'il ——————— à mon mari, et c'est ———————
que j'ai appris que celui-ci avait payé de fortes sommes pour le
———————.
3. Souvent nous n'——————— lui pendant des mois.

C. au courant avoir envie de se raviser
en vouloir faire de la peine

1. Plusieurs fois j'——————— prévenir René, mais chaque fois je ——————— de crainte de lui ———————.
2. Maintenant je m'——————— de ne pas avoir mis René ——————— des agissements (*doings*) de Philippe.

D.   se rendre compte   se tromper   se passer
                    se douter   finir par

1. J'ai tout de suite soupçonné Philippe. Mais quand même j'espérait que je —————————.

2. Vous —————————, n'est-ce pas, que ce n'était pas à moi de dénoncer mon frère ?

3. Cependant, je ————————— que vous ————————— découvrir son existence.

4. Il est probable, conclut Maigret, que nous ne saurons jamais exactement ce qui ————————— entre votre mari et votre frère.

QUESTIONNAIRE

1. Qu'est-ce que Philippe avait commis rue du Saint-Gothard ?
2. Qu'est-ce que Josselin a fait pour se débarrasser de lui ?
3. Y a-t-il réussi ?
4. Quelle impression Philippe donnait-il quand il revenait à la charge ?
5. Qu'est-ce qu'il jure avoir fait à Bordeaux ?
6. Qu'est-ce qu'il n'a pas tardé à faire ?
7. De quoi a-t-il été menacé ?
8. Depuis combien de temps n'avait-il pas mis les pieds chez les Josselin ?
9. De quoi avait-il l'air quand il est revenu ?
10. Où prétendait-il avoir trouvé un emploi ?
11. Qu'est-il arrivé au bout de deux ans ?
12. Se contentait-il de soutirer de l'argent à Mme Josselin ?
13. Pourquoi elle et son mari se cachaient-ils les agissements de Philippe ?
14. Comment Mme Josselin a-t-elle appris qu'il jouait sur les deux tableaux ?
15. Le jour du crime, a-t-elle dit à Philippe qu'elle allait au théâtre ce soir-là ?
16. Quelle était la dernière histoire de celui-ci ?
17. Qu'est-ce que Philippe pouvait espérer en tuant son beau-frère ?
18. Et Mme Josselin, qu'espérait-elle à présent ?
19. Quand Maigret a-t-il entendu reparler de Philippe ?
20. Qu'est-ce qui était arrivé ?

VOCABULAIRE

The following items are omitted: articles; personal and relative pronouns; interrogative, demonstrative, and possessive adjectives and pronouns; the commoner adverbs, prepositions, and conjunctions; common negations; the regular feminine of adjectives; and obvious cognates, unless additional meanings are needed.

As a rule, only the meanings applicable to the text and exercises are given. However, if a word is used in a special sense, the more usual meaning is also given.

Generally, idiomatic expressions are given under the second term — for instance, **avoir raison** is listed under **raison.** A roman numeral given in parentheses following an entry refers to the lesson in which its use is explained in more detail in the sections **Remarques** and **Gallicismes.**

The word **se** in parentheses preceding a verb means that the verb is also used reflexively when the action remains within the subject; **se** without parentheses means that the verb is essentially reflexive or that it is used reflexively in the given sense.

A dash (—) indicates the repetition of the original entry.

† indicates aspirate *h,* which is silent in French: **la hâte,** for example, is pronounced **la âte.**

A

abaisser   to lower
abandonner   to give up, abandon
abattre   to kill, knock down
abord : d'—   (at) first
un accord   agreement
   être d'—   to agree
accourir   to come in haste, run up to
accueillir   to meet, welcome, accept
s'acharner contre qqun   to harass s.o.
achever   to finish (off)
acquérir   to acquire
actuel (f –le)   present
actuellement   (just) now, at present
adresser   to address
   s'— à   to speak to, inquire of, apply to
   — la parole   to speak to
une affaire   business, case
   les —s   business in general
   (se) tirer d'—   to get out of trouble
affalé   sprawled
affirmer   to declare (state) positively
afin de   in order to
agir   to act
   s'— de   to be a question, a matter, of; to concern
un agissement   doing, act
agité   nervous, restless
s'agiter   to move about busily
aigre   sour
aigri   embittered
aigrir   to become embittered
une aile   wing

ailleurs   elsewhere
   d'—   besides, moreover
aimable   kind, pleasant
aimer   to like, be fond of; to love
aîné   older
un aîné   oldest child
ainsi   thus, so
   — que   as well as
   pour — dire   so to speak
un air   air, look
   avoir l'—   to look (II)
une aise   ease
   à l'—   comfortable, comfortably off
   mal à l'—   uneasy
   tout à (son) —   to (his) heart's content
aisé   comfortable, easy
ajouter   to add
les alentours m   vicinity
alignés   in a row
alléchant   enticing
une allée   aisle, lane
les allées et venues f   coming and going, running about
aller   to go
   — et venir   to walk back and forth, come and go
   s'en —   to leave
allumer   to light, turn on a light
une allumette   match
alors   then, so, therefore
   — que   while, when
   ou —   or else
un amant   lover
aménager   to set in order, fix up
amener   to bring
une amertume   bitterness
   avec —   bitterly
ancien   old, ancient; former (I)
animé   bright, lively

s'animer to brighten up, become animated

annoncer to announce, say; to tell

un **annuaire** directory

anxieux (*f* —se) worried, anxious

apercevoir to see, notice, catch sight of

s'— to notice, become aware of

un **appareil** set

les —s equipment

appeler to call

apprendre to learn, teach; to inform

approcher to bring near

s'— to come near, go near, come forth

approfondir to fathom

s'approvisionner to shop (for food)

s'appuyer à to lean against

après after

d'— according to, from

un(e) **après-midi** afternoon

ardent glowing

une **armoire** cabinet, cupboard

arpenter to pace back and forth

arracher to extract, draw out

s'arranger pour to manage to

(s') **arrêter** to stop

arrière : à l'— in the back

arriver to arrive; to happen (V)

— à to succeed

un **ascenseur** elevator

s'asseoir to sit down

assez enough; rather

assis seated, sitting

assommer to knock senseless

s'assoupir to doze off

une **assurance** assurance; insurance

assurer to assure

s'— to make sure

astiquer to polish

astucieux (*f* —se) wily

un **atelier** workshop

s'attarder to linger

atteindre to reach

atteint (**de**) afflicted (with)

attendre to wait (for)

s'— à to expect (I)

attention : faire — to pay attention

attraper to catch

aucun... ne, ne... aucun none, not any, no

auparavant previously, before

auprès de near

autant as much, many

d'— **plus que** all the more since

autour de around

autre other

d'— else

les uns et les —s all of (us, you, them)

autrefois formerly

autrement otherwise

avaler to swallow

avance : d'— in advance

avancer to make progress; to be of help

s'— (**vers**) to walk (come, move) forward, come forth

avant before, forward

plus — further

avare miserly

avenant attractive

avertir to notify; to warn

un **avertissement** notice; warning

un **avis** opinion
  à (**mon**) — in (my)
    opinion
  changer d'— to change
    one's mind
un **avocat** attorney, lawyer
  avoir to have
    — **chaud, froid, etc.** to
      be (feel) hot, cold,
      etc.
    en — **pour** to take
      (with expressions of
      time)
    il y a there is, are; ago;
      for (III)
  avouer to confess, admit

B

le **bain** bath
  la salle de —(s) bath-
    room
  baisser to lower
  balancer to swing
  balbutier to mumble
la **balle** bullet, ball
le **banc** bench
  bas (*f* **basse**) low; (*adv*)
    down, low
    parler tout — to whis-
      per
le **bas** end, bottom, foot
  en — downstairs
le **bateau** (*pl* –**x**) boat
le **battant** door
  bavarder to chat
  beau (*f* **belle**) beautiful,
    fine
    avoir — + *inf* in vain
      (VIII)
le **beau-père** father-in-law
  belge Belgian
la **Belgique** Belgium
les **bénéfices** *m* profits
  bénigne *f of* **bénin**
    mild

le **berceau** (*pl* –**x**) cradle
  bercer to lull
la **besogne** work, task
le **besoin** need
  avoir — **de** to need
le **béton** concrete
le **bibelot** knick-knack
le **biberon** feeding bottle
la **bibliothèque** library (IV)
  bien well; indeed; truly
    correctly
    — + *adj* very
    — **des** many
    — **entendu** of course
    — **que** although
    eh —(?) well(?)
    ou — or else
    vouloir — to be willing
  bienveillant kind
le **bijou** jewel
  les —**x** jewelry
le **billet** ticket; bill (curren-
    cy)
  blesser to wound, hurt
  bleuâtre bluish
la **blouse** frock, smock
  boire to drink
la **boîte** box
  bon (*f* **bonne**) good, al
    right
    à quoi — what's the us
    faire — to be pleasant
le **bon** the right one
le **bonheur** happiness
la **bonne** maid
le **bonnet** cap
la **bonté** kindness
le **bord** bank; brim
la **bordure** border, edge
  en — **de** bordering
la **bouche** mouth
le **boucher** butcher
la **boucherie** slaughter;
    butcher's shop
la **bouffé** puff
  bouffer to puff (out)

bouger to move, budge
la **bougie** candle
la **boule** ball
bouleversé upset
bourgeois middle-class
le **bourgeois** middle-class person
le **bourgeon** bud
bourrer to fill (a pipe)
le **bout** end; bit (XIV)
le **bouton (de porte)** (door) knob
le **bras** arm
la **brasserie** café and restaurant
brave (*before a noun*) nice, good; good-natured; (*after a noun*) brave
brillant shining
broncher to flinch, wince
la **brouille** quarrel
le **bruit** noise
brûlant piping hot
brun brown
le **bureau** (*pl* –x) office, desk, box office
le **but** aim, purpose
le **buvard** blotter

C

ça that, it; (*coll*) they
la **cabine** booth
le **cabinet** doctor's (lawyer's) office, practice
cacher to hide
la **cachette** hiding place
en — secretly
le **cadavre** corpse
le **cadre** setting, frame
cadrer to fit in
la **caisse** cashier's desk
le **caissier** cashier
le **calepin** notebook

calme peaceful, calm
le **calme** composure, calmness, quiet
le **cambrioleur** burglar
le **camion** truck
la **camionnette** light truck
la **campagne** country (*as opposed to city*), countryside
car (*conj*) for
le **car** (*short for* **autocar**) sight-seeing bus
cardiaque : la crise — heart attack
le **cardiaque** person with a heart condition
le **carré** square
le **carrefour** intersection
le **carton** stiff paper, cardboard
le **cartonnage** cardboard products
la **cartonnerie** cardboard-products factory
le **cas** case
en tout — at any rate, in any case
(se) **casser** to break
la **cause** cause
à — de on account of
céder to give in, cede
le **cendrier** ashtray
cependant however
— que while
certains some (people), some of them
certes certainly
chacun each, each one; anyone
la **chair** flesh
la **chambre** room
le **chameau** (*pl* –x) camel
le **champ** field
la **chance** luck, chance (X)
se **changer** to change clothes
le **chapeau** hat

chaque each, every
charger (qqun de faire quch) to instruct
  chargé loaded
  chargé de responsible for
la **chasse** hunting
chaud hot; warm
chauffer to heat
  faire — to heat up
la **chaussée** pavement
la **chaussure** shoe
le **chemin** path, way
  le — de fer railroad
la **cheminée** mantelpiece; fireplace; chimney
la **chemise** shirt
  la — de nuit nightgown
le **chêne** oak
chercher to look for, search, inquire
  — à to try to
  aller — to go to get
  venir — to come to get
chétif (*f* —ve) sickly
le **chevet** bedside
le **cheveu** (a single) hair
  les —x hair
chez at the house of (shop, place of business, etc.); among, with
le **chien** dog
le **chien-loup** German shepherd
le **chiffre** figure, cipher
choisir to choose
la **chose** thing
  pas grand- — not much
le **chuchotement** whispering
la **circulation** traffic
citer to name, mention
la **civière** stretcher
clair light
classer to classify
la **clef** (**clé**) key
  fermer à — to lock

le **client** customer
la **clientèle** practice (of doctor, lawyer); (*commercial*) custom
la **cloche** bell
la **cloison** partition
le **clou** nail
le **cœur** heart
le **cognac** (wine) brandy
le **coiffeur** hairdresser
le **coin** corner, (quiet) spot
le **col** collar
la **colère** anger
  se mettre en — to g[et] angry
  combien how many, ho[w] much
la **commande** order
commander to order
comme as, like; somethin[g] like
commencer to begin
le **commerçant** tradesman, merchant
le **commissariat** police station
la **commode** chest of draw[ers], bureau
le **complet** (man's) suit
se **comporter** to behave
composer (**un numéro [de] téléphone**) to dial
comprendre to understan[d] realize; to include
compris (*coll*) OK
  y — including
le **compte** account
  se rendre — to realize
compter to intend, expe[ct] (I); to count
le **comptoir** counter
la **concierge** doorkeeper (I)
conduire to take; to lea[d] drive
la **confiance** confidence, tru[st]
  faire — à to trust

la **confidence** : faire des —s
  (à **qqun**) to confide
  (in s.o.)

confier to entrust, let have

le **congé** leave

  donner — to dismiss

la **connaissance** knowledge;
  acquaintance

connaître to know, know
  of, be acquainted with

consacrer to devote

la **conscience** consciousness,
  conscience

le **conseil** advice

conseiller to advise

conserver to preserve,
  keep

la **consommation** (**dans un**
  café) drink

la **construction** structure,
  building

la **consultation** (**d'un méde-**
  cin) office hours

le **contact** : prendre —, entrer
  en — to get in touch

content (**de**) satisfied,
  pleased (with)

contenter to satisfy

  se — de + *inf* merely +
  v

  se — de + *n* to be satisfied with

contre against

convaincre to convince

convoquer to call, summon

la **corde** rope

le **corps** body

cossu wealthy

la **côte** seacoast

le **côté** side (XII)

le **cou** neck

couché lying down, in bed

coucher to lie

  se — to go to bed

  chambre à — bedroom

le **coude** elbow

couler to run (*of a liquid*)

le **couloir** corridor

le **coup** blow, stroke

  le — de feu shot (of a
  firearm)

  du — at that, hearing
  that

  tout à — suddenly

coupable guilty

couper to cut

la **cour** courtyard

le **courant** course, current

  être au — to be in-
  formed

  mettre au — to inform

le **courrier** mail

la **course** errand; race

court short

le **couteau** (*pl* –x) knife

coûter to cost

  coûte que coûte at any
  cost

la **couverture** cover, blanket

le **crachin** drizzle

craindre to fear

la **crainte** fear

  de — for fear

crapuleux (*f* –**se**) foul

crier to shriek

la **crise** attack (of an illness)

crispé clenched, con-
  tracted

croire to believe, think

  se — to believe to be
  (have)

  à en — if one is to believe

croiser to cross, meet

la **croisière** cruise

le **cuir** leather

la **cuisine** kitchen; cooking

le **cuivre** copper

curieux (*f* –**se**) odd; cu-
  rious

curieusement with curi-
  osity

D

la **dame** lady
davantage more, any more
déballer to unwrap, un-
pack
se **débarrasser de** to get rid
of
se **débattre** to struggle
déblayer to clear
debout up, upright; standing
se tenir — to stand
le **début** beginning, start
débuter to begin
décemment properly, de-
cently
décevoir to disappoint
déchirer to tear (off)
décidé determined
décider to decide
se — à to make up one's
mind, resolve
déclencher to start, trigger
la **découverte** discovery
découvrir to discover
décrocher to unhook
— le **téléphone** to lift
the receiver
défaire to undo
le **défi** defiance, challenge
défraîchi faded, worn
dégarni bald
dehors out, outside
déjà already
le **déjeuner** lunch
demander to ask, require,
request
se — to wonder
demeurer to remain, live
le **demi** (*coll*) glass of beer
la **demie** half
la **dent** tooth
déposer to lay down
— qqun to let s.o. off (a
vehicle)

depuis since, for (III)
déranger to disturb
dernier (*f* **–ère**) last, la
est
derrière behind
dès as early as, from, rig
after
— **le...** from the
very . . .
— **maintenant** from
now on
— **que** as soon as
descendre to go (come)
down
— **de** to get off (a veh
cle)
désigner to show, point
out, indicate
désormais henceforth
desserrer to unclench
le **dessinateur** draftsman
dessiner to draw
le **dessus** top
au- — on top, above
les uns au- — des autr
on top of each other
le **destin** fate, destiny
se **détendre** to relax
la **détente** trigger
(se) **détourner** to turn away
détruire to destroy
devant in front of
devenir to become
(se) **dévêtir** to undress
deviner to guess
devoir must (II)
dévoué devoted
digne dignified
— **de** worthy of
dire to say, tell
entendre — **que** to hea
that
pour ainsi — so to
speak
vouloir — to mean
le **dire** statement

diriger   to direct; to run (a business)
se — vers   to go (walk, proceed) toward
discuter   to argue, discuss
dispendieux   expensive, costly
disposer   to arrange
— de   to have at one's disposal, have control over, have available
la dispute   quarrel
se disputer   to quarrel
distraire   to divert
dit : autrement —   in other words
dodu   plump
le doigt   finger
le (la) domestique   servant
donc   therefore, so, and so
imperative + —   do + *v*
donner   to give
— sur   to open onto
dont   of whom, whose; of which (I)
dormir   to sleep
le dos   back
sur le —   on (*of a garment*)
le dossier   file; backrest
doucement   gently, slowly
la douceur   gentleness
avec —   gently
la douille   casing
douillet (*f* –te)   soft, cozy
le doute   doubt
sans —   probably
sans aucun —   without doubt
douter   to doubt
se —   to suspect
doux (*f* douce)   soft, gentle
le drap   cloth
le drapeau (*pl* –x)   flag

droit   straight; right
le droit   right; law
dur   hard
durer   to last
la dureté   harshness

E

une eau (*pl* –x)   water
ébouillanter   to scald
écarlate   bright red, scarlet
écarter   to brush aside
(s') échapper   to escape
une écharpe   scarf
les échecs *m*   chess
un jeu d'—   chess set
échelonner   to spread out (payments)
un échiquier   chessboard
un éclatement   burst, blowout (*of a tire*)
éclater   to explode, break out, burst open
une économie   economy
les —s   savings
écraser   to run over, crush
une écriture   handwriting
une écurie   stable
un effet   effect
en —   in fact, indeed
s'efforcer de   to strive
une effraction   forced entry
également   also
égard : à l'— de   toward, with
une égratignure   scratch
élargir   to widen
élever   to bring up
éloigné   distant
embarrasser   to perplex; to embarrass
émettre   to express; to emit
emmener   to take along (*to or from a place*)

émouvoir to move; to excite

empêcher to prevent

empilé piled up

employer to use, employ

emporter to take along; to take away

une **empreinte** print, imprint

s'empresser to hasten

emprunter to take; to borrow

ému nervous, excited; anxious

en + *part prés* while, when, in, by

encadré framed

encombrer to burden

encore still, yet, again

— **que** although

— **un** one more, another one

(s') **endormir** to fall asleep

un **endroit** place

une **enfance** childhood

un(e) **enfant** child

enfantin childish

enfermer to shut in

enfin finally, at last

enflammé burning

s'enfuir to run away

un **engagement** commitment

enlever (à) to take away (from), steal; to remove, take off (a garment)

une **enquête** investigation

un **enseignement** education

enseigner to teach

ensemble together

avec — all together

ensoleillé bathed in sunshine

ensuite then, next; afterward

entendre to hear, understand

s' — to get along

à (l') — according to (him)

entendu : bien — of course

un **enterrement** funeral

entourer to surround

un **entracte** intermission

entraîner to drag along

entre among, between

une **entrée** hallway, entryway

une **entreprise** business concern

entrer to come in, enter

faire — to show in (to bring in

entretenir to maintain, keep, foster

un **entretien** conversation, interview

entrevoir to catch a glimpse of

(s') **entrouvrir** to half open

une **envie** desire

avoir — **de** to feel like long for, wish to

envier to envy

environ about

les —**s** vicinity

envisager to contemplate

envoyer to send

épais (*f* —**se**) thick

une **épicerie** grocery store

une **épingle** pin

éponger to mop

une **époque** time

épouser to marry

épouvantable frightful

une **épreuve** ordeal; examination

éprouver to feel

épuiser to exhaust

équivoque questionable, equivocal

un **escalier** stairs

espérer to hope

un **espoir** hope

essayer to try
une **essence** gasoline
essuyer to wipe
un **établissement** institution
un **étage** floor (VII)
une **étagère** rack, shelves
(s') **étaler** to spread out
un **état** state; stage
éteindre to go out, put out (a light, fire), extinguish
(s') **étendre** to lie down, stretch out
étonner to surprise
s'— to wonder, be surprised
étranger (*f* –ère) foreign
un **étranger** stranger; foreigner
étroit narrow
s'**évader** to escape (from prison)
éveillé awake
(s') **éveiller** to wake up
un **événement** event
éventuel (*f* –le) possible
éviter to avoid, spare
s'**excuser** (**de**) to apologize (for)
exiger to demand, require
exigu (*f* –uë) cramped
expédier to send
expliquer to explain
exposer to exhibit (*works of art*)
exprès on purpose
exténué exhausted

F

la **fabrication** manufacturing
la **face** face
d'en — across the street, the way
en — **de** facing, on the other side, across; in front
— **à** facing
se **fâcher** to get angry, annoyed (XI)
se — **avec** to quarrel with, fall out with
facile easy
la **façon** manner, way
de toute — anyway
le **facteur** postman
faillir faire quch to almost do sth.
la **faim** hunger
manger à sa — to eat one's fill
faire to do; to make
— + *inf* to have (something) done, cause to be done
— **chaud** (**froid**) to be hot (cold) (III)
se — to happen (V)
le **faire-part** formal death announcement (IX)
le **fait** fact
au — by the way
tout à — entirely, quite
falloir must, to have to, be necessary (II)
le **familier** regular frequenter
la **famille** relatives, family
fatal inevitable, fatal
fatalement inevitably
fatigué tired
la **faute** fault, mistake
— **de** for want of
le **fauteuil** armchair
fauve tan
faux (*f* **fausse**) false
la **femme** woman; wife
la — **de ménage** cleaning woman
la **fenêtre** window
le **fer** iron

la **ferme** farm
la **fermeture** closing, clasp
la **fermière** farmer's wife
le **feu** fire; (traffic) light
feutré muffled, soft
les **fiançailles** *f* engagement, betrothal
fier (*f* –**ère**) haughty, proud
la **fièvre** fever
se **figurer** to conceive, imagine
le **fil** line; thread
la **filature** shadowing
la **fille** girl, daughter
  nom de jeune — maiden name
le **fils** son
la **fine** brandy (III)
finir to end, finish, be through
  — par + *inf* finally + *v*
fit (*past def of* **faire**) *often used for* **dit** (said)
fixe staring; steady, fixed
fixer to stare
la **fleur : en —** blooming
la **foi** faith
  **ma —! ** *interj* well! indeed!
la **fois** time (occurrence)
folle *f of* **fou**
le **fond** bottom; back, end
  à — thoroughly
  au (dans le) — fundamentally, at bottom
les **fonds** *m* funds
la **fontaine** fountain (container from which one can draw water)
formel (*f* –**le**) positive, categorical
fort strong; (*adv*) very, much, greatly; loudly
la **fortune** wealth

  avoir de la — to be wealthy
fou (*f* **folle**) insane, crazy
le **fou** madman
fouiller to search, ransack
fouler to tread
fournir to supply
le **fournisseur** supplier
fourrer to stuff
la **fraîcheur** coolness
frais (*f* **fraîche**) cool, fresh
franchir to go through, across; to cross
la **franchise** frankness
frapper to knock, strike
la **frasque** prank
le **frein** brake
frémir to flutter; to shudder
fripé crumpled
froid cold
le **front** forehead, brow
(se) **frotter** (**à**) to rub (against)
fumer to smoke
fur *see* **mesure**
le **fusil** (shot)gun

G

gagner to win, earn; to reach
le **garçon** waiter; boy
la **garçonnière** bachelor's apartment
la **garde** watch, guard
  de — on duty, on watch
  la — (malade) practical nurse
  monter la — to mount guard, be on watch
garder to keep, watch (over), take care of

le **gardien** watchman
le **—** de la paix policeman
la **gare** railroad station
garnir (de) to trim with,
garnish
gâter to spoil
gauche awkward
la **gauche** left
gênant embarrassing, awkward, disturbing
le **gendre** son-in-law
gêner to embarrass, incon-
venience
le **genre** type, kind; gender
les **gens** *m* people
gentil (*f* –le) nice, kind
la **gifle** slap in the face
la **glace** mirror; plate-glass
window
glisser to slip
le **goût** taste
la **gouttelette** droplet
la **gouttière** gutter, rain pipe
la **gouvernante** housekeeper,
governess
grand big, tall, large;
grown up; important
pas — -chose not much
gras (*f* –se) fat
grassouillet (*f* –te) plump-
ish
grave serious, solemn;
concerned, grave
graver to engrave
gravir to ascend
le **grenier** attic
gris gray
grogner to grumble
grommeler to mutter
gros (*f* –se) big, large; fat,
thick; heavy
guère : ne... — not much,
hardly
ne... — que hardly
. . . except

le **guéridon** small (round)
table
guérir to recover (*from
illness*); to cure
guetter to watch (for)
le **guichet** small window;
ticket window

H

habillé dressy
(s') **habiller** to dress, get
dressed
habiter to live
une **habitude** habit
avoir l'— de (VI)
comme d'— as usual
habitué à used to (VI)
un **habitué** regular attendant,
customer
habituel (*f* –le) usual, or-
dinary
le†**hachoir** chopping knife
le†**hasard** chance (VIII)
la†**hâte** haste
avoir — de to be in
haste to, be anxious to
(se)†**hâter** to hasten
†**haut** high; (*adv*) up
le†**haut** top
en — upstairs
un **hebdomadaire** weekly
publication
hébété dazed
une **hébétude** dazed condition
un **héritage** inheritance
un **héritier** heir
une **heure** hour; time, o'clock
à l'— on time
de bonne — early
tout à l'— in a little
while; a little while ago
hier yesterday
une **histoire** story, tale; history

†**hocher** to shake (one's head)
une **horloge** clock (*of a church, building*), grandfather's clock
†**hors** out

I

ici here
par — this way
une **idée** idea, thought
venir à l'— to occur
ignorer not to know
un **îlot** small island
une **image** picture
un **immeuble** building, apartment house
(s') **impatienter** to become impatient
un **imperméable** raincoat
importer to matter
n'importe qui, quoi, où anyone, anything, anywhere (at all)
impressionné impressed
inattendu unexpected
un **inconnu** stranger
un **indice** clue
une **infirmière** nurse
inguérissable incurable
(s') **inquiéter** to worry, become worried
une **inquiétude** anxiety, uneasiness
installer to set up, install
s'— to settle, take up quarters
un **instant : à l'—** right away, just now
d'un — à l'autre any moment
insu : à l'— de without the knowledge of
interdit forbidden

intérieur internal, inner
un **interlocuteur** (*f* –trice) person with whom one speaks
interrogateur (*f* –trice) questioning
intime intimate
un **intime** intimate friend
introduire to show in (to)
s'— to enter
inutile useless
invraisemblable incredible; unlikely
ivre drunk

J

jadis formerly
jamais ever; never
le **jardin** garden
jauni turned yellow
jeter to throw, cast
le **jeton** token
le **jeu** game
jeune young
la **jeunesse** youth
joli pretty
jouer to play
— aux courses to bet at the races
le **joueur** gambler, better
le **jour** day, daylight
de — in the daytime
en plein — in broad daylight
faire — to be daylight
le **journal** (*pl* –aux) newspaper
la **journée** day
la **jupe** skirt
le **juré** juryman
jurer to swear
jusque : jusqu'à until, as far as, to
jusqu'ici until now

juste just, exact
au — exactly
justement precisely

K

le **kilo** (*short for* **kilogramme**)
2.204 pounds

L

là there
— -bas over there
— -haut up there
par — that way; by that
lâcher to let go, drop
laïc lay, secular
le **lainage** woolen cloth
la **laisse** leash
laisser to leave, let, allow
lancer to fling, hurl, throw
large wide, broad; full
la **larme** tear
léger (*f* **–ère**) light, slight
le **légume** vegetable
le **lendemain** the following
day
du jour au — overnight
les —s de days following
lent slow
lever to lift, raise
se — to get up, rise
la **lèvre** lip
libre free
lié (**avec qqun**) to be very
close (to s.o.)
le **lieu** place, location
au — de instead
avoir — to take place
les —x premises, place
sur les —x on the spot
le **linge** underclothing
lire to read

le **lit** bed
se mettre au — to get
into bed
livré (**à lui-même**) left (to
himself)
livrer hand over, deliver
le **locataire** tenant
la **loge** lodge (I)
loin far
au — in the distance
de — from a distance
long long, tall
le — de alongside
longtemps long, long time
la **longueur** length
lorsque when
lourd heavy; weary
luisant shiny
la **lumière** light
les **lunettes** *f* eyeglasses

M

machinalement absent-
mindedly
la **machine** (**à écrire**) type-
writer
maigre lean, thin
la **main** hand
maintenant now
mais but; (*emphatic*) indeed, why
la **maison** house; (*commercial*) firm
le **maître** master
la **maîtresse** mistress
mal badly, wrongly; not
well
le **mal** (*pl* **maux**) evil; difficulty, trouble
malade ill, sick
le **malade** patient, sick person
le **malaise** uneasiness
malgré in spite of

le **malheur** misfortune

malheureux (*f* −se) unfortunate, unhappy

malingre puny

malmener to handle roughly

manquer to miss

— **de** to lack

— **de** + *inf* almost + *v*

le **manteau** (*pl* −x) coat

le **marchand** tradesman, vendor

le **marché** market, marketing

marcher to walk (VII)

le **mari** husband

marquer to indicate, show, mark

le **matelas** mattress

le **matériel** equipment

le **matin** morning

matinal (*adj*) morning, early (hour)

mauvais bad, ill, wrong

méchamment wickedly

méchant wicked

mécontent (**de**) displeased (with)

le **médecin** physician

la **méfiance** suspicion, mistrust

méfiant suspicious

se **méfier** to be suspicious, beware

même even, same

le... — the very . . .

quand — just the same, even though

le **ménage** couple, family; household; housework, cleaning

mener to lead, take (to); to carry out

le **mensonge** lie

mentir to lie

le **mépris** scorn

la **mesure** : (**au fur et**) **à —que** as (IV)

le **métier** profession, business

mettre to place, lay; to put, put on (a garment)

se — à to begin, start

se — à table to sit down at the table

le **meuble** piece of furniture

les —s furniture

le **meurtrier** murderer

mieux (*adv*) better; best

aimer — to prefer

valoir — to be better

de (**votre**) **—** the best (you) can

le **milieu** (*pl* −x) middle; social class, environment

mince thin, slender

la **mine** (facial) expression, appearance

faire — de to pretend

minuit midnight

la **minutie** thoroughness

minutieux (*f* −se) thorough

la **mise** stake (*in games*), bet

le **mobile** motive

moindre (*adj*) less; least, slight (est)

moins (*adv*) less; least

à — que unless

n'en... pas — nonetheless

la **moitié** half

à — half-way

mollement weakly

le **monde** people, world

tout le — everyone

monter to go (come) up (stairs)

— **dans** to get into (a vehicle)

la **montre** watch

se **moquer de** to make fun of
le **morceau** (*pl* –x) piece
    manger un — to have a
      bite
se **morfondre** to wait hope-
    lessly
    morne gloomy
    mort dead
la **mort** death
le **mot** word
    mou (*f* **molle**) limp, soft
le **mouchoir** handkerchief
le **mouvement** motion, im-
    pulse
le **moyen** way, means
    munir to provide
le **mur** wall
    murmurer to mumble,
      whisper

N

la **naissance** birth
    naître to be born
    néanmoins nevertheless
    négliger to neglect
    nettement clearly
le **nettoyage** cleaning
    neuf (*f* **neuve**) (brand)
      new
    neutre indifferent, neutral
    nickelé nickel-plated
    noir black
    noirâtre blackish
    nouveau (*f* **nouvelle**) new
    à (de) — again
    du — news, something
      new
la **nouvelle** piece of news
    les —s news
    nu naked, bare
le **nuage** cloud
la **nuit** night
le **numéro** number

O

un **objet** thing, object
    obséder to obsess
    observer to watch, look
      over, observe
une **occasion** opportunity, oc-
    casion
    occupé busy
(s') **occuper de** to take care of,
    attend to, be concerned
    with, get busy with
un **œil** (*pl* **yeux**) eye
    un coup d'— glance
un **oiseau** (*pl* –x) bird
    or (*conj*) now, but, yet, so
    ordonner to order, instruct
une **oreille** ear
    oser to dare
    ôter to take out, remove
    où where; in (to, on)
      which (I); when (III)
    oublier to forget
un **outillage** plant equipment,
    tools
    outre : en — besides,
      moreover
    ouvert open, frank
un **ouvrier** worker
    ouvrir to open

P

la **paille** flaw; straw
    paisible peaceful
la **paix** peace
le **palier** landing
le **pantalon** trousers
le **paquet** package
    par by, through, out of
    — -ci, — -là here and
      there
    paraître to appear, seem
le **parapluie** umbrella

parcourir to walk through, over
le **pardessus** overcoat
pareil (*f* – **le**) such, alike
la **paresse** laziness
parfois sometimes
le **pari** bet
parier to bet
parler : entendre — de to hear about
parmi among
la **parole** word
   adresser la — à to speak to
la **part : à —** except
   d'une — on one hand
   d'autre — on the other hand
   quelque — somewhere
la **partie** part (*of a whole*); game
   faire — de to belong to, be a part of
   faire une — de to play a game of
partir to leave
   à — de + *expression of time* from . . . on, beginning . . .
partout everywhere
parvenir à to succeed in, be able to
le **pas** step, pace
passer to pass, go by; to spend; to put on (a garment)
   — à to stop at (II)
   se — to happen, be going on, take place
patauger to fumble, flounder
la **pâtisserie** pastry shop
le **patron** (*f* – **ne**) employer, owner, boss, chief
la **paupière** eyelid
le **pavé** paving stone

le **peignoir** dressing gown
peindre to paint
la **peine** trouble
   à — hardly
   faire de la — à to hurt the feelings, distress
   valoir la — to be worth the trouble
se **pencher sur** to lean over
pendant during, for
pendre to hang
pénétrer to enter, come in
pénible painful, distressing
la **pénombre** semidarkness
la **pensée** thought
penser to think
la **pension** boarding school
perclus de crippled with
perdre to lose
le **père** (*coll*) old man
permettre to allow, permit
le **personnage** character (*in a play*), person
peser to weigh
les **petits-enfants** *m* grandchildren (*not used in sing*)
peu little
   depuis — recently
   — de few
   quelque — somewhat
la **peur** fear
   avoir — to be afraid
   faire — to scare
la **phrase** sentence
la **pièce** room; play; piece (chess)
le **pied** foot
   à — on foot (VII)
le **pion** pawn
piqueté dotted
pis worse; worst
   tant — too bad, so much the worse
la **piste** trail

le **placard** small cupboard
la **place** place, seat
la **plage** beach, seashore
   plaindre to pity
     à — to be pitied
     se — to complain
le **plaisir** pleasure
     faire — à to please
le **plancher** floor
la **plaque** (name-)plate
   plat flat
   plein full, broad (XIII)
   pleurer to weep, cry
   pleuvoir to rain
la **pluie** rain
la **plupart (des)** most (of)
   plus more; most
     ne... — no more, no
       longer
     non — neither
     de (en) — furthermore
   plusieurs several
   plutôt rather
le **pneu** tire
la **poche** pocket
le **poil** hair
le **Polonais** Pole
la **porte** door
le **portefeuille** wallet
   porter to carry, bear; to
     wear (a garment)
     bien (mal) portant in
      good (poor) health
le **porteur** bearer, porter
la **portion** fraction; portion
le **porto** port (wine)
   poser to put down, lay
     down; to ask (a ques-
     tion)
   poupin pink-cheeked
   pourquoi why
     — faire ? what for?
   poursuivre to continue,
     pursue
     se — to keep going
   pourtant yet, however

   pourvoir to provide
   pousser to push, heave; to
     carry
la **poussière** dust
   pouvoir may, can, to be
     able
se **précipiter** to rush
     se — sur to fall upon
   préciser to say (state)
     precisely
   premier (*f* **–ère**) first
   prendre to take
     aller — to go get
     s'y — to go about (it)
le **prénom** first name
se **préoccuper de** to worry
     (bother) about
se **préparer** to get ready
   près (de) near, nearby
     à peu — nearly
   présenter qqun to intro-
     duce s.o.
     se présenter to appear
   presque almost
   pressé in a hurry
   prêt ready
   prétendre to claim
le **prêtre** priest
la **preuve** proof
   prévenir to notify, warn
   prévoir to foresee, plan
   prier to request, pray
   privé private
le **prix** price; prize
se **produire** to occur
   profiter to take advantage
   profond deep
la **promenade** walk
     faire une — to take a
     walk
   promener qqun to drive
     s.o. around, take for a
     walk
     se promener to take a
     walk
   promettre to promise

prompt quick
prononcer to utter, say
la proposition (*gram*) clause
la province country (as opposed to Paris); (*collectively*) provinces
la proximité : à — de close to
puis then, next
puisque since

Q

quant à as for
le quart quarter
le quartier district, neighborhood
quelconque whatsoever
quelque some, any
—s a few, some (*adj*)
—s-uns some (*pron*)
quelquefois sometimes
questionner to interrogate, ask, inquire
quitter to leave
quoi what
de — enough to, the means to, something to
— que whatever
— que ce soit (fût) anything whatever
quoique although
quotidien (*f* —ne) daily

R

racheter (*commercial*) to buy, acquire
raconter to tell, relate
la rafle roundup
raide stiff
la raison reason
avoir — to be right

rajeunir to make younger
rallumer to relight
le rang row, rank
la rangée row
ranger to put away, put in order
rappeler to remind, recall
se — to remember
le rapport relation, report
se rasseoir to sit down again
se rattacher to be connected
se raviser to reconsider, change one's mind
réagir to react
reboucher to recap
recevoir to entertain, receive
la recherche search, inquiry, investigation
à la — de in quest (search) of
le récit tale, account
réclamer to request
reconduire qqun to see s.o. out, drive s.o. back, accompany
réconforté stimulated
reconnaître to recognize
reconnaissant grateful
recouvrir (de) to cover (with)
recueillir to recover; to collect
rédiger to write
refaire to do over
refermer to close, shut (again) (III)
se refléter to be reflected
réfléchir to think over, ponder, consider
le regard eyes, vision, look, glance
regarder to look at; to be the business of
régler to settle, regulate
régner to prevail

rejoindre to join, meet, get in touch

se réjouir to rejoice

relever (des traces) to detect

la reliure binding

remarquer to notice

rembourré padded

remercier to thank

remettre to put back, hand over, give

remonter to go (come) up again; to go back (in time); to (re)wind

le remords remorse

le remplaçant substitute, replacement

(se) remplir de to fill with

remporter to achieve

remuer to move

la rencontre encounter, experience

rencontrer to meet, come across

le rendez-vous appointment, meeting place

se rendormir to go back to sleep

rendre to give back

se — to go

le renseignement information

rentrer to return; to come (go) back (home) (III)

répandre to give off (an odor)

la répartition distribution

le repas meal

répondre to answer, reply

la réponse answer, reply

reposer to put down again

se — to rest

reprendre to take back, resume

la représentation performance

la reprise resumption

réprobateur (*f* –trice) reproachful

se reproduire to occur again

se réserver to reserve judgment

résoudre to solve

respirer to breathe

rester to remain, stay

retarder to postpone, delay

retenir to contain, detain

retentir to ring, resound

retirer to remove

se — to withdraw, retire

le retour return

de — back

retourner to go back

se — to turn around

la retraite retirement

prendre sa — to retire

retraité retired

retrouver to find (again)

(se) — to meet, join

le rêve dream

le réveil awakening; alarm clock

(se) réveiller to wake up

revenir to return, come back

— à to be owed to

— sur ses pas to retrace one's steps

revoir to see again

le rez-de-chaussée ground floor, street floor (VII)

le rideau (*pl* –x) curtain

rien : ne... plus — nothing more, no longer anything

rire to laugh

risquer to endanger, risk

la robe dress, gown

rocambolesque incredible (XV)

rôder to prowl
rompre to break
rose pink
rouge red
rougeâtre reddish
la **rougeole** measles
rougir to blush
la **route** road
roux (*f* —sse) red-haired
blond — reddish blond
la **rue** street

S

le **sac** (hand)bag
saisir to grab, grasp
se — de to get hold of
la **saleté** dirt
la **salle** room, hall; ward (in hospital)
la **— d'attente** waiting room
la **— de bain(s)** bathroom
la **— à manger** dining room
le **salon** living room
le **— d'attente** (doctor's) waiting room
saluer to bow; to greet, salute
le **salut** bow, nod
le **sang-froid** composure, calm
sanguin ruddy
la **santé** health
sauf except; (*adj*) safe
sauter to jump
sauver to save
le **savetier** cobbler
savoir to know (how)
le **scellé** seal
schématique sketchy
sec (*f* **sèche**) dry; curt, sharp
sèchement curtly

secouer to shake
le **secrétaire** writing desk, secretary
secrètement secretly
la **section** (*of a street*) block
la **selle** saddle
la **semaine** week
sembler to seem
le **sens** sense, meaning; direction
sensible sensitive
le **sentiment** feeling
sentir to feel, smell, detect
se — to feel
se **séparer** to part
serrer la main à to shake hands with
la **serrure** lock
le **serrurier** locksmith
la **serveuse** waitress
le **service : de —** on duty
servir to serve
— à to be used for (by), be of use
se — de to use
seul alone
seulement only
si if
— + *adj* however
le **siège** seat
le **signalement** description
signifier to mean
silencieux (*f* —se) silent
la **silhouette** silhouette, figure
sinon except, if not
soigner to attend, take care of (medically)
soigneux (*f* —se) careful
le **soin** care
le **soir** evening
la **soirée** (duration of) evening, evening out
soit (*pres subj of* **être**) :
—... — either . . . or

solennel (*f* –le) solemn, formal
solide sturdy
sombre dark, gloomy
la somme sum, amount (of money)
en — in short
le sommeil sleep
avoir — to be sleepy
sonner to ring
la sonnerie bell, ringing
le sort fate
la sorte kind
de la — in this fashion
de — que so that
la sortie going out, exit
sortir to go (come) out; to take out
le souci worry
se soucier de to care (worry) about
soucieux (*f* –se) anxious, thoughtful
soudain sudden(ly)
souffrant ailing, sick
souhaiter to wish
souiller to soil
le soulagement relief
soulager to relieve
soulever to raise, lift
souligner to underline
le soupçon suspicion
soupçonner to suspect
le soupir sigh
soupirer to sigh
le sourcil eyebrow
froncer les —s to frown
sourd deaf; toneless (*of voice*)
sourire to smile
sous-entendu understood
se souvenir to remember
souvent often
stationner to park
subir to undergo
sucrer to sweeten

le sud south
la suite sequel, rest
par la — later on
suivre to follow
supplier to implore, beg
supporter to stand
sûr : bien — of course, surely
surprendre to surprise, detect, observe
se — to catch oneself
surpris caught in the act, surprised
surtout above all, especially
la surveillance supervision
sous la — de watched by
suspens : en — unachieved

T

le tablier apron
la tache spot
se taire to keep (remain) silent, not to talk
le talon heel
tandis que whereas, while
tant : — de so many
— que so long as
la tante aunt
tantôt... , tantôt now . . . , now
taper to strike
— à la machine to typewrite
le tapis rug
tapoter to pat
tard late
tarder à to be long in (II)
sans — without delay
le tas : un — de heaps of, a lot of
la tasse cup

le **taudis**   hovel
le **teint**   complexion, (*by extension*) face
tel   such
— **que**   such as
tellement   so, so much
témoigner   to testify
le **témoin**   witness
le **temps**   time; weather
à — (**pour**)   in time (to)
ces derniers —   lately
tendre   to hold out, proffer, stretch
tendu   tense
tenez !   look!
tenir   to hold, keep
— à   to be due to
— à + *inf*   to be anxious to, insist upon
se — (**debout**)   to stand
tenter de   to try (attempt) to
la **tenture**   hangings
(se) **terminer**   to finish, end
la **terre**   earth; ground
par —   on the ground, on the floor
la **tête**   head
le **tête-à-tête**   private interview
en tête à tête   (two) alone
tiède   lukewarm; mild (*of weather*)
tirailler   to tug at
tirer   to draw (pull) out; to shoot; to puff (at a pipe)
le **tiroir**   drawer
le **tissu**   material, fabric
la **toile cirée**   oilcloth
la **toilette**   attire, toilette
le **toit**   roof
tomber   to fall
laisser —   to drop

tortiller   to twist
tôt   early
toucher qqun   to get in touch with s.o.
toujours   always, still
le **tour**   turn, trick
faire le — de   to go around
— à —   in turn
la **tournée**   round of visits (o a doctor)
tourner   to turn
tout (**toute** ; **tous, toutes** all, whole; quite; eve rything
tracasser   to bother, plagu
tracer   to draw
trahir   to betray
le **train** : être en — de   to be (busy) (I)
traîner   to loiter; to drag
le **train-train**   routine
le **trait**   feature
tranquille   quiet
le **travail** (*pl* –**aux**)   work
le gros —   heavy work
travers : à —   through
de —   askance
traverser   to cross, go through
le **traversin**   bolster
tressaillir   to wince, give start
le **tribunal** (*pl* –**aux**)   court
la **tricherie**   deceit, cheating
tricoter   to knit
le **triporteur**   (*commercial*) tricycle (V)
tripoter   to finger
triste   sad
tromper   to deceive, be unfaithful to
se —   to be mistaken (II)
trop   too much, too many
le **trottoir**   sidewalk

troublant disquieting
troubler to disturb, upset
la **trousse** doctor's case; kit
trouver to find; to see, think
   se **—** to be, be located; to happen (V)
tuer to kill
tutoyer to use the familiar **tu**

U

une **urgence** emergency
   d'**—** urgently
utile useful

V

la **vacance** vacancy
   les **—s** vacation
la **valise** suitcase
la **veille** day before
vendre to sell
venir to come
   — de to have just
   en **—** to drive at
verdâtre greenish
véritable real
la **vérité** truth
   à la **—** to tell the truth
le **verre** glass
vers toward, about
verser to pour, shed; to remit (funds)
le **veston** (man's) coat
le **vêtement** garment
   les **—s** clothes
vêtu dressed
le **veuf** widower
veuillez bien will you please

la **veuve** widow
vide empty
le **vide** void, vacuum
la **vie** life
la **vieille** old woman
la **vieillesse** old age
vieux (*f* **vieille**) old
la **ville** city, town
violet (*f* **–te**) purple
le **virage** turn
le **visage** face
vis-à-vis de toward, with respect to
visiblement obviously, visibly
la **visite : rendre —** to come to see, call
la **vitre** pane; (*by extension*) window
vitré glassed in
vivant alive
vivre to live
la **voie** way; (railroad) track
voilà there is, are; there it is; for (III)
voir to see
   laisser — to show
voisin next-door
le **voisin** neighbor
la **voiture** car
la **voix** voice
   à mi- **—** in an undertone
le **vol** robbery
le **volant** steering wheel; valance
voler to steal
le **voleur** thief
la **volonté** will
volontiers gladly
vouloir to want, wish, like
   en **—** à to be angry, annoyed, with
vrai real, true
vraiment really, truly
vraisemblable likely

vraisemblablement likely, probably

la **vue** sight, view
de — by sight

Y

les **yeux** (*sing* œil) eyes
chercher des — to look around for